Nina Kramer · Ein Leben ohne mich

Nina Kramer

# Ein Leben ohne mich

Roman

PENDRAGON

## Schneeflocken

Es war ein langer, tiefer, kalter Schlaf. David schlief bei minus 196 Grad, eingehüllt in ein weißes Bett aus flüssigem Stickstoff.

Elf Jahre lang.

Sein Vater Benjamin hatte im September 1992 elfmal in vier Wochen auf einer Bostoner Krankenhaustoilette masturbiert. Benjamin, 28 Jahre alt, gesund, gebildet, hatte weder Drogenerfahrung noch je einen Strafzettel besessen. Auf einem 22-seitigen Fragebogen wurde der junge Doktor um Auskunft über seine Sexualvorlieben, seine pubertäre Akne, Wahnsinn in der Familie, Sehschwächen, seine Rudertriumphe und seine allgemeine Lebensweise gebeten. Er log nicht ein einziges Mal.

Jenes Sperma, aus dem Davids Lebensfunke entstehen sollte, hatte Benjamin beim Anblick einer an Händen und Füßen gefesselten Balletttänzerin mit kupferfarbenen Augen ejakuliert. Die Becherprobe wurde in einem Reagenzglas mit weißen Deckelchen für sechs Monate unter der Spendernummer 429 in den Laboren der Boston IVF, in Quarantäne-Tiefkühlfässern kryonisch konserviert. Links von den weißem Deckelchen gruppierten sich im Uhrzeigersinn Gläser mit schwarzen, gelben oder roten Verschlüssen – Sperma von Schwarzen, Asiaten sowie Indianern und Latinos.

Für das Honorar von 3300 Dollar auf sein Weißes Gold hatte Benjamin eine Anzahlung auf ein petrolfarben lackiertes Honda-Motorrad geleistet, das er monatelang sehnsüchtig in einem Schaufenster betrachtet hatte.

Davids Mutter Debbie wählte die Punktion durch die Scheidenwand, bei der mit einer langen Nadel, ohne Betäubung elf herangereifte Eizellen entnommen wurden.

Debbie hatte die Eizellen gegen eine Bearbeitungsgebühr von 5000 Dollar gespendet. Sie brauchte Geld.

„Verkauf deine Eier", hatte Debbies Kollegin Sandra ihr geraten, als Debbie sieben ihrer acht Kreditkarten wegen Überziehung gesperrt wurden. Sandra hatte sich von dem Honorar die Schamlippen liften lassen.

Debbie ging in das Universitätsviertel von Boston und wurde am Schwarzen Brett fündig: „Eispenderin gesucht. Frankokanadischer Abstammung, 1,65 bis 1,73 groß, bis 30 Jahre alt, Haar blond oder aschblond, Augen blau, College-Bildung. Aufwandsentschädigung 3500, 5000 mit Universitätsabschluss." Den hatte Debbie nicht, aber einen Großvater aus Quebec, der 102 Jahre geworden war, und ein zehn Jahre altes Bild von sich als ehemaliges Playboy-Model.

Sie füllte den psychologischen Test aus und log bei der Frage, ob sie ihre Mutter liebe oder hasse. Sie unterschrieb den Vertrag, der sie vom Eigentum ihrer Eizellen enthob und übersah die Klausel der „selektiven Kompensation", da sie nicht verstand, dass damit eine Abtreibung der Föten im Uterus der Frau gemeint war, die sich Debbies befruchtete Eizellen würde einsetzen lassen.

Vor der Entnahme der Eizellen versetzte Debbie ihren Körper in eine künstliche Menopause, um mit der Hormonbehandlung zu beginnen, die ihren und den Eisprung der Kundin synchronisierte. Bei der vierwöchigen Selbstmedikation durch zweimal tägliche Spritzen, nach denen sie unter Durchfall, Hitzewallungen und Wasserablagerungen im Unterbauch litt, waren die befruchtungsfähigen Eizellen wie an einer Perlenschnur aneinandergereiht heran gewachsen.

Schließlich fuhr sie in die IVF Boston, um den Eisprung künstlich einleiten und sich die Eier entnehmen zu lassen, die auf die Größe von Kirschen angeschwollen waren.

Acht Jahre hatten Liz und ihr Mann versucht, eine Familie zu gründen. Fergus' Spermien waren zu unbeweglich, Liz' Zyklus unbeständig. Auch als Fergus mit Liz' Tennislehrerin, einer Ostküsten-Blondine mit aristokratischem Akzent und Pferdezähnen, fremdging, blieben sie beieinander. Sie hatten einfach schon zuviel Geld in den Versuch gesteckt, eine Familie zu werden. Fergus und Liz hatten bereits sieben IVF-Zyklen mit Eigensperma und Eigeneizellen erfolglos durchwandert, für einen Gegenwert von 90.000 Dollar.

Die Agentur Creating Families, die sie an die IVF Boston verwiesen hatte, war ihre letzte Hoffnung.

In einem Inkubator wurden acht Eizellen von Debbie mit einem Laser angeritzt, und je ein Spermium Benjamins mit einer Glasnadel eingespritzt. Die Mediziner nutzen bei dieser ISI, der intrazytoplasmischen Sperma-Injektion, das Patent der XY Inc. aus Colorado, das sich auf Geschlechterselektion bei Pferden, Rindern und Schweinen spezialisiert hat. Laut der Patentschrift mit der Nummer EP 1257 168 B werden bei dem Verfahren Samenzellen nach den Geschlechts-Chromosomen getrennt. So vermochten sie bereits jetzt das Geschlecht festzulegen.

Das ähnliche Microsort-Verfahren, gerade erst in Fairfax/ Virginia patentiert, war teuer, aber ansehnlicher: Dort wurden die Spermafäden mit einem fluoreszierenden Farbstoff markiert. In einer Spermasortiermaschine wurden die Geschlechts-Chromosomen per Laser zum Aufleuchten gebracht; etwas, was die Wissenschaftler bei den Demonstrationskursen auf Kongressen betörte, ein zweifarbiges Feuerwerk. Da die weiblichen X-Chromosomen mehr DNA in sich tragen als die Y-Chromosomen, leuchteten sie intensiver – „typisch Frauen", sagte Marc Weller, einer der Laborassistenten, der mit einer Examensarbeit über den Zusammenhang zwischen Alkoholismus und DNS den Sprung zu IVF Boston geschafft hatte.

Man wählte vier Jungen und vier Mädchen. Bereits in diesem Stadium konnte die Augen- und Haarfarbe entschieden werden: Man einigte sich auf Blau und Brünett für die Jungen, und Blond für die Mädchen.

Es war nicht erwünscht, die Gameten zu personalisieren; dennoch hatte es sich bei dem Team von Dr. Ian Macmillan, Dr. Adams und dem Jungforscher Marc Weller eingespielt, dass sie die Embryonen alphabetisch benannten. Manchmal nahmen sie auch Götter oder literarische Helden; Scarlett, Indiana, Darcy, Pippi, Harry Potter. Oder die Nachnamen der US-Präsidenten.

Sie nannten die Kinder von Debbie und Benjamin Aaron, Boie, David und Elias; die Mädchen Ada, Batseba, Cloe und Dina.

Nach diesem Schöpfungsakt ging Dr. Ian Macmillan mit seinen Kollegen in der Kantine essen, es gab Pellkartoffeln mit Sauerrahm und grünem Salat. In fünf Tagen würden sie weitersehen, was der Sex unter dem Mikroskop gebracht hatte. Nur die Siegertypen kamen durch bei diesem Fünf-Tage-Lauf; erst wenn sich eine perfekte Brombeerkugel aus jedem Gameten geformt hatte, wollten sie die Blastozyten in Liz' Gebärmutter verpflanzen. Ian konnte nicht verstehen, warum es seinen europäischen Kollegen nicht erlaubt war, solange zu warten. Sie legten den Sieger schon nach zwei Tagen fest.

Ian dachte an seine Verabredung mit Luise. Das Mädchen hinter dem Coca-Cola-Tresen im Kino, wo er sich diese französischen Filme anschaute. In denen waren zum Schluss alle tot, vor allem jene, die sich liebten. Er hoffte, dass es diesmal klappte, und Luise ihn dort weitermachen ließ, wo sie beim Petting immer aufhörten. Sie hatte Augen in der Farbe eines Lackmusstreifen, der sich in Wollwaschmittel getaucht, blassblau verfärbt.

Dass sie einen jungen deutschen Doktor mit GreenCard datete, hatte Ian erst spät begriffen. Als sich heraus stellte, dass es auch noch einer seiner Freunde war, begann er um Louise zu kämpfen.

Ians Kollege Dr. Adam dachte nichts, er betrachtete eine Sekretärin mit Haut wie in der Honigwabe kultiviert, und Marc Weller träumte davon, ein Gen zu entschlüsseln, das er patentieren und seinen Namen geben könnte.

Die Untersuchung der zu achtzelligen Embryonen herangereiften Gameten fünf Tage später war zufrieden stellend. Vergeblich suchten die Mediziner bei der Gelegenheit nach dem Master-Gen, das typisch sei für Diktatoren, geborene Bosse, Anführer, Tyrannen. Für diese Forschungen nutzten Adams und Weller drei der acht Embryonen, Elias, Dina und Ada, deren Brombeerkugeln nicht gleichmäßig geformt waren.

Drei der fünf verbliebenen Embryonen wurden Liz am Tag sechs nach der Laborzeugung in die Gebärmutter eingesetzt. Nur noch zwei waren übrig. Cloe und David.

Liz hatte den motorradsüchtigen Doktoranden Benjamin als Erzeuger gewählt, ohne seinen Namen zu kennen. Für sie war er 439. Er war Doktor, Sportler, und kochte gern, was ihr irgendwie bohemian vorkam. Und er war weiß.

Im vierten Schwangerschaftsmonat entschied Liz sich bei einer akuten Komplikation durch die anstehende Mehrlingsgeburt, für zwei Jungen, und ließ das Mädchen im Uterus durch eine Kaliumchloridinjektion in das kleine Herz töten. Betseda.

Dem abgetriebenem Fötus wurden diskret Eizellen entfernt, um sie für die Stammzellenforschung zu verwenden.

Die beiden letzten Zwillinge David und Cloe wurden schlafen gelegt. Cloe verlor bei dem Tiefkühl-Prozess drei ihrer acht Zellen und landete im Ausguss.

David, der letzte der acht Kinder Benjamins, ein fünf Tage alter Embryo, in einer Petrischale gezeugt, in Kultivierungsflüssigkeit genährt, wurde seines Zellwassers beraubt, in einem Strohhalm isoliert, und bei minus 196 Grad in fluidem Stickstoff eingefroren.

Debbie dachte nicht ein Mal an ihn. Sie wusste nicht, dass er existierte. Sie wusste nur, dass ihre Eizellen mindestens zwei Kindern das Leben geschenkt hatten. Sie war stolz.

Auch sein Vater ahnte nicht, dass es ihn gab, genauso wenig wie er wusste, dass sein Weißes Gold zu 21 Embryonen geführt hatte, von denen neun verpflanzt wurden, drei vorzeitig abgingen, und sechs auf die Welt kamen. Die Zwillinge bei Liz und Fergus, zwei Mädchen in Kalifornien, ein Zwillingspaar in Helsinki. Benjamin war der genetische Vater von sechs geborenen, sieben ungeborenen und acht verstorbenen Kindern.

Liz' Zwillinge hatten etwas, was sie später als glückliche Kindheit bezeichnen würden; in einem Vorort, wo Autos vor den Garagen geparkt wurden, und Vätern, die ihren Söhnen auf dem sattgrünen Rasen den Football zuwarfen. Manche sagten, die Jungs sähen ihren Eltern Liz und Fergus sehr ähnlich. Liz verbot ihnen, ihr beim Kochen zu helfen. Nicht, dass sie schwul wurden. Sie hatte gehört, dass es möglicherweise ein Gen für Homosexualität gab, das durch gewisse Aktivitäten aktiviert würde. Fergus hielt das für Unsinn, aber sicher war sicher.

Nach zehn Jahren, 2003, wurden die medizinischen Unterlagen des Samenspenders Benjamin sowie das Stickstoffröhren mit der Blastozyte Namens David ins Archiv überstellt, und von einem übermüdeten Praktikanten, der sich die Kopfhörer seines Ipods tief in die Ohren steckte und lauter drehte, um während seiner Nachtarbeit zu masturbieren, eingelesen, und unter der Nummer 73089ÝXYÝ-0Rh+ÝBIVFÝ93 abgelegt.

David war nun einer der 400.000 elternlosen Embryos, die in den USA tiefgefroren in Laborkühlschränken gelagert sind. Snowflakes – Schneeflocken – werden diese Kinder genannt. Die christliche Organisation *Nightlight* vermittelt inzwischen die nach künstlicher Befruchtung übrig gebliebenen Embryos, bisweilen als Zweite Ware bezeichneten Ladenhüter, an zeugungsunfähige, christliche Paare. 99 Kinder wurden bereits geboren. Die Paare dankten Gott und bezahlten 13500 Dollar.

Ein weiteres Jahr verging. David schlief.

Elf Jahre nach seiner Zeugung wurde er geweckt.

In 35 Sekunden erwärmte man ihn von minus 196 Grad auf Zimmertemperatur. Er verlor keine Zelle bei dem Tauprozess. Er war ein Kämpfer. Nach weiteren 40 Minuten begann der Transfer in die vorbereitete Gebärmutter von Nica Behrens, Ehefrau von Carl Behrens, Nachkomme eingewanderter Deutscher. Christen.

Ian MacMillan, der behandelnde Arzt, wusste zuerst nicht, dass er einen Embryo, den er selbst vor elf Jahren unter dem Mikroskop gezeugt hatte, einsetzte. Als er die Unterlagen durchblätterte, stieß er auf den Namen des Spenders. Macmillan lächelte. „Hallo, David", flüsterte er der durchsichtigen Flüssigkeit zu; sein Kollege Dr. Adams sah Ian lächeln, aber fragte nicht, warum. Dr. Weller war längst nicht mehr bei ihnen, er hatte Aufsehen mit einem Klonversuch aus Mensch und Kuh erregt und genoss den göttlichen Zorn der Medien.

Das Ehepaar Behrens hielt Macmillan von Gott geschickt.

Ian Macmillan glaubte nicht an Gott. Er glaubte an Reproduktionsmedizin. Keine andere Branche wuchs so schnell wie diese, in den letzten 20 Jahren wurden 1,5 Million Kinder weltweit geboren. Menschen, die es ohne diese Technologie nicht gegeben hätte. Leben zu zerstören war ein Verbrechen, Leben zu erzeugen eine Wirtschaft des Glücks, und für Ian eine logische Fortführung der Evolution.

David wurde in einer Spülflüssigkeit durch einen Katheder in Luises Uterus geleitet. Carl hielt seiner Frau Nica einige Sekunden die Hand und riet ihr, die Beine anzuziehen.

Ian MacMillan sah auf seine Breitling, die ihm Louise zum zehnjährigen Hochzeitstag geschenkt hatte, und hoffte, dass er durch den Stau auf der Interstate 3 South noch rechtzeitig zu seinem Abschlagtermin auf dem Golfplatz in Osterville am Cape Cod kam. Startzeiten waren in dem exklusiven *Oyster Harbor Club* schwer zu bekommen.

In vierzehn Tagen würden die Behrens wissen, ob sie Eltern eines Sohnes werden würden. Jetzt kam es nur darauf an, dass Nica genügend Progesteron bekam, damit sie den Embryo in sich behielt. Wenn nicht, würden sie eben einen anderen nehmen.

Doch es gelang. David zog sich in eine warme Falte von Nicas Gebärmutter zurück. Er war kleiner als die Spitze eines Bleistifts.

Das genetische Programm seiner Zellen fuhr nach elf Jahren Pause fort mit dem seit Millionen von Jahren bekannten Code. Die Zellen teilten sich erneut, und wieder, und wieder, wie sich auf einem Schachbrett die Reiskörner verdoppeln würden.

In dieser Nacht träumte Nica von einer schnurgeraden, schwarzen, regennassen Straße, die zwischen gewellten grüngelben Hügeln in den Horizont verlief, und sie sah in diesem Traum, dass die Bussarde an unsichtbaren Überlandleitungen entlang flogen, die ihren Weg bestimmten.

Als sie an sich herab sah, bemerkte sie ebenfalls eine Leitung, an der sie fest verknüpft ihren Weg durch das Leben gehen würde. Alles war miteinander verknüpft, alles, und auf der Straße kamen ihr Kinder entgegen. Unendlich viele Kinder. Sie alle mit blauen Augen, erhobenen Händen und dunklem Haar. Ihre Hände und Augen waren aus Eis. Aus ihren Nabeln wuchsen Fäden empor, die ein riesiges Netz bildeten und alles Bestehende in der Welt miteinander verwoben.

Es war eine milde Augustnacht im Jahr 2003. Es hatte 4022 Nächte vom Zeitpunkt der Zeugung gedauert, als David erstmalig Kontakt zu etwas hatte, was dem Begriff Mutter nahe kam.

1
## Tod einer Verliebten

Die graugetigerte Katze auf der breiten Fensterbank streckte sich, und hielt ihre Pfoten der Herbstsonne entgegen. Während sie sich aufsetzte und den Schwanz säuberlich um ihren Körper legte, wandten sich ihre ruhigen Augen dem Mann und der Frau zu. In der kleinen Wohnung am Hamburger Berg roch es nach Tee und Kandis, dem leichten Schwefelgeruch eines entzündeten Streichholzes, und der Melange einer Frauenwohnung. Parfüm, Waschmittel, Gesichtscreme, schwache Düfte von Keksen, und frisch aufgeschnittenen Salatbeilagen, malvenfarbene Rosen in lauwarmem Wasser. Und es roch nach Angst.

„Nein, mach dir keine Gedanken, es sind nur Kopfschmerzen. Wir sehen uns Morgen, Liebster. Ja. Grüß die beiden von mir, und sei nicht böse, mir ist einfach nicht so nach Gesellschaft. Ich liebe dich. Sehr. Ciao, Liebster. Ciao."

Lucia Teixera vergaß, aufzulegen und starrte den Hörer immer noch an, obgleich die Verbindung bereits beendet war.

„Es wird nie aufhören, weißt du. Ich werde dich immer lieben," flüstere sie und begann dann leise zu weinen.

„Du wirst ihn also immer lieben", sagte der Mann und nahm ihr sacht den Hörer aus der Hand. Lucia sah zu dem Fremden auf. Er hatte gesagt, er sei ihr Bruder, und dass sie sterben müsste, heute.

„Ja", flüsterte sie. „Ich werde immer lieben."

„Immer ist jetzt zu Ende", sagte der Mann, zog sich die bleichen Vinylhandschuhe fester über die Finger und kam auf sie zu.

„Bitte nicht," bat Lucia, doch vergebens.

## 2
### Zeit aus Wachs

Kalte Dunkelheit. Sie legt sich auf ihren Körper, ihren Atem. Umschließt sie, drückt sie zusammen wie eine Hand. Sie ist der Schwamm, aus dem das Leben rinnt. Sie schmeckt Wachs auf der Zunge. Dann sieht sie die Kerze.

Ganz am Ende des Flures, ein kleines Licht. Jeder Schritt unendlicher Schmerz. Ein Fuß vor den anderen, durch die Tür hindurch, noch ein Gang, Türen an den Seiten. Sie spürt den Luftzug. Die Tür schlägt zu. Jede Tür, an der sie vorbei läuft, schlägt zu; jede Tür ein Schuss. Sie duckt sich unter den Attacken hinweg. Noch ein Flur. Endlos. Türen, zuschlagende Türen. Die Kerze flackert. Dann, die letzte Schwelle.

Als sie die Kerze in der Hand hält, dreht sie sich um. Die letzte Tür schlägt zu. Versteinert. Verschwindet. Alles, was bleibt ist eine Wand, so hoch dass sie das Ende nicht sehen kann.

Mit fliegenden Fingern tastet sie die Wand ab. Sie fühlt sich weich an, wie Wachs. Sie kratzt an der Wand, hektisch, schneller, sie schreit, nichts ist zu hören. Dann erlischt das Kerzenlicht, und alles ist schwarz. Heißes Wachs rinnt ihr den Unterarm herab. Wachs auf ihren Lidern, im Haar. Es verklebt ihren Mund, ihre Ohren. Es hält ihre Füße am Boden fest. Es legt sich um ihr Herz und bringt es zum Schweigen.

Die Zeit setzt aus, kommt zur Ruhe, wie eine Lawine die zu Tal stürzt, und nach und nach zum Stillstand kommt.

Romy Cohen stirbt ohne zu wissen, wer sie ist.

# 3
## Mambo Italiano

Es war ihm schon wieder passiert. Er war in dem Stuhl eingeschlafen. Irgendwann würde er nachts gegen den Nullwege-Joystick stoßen und gegen die Wand fahren. Immer wieder, vor und zurück, bis er davon aufwachte, dass sein Kinn im selben Rhythmus auf die Brust klappte.

Ben Martin beugte sich vor, um die Schlaufen an den Arthrodesenhülsen der Fußgelenke zu lösen, die seine Beine vor der Verformung bewahrten. Er stöhnte. Das Brustkorbmieder schnürte ihn ein. Als er sich aufrichtete, wurde ihm übel. Sein Kopfhörer war verrutscht. Er sah auf die Digitaluhr an der Wand über den drei Faxgeräten. Die rot leuchtenden Ziffern auf dem ein Meter breiten Display verrieten, dass er erst zwei Stunden geschlafen hatte. Es war 2:09 Uhr, 2. April 2008. Die Weltzeituhr zeigte Hongkong, Tokio, New York, Los Angeles, Göteborg, Faro und Boston an. Sein Herz klopfte unstet wie ein Morsepieper.

Er versuchte sich an seinen Traum zu erinnern. Er war über eine Brücke gegangen. Sie war gebrochen. Er fiel. In ein Meer aus Schnee, weiß und still und tief.

Er rückte das Headset mit dem kleinen Mundmikro wieder zurecht und manövrierte seinen Rollstuhl in die Küche. Während sich die italienische Kaffeemaschine aufheizte, und er den Ipod auf „Wiederhole einen Titel" schaltete, legte er das Headset auf das Sideboard an dem extra niedrigen Gasofen, und rollte über den Betonboden des umgebauten Hafen-Schuppenlagers ins Bad.

Jetzt kam der schlimme Teil. Die Dusche. Während er sich an den in der Wand eingeschraubten Griffen vom Stuhl hochzog, fiel es ihm wieder ein. Wo war sie. Mit wem.

Romy.

Die Stimme eines leicht angetrunkenen Frauenhelden glitt aus den verstecken Lautsprecherboxen. Zögerlich, begleitet von Stimmen ewig glücklicher Frauen; Dean Martin.

Ben Martin streifte seine Baumwolljacke ab, öffnete das Hemd, roch daran. Es roch nach Schlaf und Unruhe. Nach dem sizilianischen Lamm von gestern Abend. Er warf es in die Ecke, wo es sich zusammenrollte wie ein toter Vogel.

Dann hielt er sich mit einer Hand fest, während er die Klettverschlüsse an den Seiten der Hose öffnete, und sie sich aufblätterte wie das Höschen eines Stripteasetänzers. Die Beine klappten an der Innennaht auseinander, er zog den Stoff zwischen den Schenkeln entlang nach vorne und ließ ihn auf die Fliesen fallen. Dean Martin schaffte es, bei *Mambo Italiano* die Silben zu vierteilen. *Hey, Mambo. He-he, Maha-mbo.*

Ben Martin vermied es, in den Spiegel zu sehen. Dieser immense Brustkorb, die Oberarme, die er täglich zwei Stunden mit Gewichten trainierte, um sich zur Not selbst aus der Scheiße zu ziehen. Der Hintern, müde gesessen von 15 Jahren Rollstuhl. Die Beine, deren Muskeln er nur mit Elektrostößen animieren konnte, sich zu strecken, und zusammen zu ziehen. Tote Beine. Im Sommer saß er selten auf der Terrasse am Argentinienkai, die er rundherum mit Sichtschutzlatten hatte ausstatten lassen.

„Du bist ein schöner Mann" hatte Romy mal gesagt, „das beste von Al Pacino und das härteste von Charles Bronson", und fast nach seinem Haar gegriffen, das nicht zu einem Krüppel passen mochte; schwarz, voll, mit silbernen Fäden durchzogen.

Sein schwarzes Haar wurde nur an den Schläfen silbern. Überall anders wurden sie grau. Niemand hatte ihm gesagt, dass auch die Haare am Sack grau werden. *Ma-hambo, ho, ho, ho.*

Schön? Romy, die Männerflüsterin. *Kid you good-a looking but you don't-a know what's cooking 'til you – hey Mambo.*

Es hatte mal eine Zeit gegeben. In der hatte er getanzt. Er hatte Frauen geliebt und sie ihn. Eine ganz besonders. Sie war gegangen, als er nicht mehr aufrecht hatte gehen können.

Als er jetzt schließlich auf dem Plastikschemel saß, sich an einem Griff festhielt um die Balance nicht zu verlieren, und das Wasser aus der Dusche auf ihn herab floss, erinnerte Ben Martin sich wieder an Romys letzte Worte. So wie er jede Stunde daran gedacht hatte, seitdem sie verschwunden war.

„Wie kannst du es ertragen, Verbrechen zu dulden? Nur weil du vielleicht ein Teil davon bist?"

„Ich bin für mich zuständig, nicht fürs Weltretten" hatte er gesagt und dabei auf die sieben Monitore seines Computer-Leitstandes geschaut, bis die Bilder vor seinen Augen verschwammen.

„Feigling", hatte sie erwidert und begonnen, ihre Sachen für diesen Job zu packen. Der nicht die Welt retten würde. Sie nicht mal besser machen würde. Idealistin, diese idiotische! Es gab immer welche, die auf die Throne des Bösen nachrückten.

Und was hatte seine Vergangenheit damit zu tun? Nichts. Nichts!

Dieses Nichts hatte sie nicht dulden wollen. „Auch du. Auch du hast es getan, ohne nachzudenken. Und erzähl mir nichts von wegen ich war jung und brauchte das Geld."

Sie war auf ihn zugekommen, er war zurück gewichen,

bis der Rollstuhl gegen die Wand geprallt war. Ihre Kupferaugen hatten geglüht. „Vergangenheit ist etwas Bleibendes, Ben. Du bist, was du getan hast."

Er hatte ihr noch nachgerufen. „Dein ethisches Ideal kannst du ja deiner Kulturschickeria erzählen! Die können die ersten hunderttausend Leute retten, bei den zweiten helfe ich dir!"

Seit 16 Tagen überfällig. 17 Nächte. 17 Möglichkeiten, erschlagen, aufgeschlitzt, geschlachtet, gevögelt und enttarnt zu werden.

Es war nicht das erste Mal, dass sie sich gestritten hatten. Aber es war das erste Mal, dass sie sich nicht meldete.

Du hast sie in Gefahr gebracht, Feigling.

Na und. Sie will das so. Sie kennt sich damit aus.

Du schickst eine Frau in deinen Krieg.

Es ist kein Krieg. Es ist die Welt, die Welt ist so.

Und du sitzt hier im Warmen und lässt die Welt draußen.

Das stimmte so nicht. Ben Martin ließ die Welt nicht draußen. Er holte sie sich zu sich herein. Stückchenweise. So wie er auch Romy in seine Welt geholt hatte. Stückchenweise.

Ben Martin drehte das Wasser ab. Lauschte dem Rauschen der sich verlaufenden Tropfen nach. Er wartete. Er wartete auf das Knistern, über dem Solarplexus. Das ihm verriet, dass etwas passieren würde. Instinkt.

Er brauchte eine halbe Stunde, um sich aus der Dusche hoch zu wuchten, abzutrocknen, anzuziehen und sich im Sitzen zu rasieren. Es wäre leicht gewesen, in seinem eigenen faulen, nutzlosen Körper zu verrotten. Doch das hieße, aufzugeben.

Er trank den Espresso nicht mit Zucker und ließ Dean Martin *Everybody loves somebody sometimes* ansingen.

Vom Küchentresen aus sah Ben Martin hinüber zu seinem Leitstand. Nahezu minütlich flossen Nachrichten von Reuters, dpa und ddp über den Ticker. Er war die ganze Zeit Online, trieb sich im „Second Life" herum, eine Internetplattform, in deren virtueller Welt jeder das Leben leben konnte, was ihm sonst verwehrt wurde. Ein zweites Leben. Ben Martins Avatar war ein Wolf, er konnte laufen, springen, fliegen. Motorradfahren.

Die Internetseiten der europäischen Tageszeitungen aktualisierten sich halbstündlich. Über das Headset war er per Internet-Telefonie ständig erreichbar. Dazu drei Mobiltelefone, Prepaidhandys ohne Registrierung. Standleitungen in die Archive des Spiegel, der New York Times, La Republica, Prawda, Cape Times, Dagens Nyheter, China Daily. Seine digitale Bibliothek erweiterte sich täglich. Er würde bald wieder einige Speichermodule bestellen müssen.

Die New York Times meldete, dass Präsident Bush keine Schwulen als Samenspender haben wollte. In London ließ die frankokanadische Sängerin Celine Dion verlauten, einen zweiten befruchteten Embryo einfrieren zu lassen; ihr ebenso gezeugter, erster Sohn kam vergangenen Valentinstag zur Welt. Sein Zwilling ruhte in Stickstoff. Sie wolle, so betonte Dion, diesen noch vor ihrem 40. Geburtstags zur Welt bringen. Sie war 32.

Ein Kind, acht Jahre jünger als sein Zwilling. *Something in your kiss told me, that sometimes, is here.*

Ben Martin vergaß, den Espresso zu schlucken, und verbrannte sich die Zunge. Irgendwann war jetzt.

Es begann. Es knisterte und vibrierte, Gänsehaut im Bauch.

4

## Ein Schmetterling in Schweden

Die abwaschbare Fleischerschürze über seinem Anzug knisterte leise. Sein Hemd war glatt und weiß. Die braunweißgestreifte Krawatte hatte er zwischen den zweiten und dritten Hemdknopf nach innen gesteckt.

„Mein Schmetterling. Papillon, jetzt bist du ganz still und schön." Er sprach mit ihr, obwohl Romy es wohl längst nicht mehr hören konnte. Vorsichtig prüfte der Mann, ob das Wachs bereits hart genug war. Ja. Gleich würde er die obere Hälfte des Wachs-Sarkophags abnehmen können.

Er hatte das *PolySkin-Wax* auf 51 Grad erwärmt. Langsam, mit einer Rotlichtlampe. Es war gutes Wachs, hautverträglich, und konnte bei Zimmertemperatur bearbeitet werden, bevor es fest wurde. Während es in der Babywanne schmolz, hatte er Romy auf der Massageliege enthaart. Sorgfältig, mit einem Nassrasierer. Sogar an die Zehen hatte er gedacht. Danach hatte er die festen, trainierten Muskeln mit Babyöl und Wasser eingecremt. Ihr Leib war nahtlos von einer natürlichen Bräune überzogen. Nur an den Unterarmen war er etwas dunkler. Lange Muskeln. Besonders die Oberschenkel und der Rücken waren erstaunlich trainiert. Für eine Frau. Eine schöne Frau. Sie hatte einen Körper, der für die Liebe gemacht war. Aber nicht das Herz.

Die langen, braunen Haare hatte er im Nacken zu einem Zopf gedreht und den Strang direkt unterhalb der Stelle, an der das Rückgrat in den Hirnstamm überging, und an der sie eine helle Narbe besaß, abgeschnitten. Er würde später daran riechen.

Ihren Schädel hatte er mit einem Haarnetz und Frischhaltefolie umwickelt, bevor er das Wachs über ihr Gesicht und den Kopf goss. Sie hatte einen Amazonenkopf. Eine Kriegerin. Dann hatte er die erste Schicht aufgetragen. Bevor er den zweiten Wachsmantel aufstrich, hatte er Mullquadrate in die noch leicht feuchte, erste Wachsschicht gedrückt. Der Kaltluftfön hatte den ersten Trockendurchgang beschleunigt.

Nach drei Schichten war es soweit. Ihr Körper war komplett unter dem Wachs verschwunden. Er hatte lange gesucht, bis er Wachs in der Farbe ihrer Haut gefunden hatte.

Die Beine und ihren Rücken hatte er schon erledigt. Sie standen wie Hautgefäße an der Wand gelehnt. Darüber hingen zwei Totenmasken an der Wand, die nicht so gelungen waren. Eine Frau und ein Mann, im Tod hatten sie ausgesehen wie Kinder.

Für Romys Gesicht hatte er zwei Schichten verwendet. Ihr Mund wölbte sich in einem ewigen Seufzer, in einer letzten Frage, die sie mit ihrer für eine Frau fast zu tiefen Stimme an ihn gerichtet hatte: „Ist das alles, was du drauf hast?"

Wenn er die Wachshülle abnahm, wäre ihr Innerstes nicht mehr wichtig. Er würde es später sowieso ersetzen und die Figur mit Füllmaterial stützen. Er würde sie schmücken und kleiden, verzieren und ihr übrig gebliebenes Haar verwenden, um Augenbrauen und Frisur nachzuahmen. Und wenn er genug von ihr hatte, könnte er immer noch eine Kerze aus ihr machen.

Vorhin brannte sie lichterloh, als sie noch atmete und lebte und ihn mit ihren Händen berührte, ihre Hüfte an seine Oberschenkel drängte, und sie über ihn lachte, als er versagte. Sie hatte ihm vertraut. Er ihr auch. Dann aber hatte sie gelacht.

Jetzt setzte er den an einer Glühbirne angewärmten Spatel auf Höhe ihrer Stirn an. Die Wachsmaske löste sich mit einem Schmatzen von ihrer Haut, wie die Hälften eines Überraschungs-Eies. Was Süßes, was Spannendes, und was zum Spielen.

Ihre Nase wurde sichtbar, glänzend von dem Öl-Wasser-Gemisch. Er hob die Maske ab.

Der Torso war schwieriger. Er musste ihn in der Mitte trennen. Ein gerader Schnitt, der zwischen ihren Brüsten entlang lief, den Bauch hinab, den Nabel kreuzte, bis er das Delta ihrer Schenkel erreichte. Er achtete darauf, nicht ihre Haut anzuschneiden. Er konnte kein Blut sehen. Zwischendurch tauchte er den Spatel in kaltes Wasser, das in einer Schüssel auf dem Rollwagen neben der Liege stand.

Als er die Wachshälften von ihrem Torso abgetrennt hatte und die Kanten mit einem leichten Silikonkleber bestrich, um sie später zusammen zu kleben, betrachtete er die Frau erneut. Ihre Haut war mit einem graugelben Film überzogen, eine schmierige Fettschicht. Käseschmiere. Wie bei einem Neugeborenen. „Nackt und schmutzig kamst du auf diese Erde, nackt und schmutzig gehst du." Sie schwieg. Sie hatte vorher auch geschwiegen, und er hatte mehr geredet als er vorgehabt hatte. Er hatte ihr alles gesagt, was er und der Kreis tat und vorhatte, und jetzt war es in ihrem Kopf eingeschlossen. Ob er ihn abtrennen sollte?

Romy Cohen lag still da und war wahrscheinlich tot. Das hatte er nicht gewollt. Das hatte er auch nicht gedurft, eigentlich. Es war eben passiert, als sie sagte, drück zu, fester, und er hatte es getan. Er hielt sich die Hände an die Ohren.

Du darfst nicht. Du musst. Sie ist dein Tod. Dein Leben.

Er schlug sich mit beiden Händen auf die Ohren bis das Summen die Stimmen übertönt hatte. Dann arbeitete er weiter.

Gleich würden Romys Hände dran kommen. Hände waren das Schwierigste. Und ihre Hände waren gefährlich.

Gewesen, dachte er, gewesen.

Er beugte sich über ihr Gesicht. Strich mit der Kuppe seines Zeigefingers über ihre nachlässig gezupften Augenbrauen. So schön. So stolz. So allein, war sie nun, wie er, die Jägerin.

Er küsste ihren Mund. „Ich liebe dich", sagte er mit geschlossenen Augen.

Die Hand, die nach seinem Unterarm griff, war schnell. Und fest. Ihre Finger krallten sich wie ein Schraubstock um seine Ellenbeuge. Die Jägerin riss mit einem infernalischen Keuchen den Mund auf, atmete tief und gurgelnd Luft ein, wie eine Ertrinkende, die in letzter Sekunde aus dem Wasser schnellt und die Lungen voll saugt mit Leben. Dann biss sie ihn mit einem keuchenden, tiefen Knurren in die Unterlippe.

Er wollte ihre Hand abschütteln, doch es ging nicht, unter ihren Lidern bewegten sich die Augäpfel, hin und her, hin und her. Er bog ihre Finger auf, jeden einzelnen. Ihm wurde schwindlig. Gefährliche Hände. Ihr Körper begann wie unter Stromstößen zu zucken. Ihre Fersen hämmerten auf die Liege, er fürchtete, dass ihr anderer Arm seine Instrumente von dem Rollwagen wischte. Ihre Hüfte stieß gegen seine Oberschenkel und die Wachs-Käseschmiere verteilte sich auf der Anzughose. Er zurrte die Gurte fest, die an der Liege hingen, und schraubte rasch die Flasche mit dem Xenon-Gas auf, träufelte es auf einen Lappen und drückte es auf ihr Gesicht.

„Mehr hast du nicht drauf?" Doch. Viel mehr, Schwester.

Er schwitzte vor Aufregung und Anstrengung, und hielt die Luft an. Würde er nur ein Hauch des schweren Gases einatmen, würde sich seine Stimme anhören als käme sie aus der tiefsten Gruft, und er müsste einen Kopfstand machen, damit die Reste aus der Lunge entweichen konnten.

Endlich hörte sie auf zu zappeln. Er atmete hörbar aus, der kurze Kampf hatte ihn ermüdet. Fast hätte sie ihn erledigt, ihre Reflexe funktionierten selbst im Sterben noch.

Sein Telefon vibrierte, dann ging der Vibrationsalarm in ein Klingeln über. Carl Orffs *Carmina Burana, O Fortuna.* „Nicht jetzt", flüsterte er. Die Melodie brach ab.

Dann fügte er die Wachsabdrücke zusammen. Der Silikonkleber wirkte, er würde später die Kanten mit einem Teppichschneider kürzen. Auf ihre Hände verzichtete er. Zu gefährlich.

Er musste sie verschwinden lassen. Allein, und ohne Hilfe, wie sonst. Kurz hatte er überlegt, sie zu nehmen, wie sie da lag. Vorhin war er zu aufgeregt gewesen, seine Erektion hatte vor ihrer absoluten Mitte aufgegeben. Sie hatte Hitze verströmt. Draußen waren es minus vier Grad, eine bitterkalte Märznacht.

Das Telefon klingelte erneut. Einem Impuls folgend nahm er den Bunsenbrenner aus dem Regal am hinteren Kellerfenster. Die hellblaue Flamme fauchte, als er sie hochdrehte. Dann versengte er die Fingerkuppen der Frau. Romy rührte sich nicht. Ihr Fleisch roch nach verbrannten Keksen und Wachs im Aschenbecher, die Haut warf leise schmurgelnd Blasen. Dieser Gestank von Kupfer und Kot und faulem Obst.

Er öffnete die Zwischentür zur Garage und schob die Liege bis an die Rückfront des Cayenne. Der Kofferraum war immer mit einer reißfesten Vinylplane ausgelegt. Ihr Körper wehrte sich nicht dagegen, als er sie darin einwickelte. Nur noch die Hände sahen heraus, er drückte sie in den raschelnden Sack, doch sie fielen ihm immer wieder entgegen.

Das Telefon klingelte ein drittes Mal. Er ging ran.

„Ja, sie ist hier. Ob sie … nein. Ich habe sie … ja." Die Hände wollten einfach nicht in dem Sack bleiben. Er klemmte das Telefon zwischen Schulter und Ohr. „Ich soll IHN anlügen?", sagte er dann, und Ja, Ja.

Er klappte die Heckklappe zu, und vergaß die Hände.

Als er zügig auf die Bundesstraße von Trollhättan nach Göteborg einbog, hörte er Romys Körper im Kofferraum umher rollen. An einem Rastplatz bog er ein, löschte alle Fahrzeuglichter und drückte auf den Schalter in der Seitentür, der die Heckklappe öffnete. Rasch stieg er aus, zog sich die Handschuhe über und rollte die Frau in dem schwarzen Sack heraus.

Es klatschte auf dem Asphalt. Er schubste das Bündel mit den Füßen unter die niedrigen Büsche und wischte sich danach die Schuhe mit einem Kleenextuch ab. Erst als er vier Kilometer gefahren war, schaltete er das Licht wieder ein. Und bemerkte, dass er immer noch einen Rest der Käseschmiere der Toten auf der Anzughose hatte. Und ein bisschen Blut. Ihm wurde schlecht.

Er beschleunigte, um rechtzeitig nach Moholm zu kommen; die neusten Proben Weißen Goldes waren angekommen.

5

## Das Haus der guten Hoffnung

Die Polizistin war eine U-Bahn-Station früher als nötig aus-
gestiegen und hatte sich an die breite Steinmauer über dem
Hafenbecken gelehnt. Von hier aus hatte sie einen Blick auf
das alte und das neue Hamburg. Hinter ihr der Baumwall,
das Gruner & Jahr-Verlagsgebäude, das wie ein gestrande-
ter, grauer Kreuzfahrtdampfer hinter den Eisenstreben der
Hochbahn kauerte; dahinter der Zipfel des Michel-Kirch-
turms. Vor ihr der Hafen, die *Cap San Diego* mit ihrem rot-
weißen Bug, die kleinen Barkassen, deren Lichter träge im
Wind schaukelten, wie die bunten Wimpel an einem Zirkus-
pferd. Das rote Feuerwehrschiff, in dem sie gute, handge-
machte Bluesmusik spielten.

Gretchen Butterbrood fragte sich, ob in der Spitze des
*Hanseatic Trade Centers* jemand einen Schreibtisch hin-
stellte. Das Haus lief so spitzwinklig zu, dass in der letzten
Ecke nur eine Handbreit Platz fand. Vielleicht für einen
Designer-Mülleimer oder ein Ficus. Aus Plastik. Dahinter
wollten sie die Elbphilharmonie bauen, auf dem Dach des
Kaispeicher A. Ein Wahrzeichen für Hamburg, neben der
Kehrwieder-Spitze. Dabei kehrte hier nichts wieder. Kehr-
wieder war ein Wort für Sackgasse.

Die ganze Stadt veränderte sich. New Age war angesagt,
old age einfach nur old, im Jahr 2008. Freie- und Abriss-
stadt. Die Hafencity mit ihren Klötzchenbauten würde aussehen wie das unaufgeräumte Zimmer eines verwöhnten
Einzelkindes, das nie zufrieden ist mit seinen Bausteinen
und immer mehr haben will, damit endlich mal einer guckt,
wie schön es spielt.

Eine gelb lackierte Fähre brachte die ersten Besucher über

die Elbe auf die andere Seite, zum König-der-Löwen-Zelt. Ihre Diagonale schnitt einen Kamm aus hellem Schaum in den aschgrauen Fluss.

Gretchen Butterbrood musste sich wegdrehen. Sie hatte das alte Hamburg geliebt, mit seiner maroden Speicherstadt und den Zollhäuschen direkt am Hafenrand, der den Freihafen zu etwas Geheimnisvollen machte. Jetzt wurden neue Stadtpläne geschrieben, und sie war wütend darauf. Wütend wie eine Alte, die sich beschwert, dass nichts mehr beim Alten ist.

Ich werde alt, dachte sie. Der ewige Wind Hamburgs zerrte an ihren Haarnadeln. Eine dicke blonde Strähne löste sich, verfing sich in dem aufgestellten Kragen ihres weißen Ledermantels, unter dem sich die zugige Kälte in ihre Haut rieb. Wann war sie zuletzt in einem Musical gewesen?

Ich werde alt, dachte sie noch mal, und das Leben mit mir.

Gretchen steckte die gelöste Haarsträhne fest. Über ihr schliff sich die U3 ihren Weg auf den hochbeinigen Eisentieren. Die Gleise sangen metallisch, als sich die Wagen in einer leichten Kurve vom Hafen abwandten und in Richtung Rödingsmarkt vorarbeiteten. Die Passagiere würden in die Bürofenster fremder Leute sehen können, in Büros im dritten Stock, und die würden nicht mal mehr hinsehen, wenn fünf Meter von ihnen entfernt alle sechs Minuten eine Untergrundbahn über der Erde fuhr.

Gretchen steckte die Hände in die Manteltaschen und überquerte die vierspurige Straße, um den südlichen Teil der Fleetinsel zu betreten. Sie brauchte noch Zeit, um etwas von dem zu sammeln, was die meisten ihr unbesehen nachsagten: Mut.

Sie brauchte den Wind und den Himmel, sie brauchte

den Anblick des Wassers und den Geruch ihrer Stadt, um es zu schaffen. Dennoch ging sie mit gesenktem Kopf die Admiralitätsstraße entlang, an der alten Feuerwache vorbei, und runter an den Kanal. Alles neu. Stahl- und Steinquader auf Stelzen. Bis zur Ost-West-Straße, die jetzt Willy-Brandt-Straße hieß. Die 41 Jahre alte Slamatjenbrücke vibrierte jedes Mal, wenn ein LKW darüber fuhr. Dann war sie da.

Das Haus sah von außen auf eine hanseatische Art professionell aus. Roter, großer Klinker. Weiße Fenster, stabil, und neu. Ein Blick auf den Fleet, wie die Wasserläufe zwischen den Häusern der Alt- und Neustadt genannt werden. Das Haus schien sich in seiner ganzen Länge dem Verlauf des Kanals angepasst zu haben, in den Fenstern spiegelte sich der Hamburger Himmel. Die Wolken wie Windhunde, die die Ohren anlegten.

Hier hatten sie den toten Chinesen gefunden, Skelett-Teile, die aus dem Schlamm ragten. Eine alte Sache, der Tod. Und das hier ein Haus der guten Hoffnung.

Das kleine Schild verriet, dass das *Familienzentrum* im ersten Stock untergebracht war, ein Seiteneingang. Der Briefträger sah sie nicht an, die Fahnenhalterungen der *Klinik Kanalinsel* nebenan klapperten lose im Wind.

Hier wurden Kinder gezeugt. Hunderte, vielleicht tausende.

Sie ging rasch an dem Seiteneingang vorbei.

Ein Kind. Früher war Gretchen davon überzeugt, dass es wichtiger war, mit wem man Kinder hatte, nicht von wem. Ein Vater und ein Erzeuger, das war nicht immer dasselbe. Und was aus Vätern wurde, sah sie ja in ihrem Beruf, oft genug.

Sie beobachtete die Taxifahrer, die sich an der Zufahrt zum Hotel Steigenberger sammelten, die Kappen in den

Nacken geschoben, die graumelierten Jacketts fest um den Körper gedrückt. Alles Pakistani. Die Paare, die aus dem Marinehof traten. Alle mit Sonnenbrillen, im März. Hatten sie alle, was sie wollten? Oder was fehlte ihnen so sehr, dass sie in manchen Nächten dachten, dass das Leben vergeudet wäre, wenn sie es nicht bekämen?

Sie hatte eine Verabredung mit einem Erzeuger. Nicht mit einem Vater, der es aufwachsen sehen würde, wie es die ersten Schritte macht, die ersten Worte sagt, die ersten Widerworte.

Dr. Peter Rust wollte ihr ein Kind machen. Nun, nicht er selbst, nein, er hatte dafür seine Männer. Die alle 14 Tage etwas ablieferten, was „Weißes Gold" genannt wurde. Ihr Sperma. Gesundes, kräftiges Sperma, für Frauen wie Gretchen.

Wie hatte ihre Freundin gesagt? „Beim Kinderkriegen ist der einzige Spaß am Anfang. Und darauf willst du verzichten? Wieso nimmst du dir nicht zwei, drei Liebhaber und schaust, was ihr gemeinsam habt?" Gretchen wusste, ihre Freundin Romaine Cohen wollte allein leben und allein sterben.

Gretchen wusste nicht, wie sie es geschafft hatte, schließlich in den Seiteneingang zu gehen und doch in dem Wartezimmer zu sitzen. Sie hatte ihre Zweifel auf der Straße vor der Buchhandlung Sautter stehen lassen, und den Rest einfach am Empfang in die Obhut der Wissenden gelegt. Wissende Gesichter, die Empfangsdame mit dem milden Lächeln, die Schwester, die ihr auf dem Flur mit dem geräuscheschluckenden Teppich entgegen gekommen war und sie angelächelt hatte, alle mit diesem Wissen in den Augen.

Gretchen kam zu sich, in den schlichten lindgrünen

Wildledersesseln und der indirekten Beleuchtung an der getäfelten Wand. Moderne Einrichtung, alles neu.

Sie stand zu schnell auf, als Dr. Peter Rust auf sie zukam. Er sah so aus wie es seine Stimme versprochen hatte, klein und flink. Hellblaue Augen in einem blassen, scharf schraffierten Gesicht. Wie er stand, als ob er Wert darauf legte, größer zu erscheinen als 1 Meter 68. Wie er roch, er nahm ein scharfes Rasierwasser, das seinen eigenen Geruch überdeckte.

In seinem Büro versteckte Rust sich nicht hinter dem Schreibtisch, sondern setzte sich auf das zweite Sofa. Sie bemerkte, dass die Polster unter ihm nicht nachgaben, während sie fast in ihren versank. Sie richtete sich auf, um ihn nicht von unten ansehen zu müssen.

Das Präludium hatten sie bald hinter sich. Ja, sie war älter als 24, deutlich. Und jünger als 40. Nicht ganz so deutlich. Rötelnschutz positiv, HIV-negativ, Eierstock träge, ja, es wäre interessant, etwas über Samenbanken in den USA und Skandinavien zu erfahren, und, nein, es gab keine andere Möglichkeit, die Kinderlosigkeit anders zu beheben. Wo kein Mann ist, da kann kein Kind sein.

„Sie sind nicht verheiratet?"

Dr. Rust sah auf und ihr so ins Gesicht, als ob er sich nicht entscheiden konnte, ob er darüber froh oder unglücklich sein sollte. Gretchen schüttelte den Kopf.

„Dann haben wir ein Problem, Frau Kommissar", sagte er. „Unverheiratete Frauen ... für sie ist künstliche Befruchtung ausgeschlossen. In Deutschland zumindest."

Als Rust weiter sprach, hörte sie an der Art, wie er die Worte aneinander reihte, dass er es schon oft gesagt hatte. „Deutschland ist ein seltsames Land. Es erlaubt Samenspenden, aber keine Eizellen-Spenden. Es verbietet, einen in der Petrischale gezeugten Embryo zu untersuchen oder zu entfernen – beides ist bei einer normalen Schwangerschaft erlaubt. Man sagt, der Mensch soll nicht in die Schöpfung eingreifen, aber ich frage Sie: Warum treiben wir bis zum 3. Schwangerschaftsmonat ab? Wieso wird der Fötus im Unterleib mit Untersuchungen traktiert, die wir ihm ersparen würden, wenn er im Reagenzglas entsteht?"

Dann sah er aus dem Fenster. „Deutschland braucht Kinder. Aber dieses Land macht es uns schwer. Nicht wahr?"

Ob das wahr war oder nicht, darüber hatte Gretchen nie nachgedacht. „Alles ist ein Kompromiss", wollte sie sagen. Sie beließ es bei einem Laut, der sich wie Zustimmung anhörte.

Rust sah vor sich auf den Tisch. „Sie wollen es wirklich, nicht wahr?" Sie nickte, unfähig, zu sprechen. „Warum?"

Warum.

Es gab so viele Antworten darauf.

Weil ich nicht allein leben will, dachte Gretchen, und nicht allein sterben.

Weil Kinder zu lieben einfach ist.

Weil ich alt werde, und sterben werde. Und es jemanden geben soll, der mich in sich trägt, über meinen Tod hinaus.

Weil ich geliebt werden will.

Weil …

„Weil es ohne Kind kein Leben ist. Für mich. Ich vermisse es. Ich vermisse mein Kind."

Sie hörte sich selbst zu, und ein Teil davon stimmte. Wie oft hatte sie nach Kindern gesucht, sie getröstet, sie von ihren Eltern weggebracht, zusammen mit der Mutter, die vor ihrem gewalttätigen Ehemann floh und keine Kraft mehr hatte, von Treppen oder weggerutschten Teppichläufern zu lügen. Wie oft hatte sie als eine der ersten LKA-Beziehungssachbearbeiterinnen im LKA 12, dem Opferschutz-Kommissariat in Hamburg, Kinder sitzen gehabt, die nicht wussten, wohin sie gehören. Und bis zum bitteren Ende für ihre Erzeuger logen, weil sie dachten, Liebe hält alle Schmerzen aus. Wie oft schien es Gretchen so, als ob sie ihr eigenes Kind in den Augen der anderen gesucht hatte?

Rust sah sie an. Sie spürte, wie seine Blicke unter ihre Haut krochen, sein Blick, der nicht forderte, nicht verurteilte.

„Wie weit sind Sie bereit zu gehen?", fragte er.

„Soweit es sein muss."

Er nickte. „Gut", sagte. „Gut." Dann sagte er ihr eine Adresse. Einen Namen, einen Tag, eine Uhrzeit. Und einen Preis.

„Ich verlasse mich auf Ihre Integrität", sagte er beim Abschied.

Als sie sich die Hand gaben, fragte die Opferschützerin sich, ob sie eben gerade einen Pakt mit Gott, oder mit dem Teufel geschlossen hatte.

# 6
## Nullstunde

Die Wand hört nicht auf, der Wecker klingelt, jemand sollte ihn ausschalten, denkt sie, das enervierende Piepen ist unerträglich.

Sie schlägt die Augen auf und hustet. Es geht, es tut weh, sie hat einen rauhen Hals. Sie will sich an den Hals greifen doch etwas hält sie zurück, ein Schmerz in ihrem Handrücken.

Schmerz. Er beginnt an ihren Fingern und im Hals, er setzt sich fort, hellroter Schmerz. Er ist zwischen ihren Beinen, er ist in ihrem Hals, in ihrer Hand, in ihrer Brust. Ihre Fingerspitzen brennen, gleißender Schmerz, er ist weiß und tief.

Sie will nach der Wand greifen, mit ihren Fingern, sie zerkratzen, diese Wand, die Tür suchen, und endlich atmen, frei atmen.

Es ist ein Klagelaut, den sie hört, es ist ein erbärmliches Winseln, und es kommt aus ihrem Mund.

Schritte. Eine Frau schiebt sich zwischen sie und die Wand, sie trägt weiße Kleidung und hält eine nach Billigpapier aussehende Zeitschrift in der Hand, den Finger zwischen die Seiten geklemmt, in die sie vertieft war. Das Zimmer kippt. Die graue Wand wird zu einer Zimmerdecke und die Frau zu einer Krankenschwester. Das Klingeln des Weckers wird zum Fiepen des EEG, und der Schmerz in ihrem Handrücken materialisiert sich als Tropf. Tubus, Katheder, Tropf, formt ihr Gehirn.

*Ich hatte einen Unfall. Hatte ich einen Unfall?*

Sie spürt Nässe auf ihren Wangen.

*Ich blute. Meine Augen bluten.*

„Sie ist wach. Sie versucht, zu atmen." Die Schwester lächelt.

*Wieso lächelt sie. Meine Augen bluten.*

Der Mann. Brille, dunkle Haare, zu jung um Arzt zu sein. „Kannst du mich verstehen?", fragt er. Sie will nicken, es geht, es tut weh. Wieso sieht er die Schwester an, so seltsam?

„Wie geht es dir?", fragt er. Sie will das Blut aus den Augen wischen und hebt die Hand, die, in der der Schmerz in jeder Faser ihrer Fingerspitzen schleift und sägt und pumpt. Sie sind verschorft und grau, weiße Mullstückchen auf den Fingerspitzen. Die Patientin wischt sich das Blut mit den Fingerknöcheln aus den Augen. Es ist kein Blut. Sie weint.

„Mir geht es gut", antwortet sie. Ein sonores Brummen.

Der Arzt sieht die Schwester an. Die zuckt mit den Schultern.

„Ich habe nicht verstanden", sagt der Arzt.

„Mir. Geht. Es. Gut", wiederholt sie, langsam, tief. Die Sonne scheint durch die Lamellen der Jalousie am Fenster.

*Nördliche Sonne, so steht sie im Norden.*

Sie schläft wieder ein. Die Träume sind gleich, alle gleich, sie klettert eine Wand hoch, sie ist weiß, und hat keine Enden, in keine Richtung. Eine Wachswand. Die Ewigkeit.

Als sie das zweite Mal aufwacht, drückt ihr das Blut von innen gegen die Schädeldecke. Jemand streicht ihr beruhigend über das Gesicht. Sie riecht Linoleum, sieht weiße Socken in weißen offenen Pantoffeln, direkt vor ihren Augen. Sie steht auf dem Kopf. Eine Maschine atmet für sie. Pumpt schweren Schmerz aus ihrer Lunge. Ihre Finger sind taub, die Liege ist hart und die Bandagen, die sie festhalten, schnüren ein. Sie begrüßt die Ohnmacht wie einen Freund.

# 7
## Veitstänzer

Die fünf kleinen Jungs hatten sich gleich über den Beutel Matchboxautos hergemacht, die Luka ihnen mitgebracht hatte. Er hatte sie jahrelang gehütet, aber jetzt brauchte er sie nicht mehr. Er war doch kein kleiner Junge. Mit 33 nicht mehr.

Sie hatten sie erst ehrfürchtig, und dann voller unverfälschter Begeisterung an sich gerissen, und waren daran gegangen, im Sandkasten Straßen und Häuser zu bauen, und mit den kleinen bunten Wagen dazwischen entlang zu fahren.

Olav hatte sich die meisten gekrallt. Und dem viel kleineren, zarten Henning das rote Feuerwehrauto weggenommen. Henning hatte es über sich ergehen lassen. Genauso wie er es neulich brav ertrug, dass Olav sich ihm auf die Brust setzte, Sand in den Mund stopfte und in Hennings Lieblingsförmchen pinkelte.

Luka machte sich Notizen. Olav entwickelte sich ausgezeichnet. Sein Gen-Cocktail schien den Alphatyp hervor gebracht zu haben.

Luka war nie wie Olav gewesen. Er war wie Henning immer wieder auf Olavs herein gefallen und hatte sich ihnen gebeugt.

Bei der Erinnerung hätte er Henning am liebsten von der Sandkiste weggezerrt und ihn geschlagen, bis der sich endlich gewehrt hätte. Gewehrt, dagegen, ein Niemand zu sein, niemand besonderer. Der auf alle herein fiel.

Luka war lange Zeit auch auf Frauen hereingefallen, aber nach seinem 21. Geburtstag änderte sich alles. Er bekam den richtigen Lehrer, der ihm beibrachte, wie er mit Frauen umzugehen hat.

Vorher war Luka nur einer von vielen gewesen, ein Honk, ein Teenager, der zu schnell zu groß wurde und seine Erektion nicht unter Kontrolle hatte wenn die Chemielehrerin mit ihrem kurzen Rock und den fusseligen Mohairpullovern den Raum betrat. Alles war schwierig, das Begehren, das Denken.

Der Mann, der mit seiner Mutter zusammen lebte, und den Luka sich weigerte, „Vater" zu nennen, war ein rückgratloses Lakritzgummi gewesen. Immer schon. Fürchtete sich vor allem, vor seiner Frau, seinem Sohn, vor der Welt. Vor den Schatten der Flugzeuge, die über ihren Garten hinweg glitten, vor seinem Chef, vor seinem Spiegelbild. Er war Luka keine Hilfe gewesen.

Seine Mutter ebenso nicht. Sie beobachtete ihn. Genau. Und immer, wenn Luka etwas falsch gemacht hatte, schien sie es in eine imaginäre Liste zu übertragen. Dann wurden ihre Knöchel weiß und ihr Blick floh nach Innen, dort, wo die Antwort lagerte. Die Antwort auf seine drängendste Frage: Warum? Warum siehst du mich so an?

Er hatte oft das Gefühl gehabt, dass seine Eltern ihn wie einen Gast betrachteten, und jede seiner unpassenden Regungen angewidert registrierten. Was würde seine Mutter tun, wenn die Liste voll war? Ihn zurückgeben?

Er hatte erst an seinem 21. Geburtstag die Wahrheit erfahren, die halbe zumindest. Den Mann, der mit seiner Mutter zusammen lebte und vergeblich hoffte, dass Luka ihn Vater nannte, erwischte es. Chorea-Huntington. Das, was die Nazis 1939 Veitstanz hatten nennen dürfen, war bei dem Mann seiner Mutter mit 56 ausgebrochen. Tödliche Tanzwut. Eine genetisch bedingte Hirnkrankheit, die Bewegungsstörungen und Muskelzuckungen abwechselnd mit Apathie und Demenz provozierte, und vom Ausbruch

bis zum Tod den Erkrankten damit piesackte, dass er un-
kontrolliert absurde Grimassen zog, die Zunge heraus
streckte, seine Gliedmaßen und seine Sprache nicht unter
Kontrolle hatte, und durch die Überaktivität seines Körpers
so viel Energie verlor und giftige Säuren produzierte, dass er
sich von innen vergiftete.

Das war die gute Nachricht, die seine Mutter Luka wei-
nend am Telefon gestand, als er schon fast aus der Tür war
um an seinem 21. Geburtstag endlich zu wagen, mit einem
Mädchen auf einen Tanzabend zu gehen. Die schlechte
Nachricht war: Chorea Huntington ist zu 50 Prozent ver-
erbbar.

Für einen Augenblick hatte Luka Angst verspürt. Dann
war wieder die seltsame Sicherheit in ihm empor gewachsen.

Und da endlich gab es seine Mutter zu. „Er ist nicht dein
Vater."

Er sagte „Ich weiß" und legte in ihr Bitten und ihre Er-
klärungen hinein auf. Es wurde ein wundervoller Geburtstag.

Den Rest fand er selbst heraus. Später, als er es schwarz
auf weiß haben wollte, dass dieser Fremde in seinem Mut-
terhaus nichts mit ihm zu tun hatte, und er alle DNA-Tests
machte, die möglich waren. Er hatte die Zahnbürsten seiner Mutter und dem Hampelmann, wie er den zuckenden
Alten im abgedunkelten Terassenzimmer nun nannte, ge-
klaut.

Dann war ER erschienen. Er hatte es ihm gesagt.

Nach einer Woche, nach den Tests, hatte er Luka nicht
einfach in die Klinik gebeten, oh, nein, Er hatte ihn abgeholt, mit dem Jaguar, und sie waren Essen gewesen, am
Göta-Kanal, in Töreboda. Danach gingen sie spazieren, um

über die Ergebnisse zu sprechen. Er hatte es für eine Auszeichnung gehalten; er hatte keine Angst vor dem großen Mann.

Und dann hatte Er es bestätigt. „Dein Vater ist nicht dein Vater". Ja. Dem Himmel sei Dank.

Dann war Er stehen geblieben und hatte ihn angesehen. Gütige Augen. Ein Sonnenflimmern war in diese Augen gefallen, die ihn so innig musterten, so voller Zuneigung, wie es Lukas Mutter nie geschafft hatte. Und voller Ernst. Und noch etwas. Freude? Er hatte ihm die warme Hand auf die Schulter gelegt.

„Und deine Mutter ist nicht deine Mutter." Er hatte Luka ruhig erklärt, wie genau Ei und Samen sich im Bauch der Frau wider gefunden hatten, die Luka stets so abfällig angesehen hatte. Und sich unrechtmäßig als seine Mutter ausgegeben hatte.

Er fing Luka auf, als er strauchelte. Er ließ ihn rennen, bis er nicht mehr konnte. Er schloss ihn in das Dickicht seiner Arme, als Luka schrie, aber nicht weinen konnte.

Danach hatte Luka gewusst, wie er mehr als ein Niemand werden konnte. Mehr als ein Experiment ohne Wurzeln, gezeugt in einer Petrischale und einer Fremden in die Fotze geschoben.

Er lernte es von ihm. Dem Mann, den er unter Tränen gebeten hatte, dass er ihn Vater nennen durfte. Es wurde ihm gewährt.

Vater hatte ihm versprochen, dass er herausfinden würde, wer seine wahren Eltern waren. Und wer dafür verantwortlich war, dass Luka in diese herzlose Familie gegeben wurde. Dass er in den Bauch einer grausamen Frau gepflanzt wurde.

Und er hatte sein Versprechen gehalten. Luka wusste nun, wer seine genetischen Eltern waren. Er wusste, dass er

Geschwister hatte, mit demselben Vater, aber mit einer anderen Mutter. Er war nicht mehr allein. Es gab ihn zwölf Mal. Elfmal zu oft.

Wer jedoch die Mischung angerührt hatte, aus A-Sperma und der Eizelle einer Wahnsinnigen, die Lukas biologische Mutter gewesen war – das konnte Er ihm nie sagen.

Und Er hatte ihn eingeweiht, in den großen Plan. Nach und nach, und heute, nach zwölf Jahren, gehörte Luka zum Kreis. Zum Kreis des Nordens, und er war wichtig geworden. Vater hatte ihm gesagt, dass er ein Auge auf Sieger haben sollte, der Herr von Moholm, und damit der Kreishalter Schwedens.

Vater lehrte ihn auch, Frauen so zu behandeln, wie sie es brauchten: Erst wie eine Prinzessin. Dann wie eine Hure.

So hatte Luka jede Frau bekommen, die er wollte.

Wie die da zum Beispiel, die jetzt auf ihn zukam.

Jane Sjögran, Kindergärtnerin und Kooperationserzieherin. Sie hatte die begehrte Ausbildung am Norland College für Kindermädchen in England genossen, die seit 111 Jahren Nannys ausbildete; ein idyllisches Landgut in der Nähe von Bath.

*Norlander*, wie sie sich selbst gern nennen, arbeiteten traditionell für Adlige und Superstars. Bis vor dem Zweiten Weltkrieg waren sie in jedem guten Fürstenhaus Europas. Die Liste reicht von Prinzessin Marina von Griechenland bis zu Prinz Franz von Mecklenburg-Schwerin. Heute wird die Klientel diskret verschwiegen, doch es ist klar, dass die Nannies mit den beigen Uniformen bei Fergie und Diana, Mick Jagger und Sting ein- und ausgehen.

Jane indes hatte sich nicht für Glamour, sondern für Geld entschieden, und war nach Töreboda in Südschweden gekommen.

Sie trug die haferflockenbreifarbene Uniform immer noch, obgleich sie schon seit fünf Jahren das Nannycollege verlassen hatte. Die Uniform, bestehend aus wadenlangem Schwesternkleid mit weißem Kragen, schwarzen Strümpfen, flachen Schuhen, braunem Hut und braunen Handschuhen, war bis vor kurzem ausschließlich von Harrods zu beziehen.

Jane lächelte ein schüchternes Lächeln. Jetzt trennte sie rasch Olav von den anderen Jungs, und begann, Henning zu trösten. Als der zarte Junge sich an sie drücken wollte, wehrte sie ihn ab. Das hatte sie von den Briten gelernt: Zuneigung zeigten sie nur Hunden und der Queen. Luka ging in die Knie und winkte den Jungen zu sich. Der flog in seine Arme, an seiner Schläfe pochte der Puls wie das Herz einer verängstigten Maus, der Kragen seiner Winterjacke nass vor Tränen. Jane sah auf die beiden herunter und lächelte.

Noch wagte man es nicht, sie auch nach Moholm zu holen. Um sie dort weiter auszubilden, für ihre Arbeit bei ganz anderen als verlebten Sängern und Königsliebchen; nämlich dort, wo man die ganz besonderen Wunschkindern unterzubringen plante.

Jane Sjögran war vielleicht schüchtern, aber nicht blind. Schon einige Male hatte sie sich über die Ähnlichkeit der Jungen und Mädchen ausgelassen, die sie hier in dem privaten Kindergarten betreute; die einander gleicher sahen als ihren unterschiedlichen Eltern. Als sie am traditionellen Lucia-Umzug am 13. Dezember mit Wichtelmännern, Jungfrauen und Sternknaben durch die Straße gezogen war, um die Rückkehr des Lichts zu feiern, hatte Jane versucht, mit den Eltern der Kinder ein Gespräch anzufangen. Es war Luka überlassen gewesen, sie abzuhalten. Der Kreis und seine Kinder mussten geschützt werden.

Er hatte Jane mit *Glögg,* einem gehaltvollen Glühwein, in den er noch ein Sedativum verrührt hatte, besänftigt, und sie von ihrer fixen Idee mit Zärtlichkeiten abgelenkt. Dass sie sich dabei in ihn verliebt hatte, nahm er wahr, aber nicht ernst. Es war ihm lästig.

Jetzt sah sie erschrocken auf Lukas Mund. „Hast du dir wehgetan?" fragte sie.

„Ganz dumm. Beim Essen auf die Lippe gebissen. Ich war in Gedanken", sagte er. „Bei dir", schob er nach und betrachtete, wie sich die Röte von Janes Hals nach oben ausbreitete. Er gab Henning einen Kuss auf den Scheitel und flüsterte ihm zu, dass er Olav töten werde, heute Nacht. Jane kam näher.

Luka wandte sich ab, als sie zögernd einen Handschuh auszog. Er hatte das mal erotisch gefunden, als er sie noch nicht gehabt hatte. Da war ihm der Moment, als sie sich ihrer Handschuhe entledigte, wie ein raffinierter Striptease vorgekommen.

Jetzt streckte sie ihre Finger nach seinem Gesicht aus. In ihren Augen das Versprechen, dass sie bereit wäre, noch weiter zu gehen als nur den Handschuh auszuziehen.

„Ich muss los", sagte er, und floh. Er musste sich nicht umdrehen um zu wissen, dass die Norlander Nanny ihm mit zerfließendem Gesicht nachsah, gespalten durch die Enttäuschung.

Hätte er zurück gesehen, wäre ihm aufgefallen, dass Frauen, die ein Mann einmal zu oft zurückweist, Augen ohne Nachsicht besitzen.

# 8
## Die Patientin

Zögerliche Dunkelheit drückt sich gegen die Fenster. Mild, durchscheinend. Sie tastet in Gedanken ihren Körper ab, versucht, mit jedem Muskel zu zucken. Im Spiegel der Fensterscheibe sieht sie die weiße Frau. Sie liest ein Buch.

„Was lesen Sie da?", fragt sie die Schwester. Die Frau sieht auf. Sommersprossen, rotes Haar, fragend hebt sie den Einband hoch.

„Ja. Das Buch." Ihr Atem geht ruhig, die Finger sind taub.

Die Frau schüttelt den Kopf. „Ich verstehe nicht", sagt sie. „Mein Name? Ich heiße Ýsa. Wolltest du das wissen?"

„Wieso verstehst du mich nicht?"

Die Frau Namens Ýsa schüttelt den Kopf und drückt einen Knopf an der Wand über dem Kopfende des Bettes. Und lächelt.

Der Arzt der zu jung ist um Arzt zu sein kommt wieder. Er bringt einen anderen Mann mit, er trägt helle Cordhosen und Hemd und darüber einen Pullunder mit grünen Rauten auf braunem Grund.

„Wie geht es dir?", fragt der Arzt.

„Gut. Wie soll es mir gehen, beschissen, Herrgott noch mal."

Der Mann mit Bart und Pullunder wiederholt die Worte. Sie hören sich anders an.

„Du verstehst Schwedisch?", fragt der junge Doktor. Er hat ein Grübchen im Kinn. Er duzt sie, wie alle Schweden.

„Tue ich?" fragt sie zurück. Der Arzt macht sich Notizen.

„Was ist passiert?", fragt sie, der Pullunder übersetzt.

Sie wiederholt ihre Frage auf Schwedisch. Der Pullunder presst seine Lippen aufeinander. Kirschlippen, er schmollt.

Der Arzt schüttelt den Kopf. „Wir wissen es nicht."

„Wo bin ich?"

„In der Neurologischen Klinik, Sahlgrenska Universitätskrankenhaus. Göteborg. Schweden."

*Schweden. Ich bin Schwedin. Ich bin …*

„Man hat Dich gefunden. Du warst … an einem Rastplatz."

„Ich hatte einen Unfall?"

Ihre Gedanken irren umher. Sie will sie in die Enge treiben. Sie fliehen. Etwas fehlt. Was fehlt?

„Wie heißt du?", fragt er dann.

Sie atmet ein. Sie will es ihm sagen, wer sie ist.

Die Krankenschwester fasst nach ihrem Arm. Streichelt ihn. Ein Blick von dem Arzt, und Ýsa lässt es. Sie riecht nach Rauch.

*Mein Name. Mein Name ist …*

Sie will ihre Lippen zwingen, ihn auszusprechen. Sie schließt die Augen und sucht. Und findet nur graues Rauschen.

*Ich weiß meinen Namen nicht.*

Sie will lachen. So etwas kann passieren, es wird der Schock sein, der Name, der Name, so etwas vergisst man nicht, so etwas vergisst man nur, wenn … Und plötzlich weiß sie, was fehlt. Alles.

Der Arzt verschränkt die Arme vor der Brust. Auf seinem Schild steht Dr. med. Arvid Enby. Sie möchte ihn nicht duzen. Sie möchte ihn schlagen und auf dass er ihren Namen zurück gibt.

„Könnte ich eine Zigarette bekommen?"

Ýsa greift in die Außenseite ihres Kittels und schüttelt aus einem Päckchen eine hervor. Steckt sie an und schiebt sie der Patientin zwischen die Lippen. Als sie spricht, kaut sie den Rauch. Die Lust, Enby zu schlagen, ist verschwunden.

„Göteborg ist nach Stockholm die zweitgrößte Stadt Schwedens. Die Stadt mit der umliegenden Gemeinde gliedert sich in 21 Stadtbezirke. Im Großraum Göteborg leben 879.298 Menschen. 1976 besetzten Umweltaktivisten eine Woche lang den Königsplatz, um sich gegen den Bau eines Parkhauses, das unter den Platz gebaut werden sollte, zu wehren. 1995 war die Stadt Austragungsort der Leichtathletik-Weltmeisterschaft und im Jahr 2006 der Leichtathletik-Europameisterschaften."

Sie zieht an der Zigarette, die ihr die Schwester in den Mund schiebt. „Fragen Sie mich etwas, was ich weiß, Doktor Enby."

Die Schwester lächelt. Die Patientin lächelt scheu zurück.

Zwei Nächte, zwei Tage und 16 Tests und Untersuchungen in der Tomographieröhre später weiß sie, dass sie nichts weiß. Die Gegenwart hört auf zu existieren, und alles, was jetzt zählt, ist nur die Vergangenheit; denn ohne sie ist sie niemand.

*Du bist, was du getan hast. Was habe ich getan?*

„Es handelt sich um eine Postraumatische Belastungsstörung, bei der das Faktengedächtnis der linken Hirnhemisphäre funktioniert, das emotionale Gedächtnis aber unerreichbar geworden ist. Was bedeutet, dass Sie alles, was Sie fühlten, vergessen haben", erklärt Dr. Enby.

Er spricht jetzt Englisch und das „you" hört sich distanziert an. Sein schokoladenfarbenes Haar sieht weich und seidig aus. Sie hat Lust, es zu berühren. Während er von Hirnmatsch erzählt.

45

„Somit haben Sie alle emotionalen Erinnerungen verloren. Der Zugang zu ihrem autobiographischen, episodischen Gedächtnis ist blockiert – wie eine Tür, die nicht mehr vorhanden ist. Ihre Erinnerungen sind da, abgespeichert in der Amygdala, einem traubengroßen Teil des Gehirns, als auch in Ihrem Stirnlappen. Nur eben nicht mehr erreichbar. Die Tür fehlt."

„Wir fliegen zum Mond. Und der Weg in den eigenen Kopf ist zu lang?"

Sie mag es, wenn Enby sich ein Lachen verbietet. Das Grübchen im Kinn wird dann tiefer. Ziegelrote schmale Lippen.

„Ich habe mit einem Kollegen der *Carlsson Research* gesprochen. Führend in der Entwicklung von Medikamenten in der kognitiven Neurologie. Entspannungsübungen, Antidepressiva als auch Hypnose könnten die Tür öffnen. Sogar Physiotherapien können helfen, die fehlenden Trigger-Synapsen aufzubauen. Aber das dauert. Keiner weiß, wie lang diese Anomalie anhält."

Anomalie. So nennt man es also. Wenn man alle vergessen hat, die sie je geliebt hatte. Gehasst. Gewollt. Sie kennt keine Freunde mehr, keine Feinde. Verschlungen in unsichtbarer, still gestandener Zeit.

Enby spielt mit seinem Kugelschreiber. Klick. Klickklick. „Sie haben dich in einem Müllsack gefunden. Nackt und mit Wachs beschmiert, Fingerkuppen verbrannt, dein Haar brutal abgeschnitten. Der Körper rasiert. Nahezu klinisch tot. Ein Lastwagenfahrer von Hasselblad hat dich gefunden, er hätte fast auf dich drauf gepinkelt. Vor zwei Wochen. In der Nacht vom 1. auf den 2. April." Er wartet. „2008."

*2008. Wie alt bin ich?*

„Die emotionale Amnesie ist eine Folge von panischer Todesangst, Gewalttrauma, Sauerstoffmangel im Gehirn. Eine Hirnblutung haben wir ausgeschlossen." Sein Klicken wird hektischer. „Ich habe deine Beschreibung an Europol gegeben. Falls …

„Falls ich eine von den Bösen bin?" Die Patientin lacht, weil sie nicht weinen kann, und sucht in ihrem Gewissen, was diese These belegen könnte.

*Bin ich eine Mörderin?*

Sie schaut auf ihre Fingerkuppen. Wenn sie sie aneinander reibt, hören sie sich an wie Schmirgelpapier. „Und in den zwei Wochen? Jemand, der mich … suchte?"

„Keiner."

*Keiner vermisst mich. Keiner.*

„Wer hat mich gewaschen, mir den Hintern gewischt, die Zähne geputzt, mir den Schleim abgesaugt und mir erzählt, ob es draußen regnet oder die Sonne scheint?"

Enby blickt zu Ýsa. Die nickt. „Allerdings habe ich weniger über das Wetter geredet", gibt sie zu. „Sondern über Männer."

„Danke", sagt die Patientin. Je höher sie die Hand hebt, desto mehr zittert sie. Faszinierend. Das Zittern, wie ein neurotischer, bibbernder Fisch in einem Einmachglas voller Leitungswasser.

„Wir haben keine Ahnung, woher du kommst, oder wer du bist, oder wer dir das angetan hat. Das einzige, was ich weiß, ist: Es war ein Mordversuch." Enby fixiert ihren Mund.

Sie spürt keine Angst. Nur ein diffuses Gefühl von … Ärger.

„Aber du hast überlebt."

Überlebt. Sie schließt die Augen und sieht Schatten ohne Namen. Mordversuch? Lächerlich. Sie hat Lust zu Tanzen.

Enby atmet tief ein. Er wechselt wieder ins Englische, das You hört sich erneut nach Sie an. „Sie sind weiß. Mitteleuropäerin. Wahrscheinlich Deutsche, aber Sie sprechen gutes Schwedisch und Englisch. Höhere Schulbildung. Sie sind Anfang, Mitte 30. Keine Impfungsnarben. Ihr Gebiss ist gepflegt, aber nicht amerikanisch. Sie haben keine Kinder geboren. Sie nehmen keine Pille. Sie haben Drogenerfahrung, aber Sie sind nicht süchtig. Ihre Leberwerte sind intakt. Ihre Lunge auch, trotz Xenongas, und obgleich Sie Nikotin gewöhnt sind. Sie sind körperlich gesund, bis auf die Nachwirkungen der Verbrennungen, der Verkühlung und des Sauerstoffmangels. Und Sie haben Narben am Körper. Stichwunden, Streifschüsse, Verbrennungen."

Enby ärgert, dass sie so gelassen aussieht. Ihre Gesichtsmuskeln entspannt, aufmerksam, als ob sie eine Vortrag lausche, der sie nicht weiter betrifft.

Vorsichtig ist sie, seine Hand, die er jetzt in ihre Richtung schweben lässt. Vorsichtig, als habe er Furcht, sie zu verjagen, wie ein scheues Tier. Dann legt Enby seine Finger auf ihrem Unterarm ab, zwei Fingerbreit über ihrem Handgelenk. „Ich habe selten bei einer Frau solche Muskeln gesehen. Nur hier, wie ... ein Schweißband. Ein Schweißband aus Muskeln."

Er streichelt über den festen Hügel neben dem Gelenkknorpel. Reflexartig streckt die Patientin Zeige- und Ringfinger aus. Gleichzeitig spannt sie das Becken an und atmet tief ein. Enby lässt den Kugelschreiber fallen, den er in der anderen Hand gehalten hat. Sie greift danach ohne hinzusehen und fängt ihn. Finger, schneller als jeder Gedanke.

„Ruhig", sagt er, „bitte".

„Haben Sie Angst vor mir?" fragt sie.

*Bei Fleisch gibt es nichts zu beschönigen. Fleisch auf Fleisch.*

*Keine künstlerische Perspektive. Hat mein Fleisch einen Namen?*

Die Patientin sieht sich um. „Ich brauche einen Spiegel".

Über dem Waschbecken sieht sie ihn. Sie setzt sich auf, und als Enby nach ihr fassen will, um sie zu stützen, wehrt sie ihn ab.

Ihr wird schwindelig. Minutenlang bleibt sie auf der Bettkante sitzen. Ýsa hält ihr Tropf und Katheder hoch. Nur durch die Nabelschnüre der Beutel verbunden, gehen Ýsa und die Patientin dann mit winzigen, schiebenden Schritten auf den Spiegel zu. Dann hat die Patientin es geschafft und hebt den Kopf. Etwas außer Atem. Gleich würde ihr ihr Name einfallen. Bestimmt. Ihr Name. Sie hebt die Lider und sieht sich an.

*Nie dagewesene Gegenwart.*

Sie bewegt ihren Kopf und die Fremde im Glas bewegt sich mit. Sie tastet ihre Konturen ab, mit tauben Fingerspitzen. Die verkrustete Nase. Den Mund. Die Augenbrauen, zwei Halbmonde. Sie wartet, auf ein Gefühl, auf ein Bild.

Sie hätte auch in einen leeren Spiegel sehen können.

Sie versucht mit der Zungenspitze an die Nase zu kommen. „Geben Sie mir einen Namen", bat sie den Arzt dann.

„Svenja", sagte Enby nach einigen Sekunden. „Ich werde dich Svenja nennen. Es bedeutet …"

„Junge Kriegerin. Aber bin keine Kriegerin, ich bin …"

Sie blieb sich den Rest schuldig.

„Ich werde mich jetzt hinlegen, Enby. Dann möchte ich, dass Sie mich fotografieren."

„Wieso?"

„Tun Sie es einfach."

# 9
## Das Recht auf Wünsche

Alles war gepflegt und scharfkantig gebügelt an ihm, das hellblaue Hemd, der dunkelgraue Anzug, das Haar in der Farbe von flüssigem Asphalt, das er mit einem breitzinkigen Kamm nass nach hinten gekämmt hatte. Der weiße Kittel, den er offen trug. Dr. Malcolm Slomann war stolz, dass man ihm den 59. Geburtstag nicht ansah. Er hatte gute Gene, das wusste er. Er überragte die Menschheit mit 1 Meter 96.

Nun legte er den Telefonhörer sacht auf. Eine Polizistin also. Eine, wie war das, eine „Opferschützerin". Beziehungssachbearbeiterin, die gerufen wurden, bei häuslicher Gewalt, bei Stalking, bei Vernachlässigung, eine Polizistin.

Auch Polizistinnen konnten einen unzähmbaren Kinderwunsch haben, letztlich waren auch sie nur Frauen.

Gretchen Butterbrood. Rust hatte sie beschrieben als scheu, konservativ, einsam. Blonde dicke Haare. Veilchen-Augen. Ein langer, kräftiger Körper, „klassisch", nannte er sie. Die geborene Mutter. Eine Beschützerin. Und schön, ohne es zu wissen.

Rust übertrieb. Er redete Slomann nur nach dem Mund, da war sich Malcolm sicher. Seine Freunde nannten ihn Mac.

Nein. Die ihn so nannten, waren keine Freunde. Es waren viel mehr … Kriegsgefangene. Slomann lächelte dünn. Sie redeten ihm nach dem Mund, weil sie Angst hatten.

Rust war kein Manager, so wie Mac Slomann. Jemand in dieser Branche musste wie ein Topmanager reagieren und planen, delegieren und auch mal gesund schrumpfen. Es war die Langzeitstrategie, die zählte. Nur das. Auf Jahrzehnte denken.

Auch mit Polizistinnen. Der Preis für ihr Schweigen wäre ein Kind, auch ohne Mann. Damit wäre sie bei Slomann richtig. Bei ihm und der Nährflüssigkeit aus Australien, dem Mikroskop aus Japan, dem Inkubator aus England, und mit der Methode seines In-Vitro-Fertilisations-Arbeitsplatzes aus Schweden. Und wenn sie es so dringend wollte, dann würde ihr kleiner Engel auch genauso werden, wie sie es sich wünschte. Wünsche frei zu haben, war ein unbezahlbares Gut. Slomann machte es bezahlbar.

Es war für ihn immer wieder erstaunlich zu erleben, dass es potentiellen Eltern keineswegs egal war, ob ihr Baby schlicht gesund war und sich der Rest schon finden würde.

Hatten sie die Möglichkeit, sich etwas zu wünschen, wurden ihre Listen immer länger. Blond, braun oder rothaarig? Gelockt? Mädchen oder Junge? Bitte, nehmen Sie sich Zeit. Kreuzen Sie alles an. Was Sie wollen.

Jeder Mensch hat das Grundrecht auf Wünsche.

Und sie hatten. So ausgiebig hatte er nur Paare über Kücheneinrichtung diskutieren hören, unten im *Stilwerk*, dem Edel-Möbelhaus am Museumshafen.

Slomann streckte sich. Dann stand er auf und sah nach seiner Rezeptionsschwester. Sie saß nicht an ihrem Platz. Nur die *Bild* lag aufgeschlagen auf dem Tisch; sie verdeckte den Terminkalender und die neuen Karteikarten der Samenspender, die sich heute vorstellen wollten.

Du bist, was du liest, dachte Mac, und faltete die überdimensionale Tageszeitung zusammen, um sich das Titelblatt anzusehen. Wen hatte es jetzt mal wieder erwischt, wer lag im Krankenhaus, nach einem peinlichen Unfall mit der Geliebten? Welcher Politiker vermietete an Huren, welcher Star war zur Eröffnung einer Thunfischdose gegangen?

Es raschelte, als er die dritte Seite nach oben blätterte.

„Wer kennt diese Frau?" lautete die Überschrift.

„Ich" stellte Mac Slomann fest. Diese Frau. Die so plötzlich die feinen Membranen des inneren Zirkels durchbrochen hatte und aufgetaucht war, und die ihm und seinem Kreis der Freunde das missgönnte, was sie in den vergangenen 50 Jahren erschaffen hatten. Eine von Selbstgerechtigkeit besessene Frau, deren Kraft und blühende, aggressive Sexualität ihn betört hatte. Ihr Zorn hatte sich gegen ihn gerichtet, gegen den Kreis, gegen ihren großen Plan.

Sieger war versessen darauf gewesen, sie zu töten. Slomann hatte es verboten. Er wollte sie fangen, foltern, und sie als Geisel auf Lebenszeit, wenn es sein musste, behalten; der Tod löste Probleme nur vorübergehend.

Dann war sie verschwunden. So plötzlich, wie sie gekommen war. Mac Slomann las den kurzen Bericht. Ein Unfall. Namenlos gefunden. Wahrscheinlich Deutsche.

Romy Cohen hatte ihr Gedächtnis verloren.

Wie außerordentlich praktisch.

## 10
### April in Hamburg

Wenn man sich das Gehen abgewöhnt hat, dann denkt man nur noch ans Laufen. Ben Martin sah überall Jogger. Geher. Walker. Sie alle rannten mit solcher Selbstverständlichkeit durch die Gegend, dass er sie am liebsten erschlagen hätte.

Er ließ das Fernglas sinken. Er hatte seinen Schuppen im Freihafen am Argentinienkai seit Jahren nicht verlassen; jetzt wusste er, warum. All diese Leute, die ihre Unterleiber auf Augenhöhe an ihm vorbei schoben, sie gingen aufrecht, einen Fuß vor den anderen, ohne nachzudenken, dass es ein Geschenk war. Zu gehen. Wohin man will.

Als Ben Martin Romys Gesicht im *Abendblatt* und in der *Bild* gesehen hatte, hatte sich das Morsepiepen seines Herzens beruhigt. Es waren nun 31 Tage, und jetzt wusste er, wo sie war. Doch er konnte nicht einfach hingehen, wo sie ihn brauchte. Er rollte vor den Spiegel und kontrollierte den Windsorknoten der seidenen Krawatte. Sie war eine Nuance heller als das Hemd mit dem Haifischkragen. Er kontrollierte die Manschettenknöpfe, die unter dem Nadelstreifenjackett heraus sahen. Kontrollierte die passende Weste. Ein edler Wilder. Schloss die Augen.

Er hatte es gehasst, als er an diesem Nachmittag Elsa, seine Putzfrau mit dem Gesicht einer Göttin, dem Körper eines Playmates und dem Schielen eines debilen Kindes, und ihren Mann Roman, einen schweigsamen Polen mit pfannengroßen Händen und linearem Bürstenhaarschnitt, anrufen musste. Ihre Kinder, Zwillingsmädchen, waren leicht geistig behindert. Zwei Sonnenstrahlen, die in einer eigenen Sprache kommunizierten und jedem Menschen trauten. Wie zwei glückliche Puppen.

„Wieso baust du keine Rampe?" hatte der Pole gefragt, als er Ben Martin aus dem Rollstuhl gehoben und ihn die Stufen vom Schuppeneingang bis auf den Asphalt getragen hatte. Huckepack.

„Sieht nicht schön aus" hatte Martin geknurrt.

Der Pole beließ es dabei.

Elsa hatte ein schielendes Lächeln in ihrem überirdisch schönen Gesicht. „Holst du Romy nach Hause?"

„Ich wüsste nicht, dass sie hier ihre Adresse hat."

Elsas Lächeln erlosch. „Wir fahren nach Kiel" bestimmte sie.

Die *Stena Line* fuhr an allen ungeraden Tagen von Kiel nach Göteborg, und am nächsten Tag in die andere Richtung. 13 Stunden. Aber besser als Fliegen. Fliegen mit dem Rollstuhl, das funktionierte nicht. Alle Leute sahen einen an, als ob man stört. Manche Frauen lächelten so, als ob sie ausprobieren wollten, ob ein Behinderter auf sie ansprang. Hatte ja bestimmt schon lange keinen Sex mehr. War doch auf jede scharf. Und konnte sie doch nicht kriegen. Das fanden manche Frauen spannend.

Das stimmte, das mit dem Sex. Er fehlte ihm. Aber er war nicht auf jede scharf. Scharf traf es schon lange nicht mehr. Ben Martin musste berührt werden, um überhaupt etwas zu spüren. Nur Romy. Die brauchte ihn bloß anzusehen.

Roman rollte seinen Stuhl über zwei feste Bretter, die er an den gelben Kangoo gelehnt hatte. Dann zurrte er die Räder mit Haltegurten und Karabinern fest, und hob den Krüppel auf den verbliebenen Rücksitz.

Für Romaine Cohen verließ Martin seine Burg, seine Höhle. Von dort aus hatte er die ganze Welt überblickt. Jetzt schaffte er es nicht mal mehr ohne die Hilfe eines Polen und seiner schmollenden Frau von Hamburg nach Kiel.

„Der Besuch aus Boston kommt morgen", sagte er. Elsa nickte. „Ihr bringt sie im Madison unter." Elsa nickte wieder. „Ihr sagt nur, wann ich zurück komme, nicht wo ich bin." Elsa nickte.

„Elsa, hör auf zu nicken". Elsa nickte.

Roman öffnete seiner Frau die Beifahrertür, ließ sie einsteigen, schob fürsorglich einen Zipfel ihres getigerten Plüschmäntelchens nach, und schloss die Tür wieder. Erst dann ging er um den Wagen herum, stieg ein und ließ den Motor an.

Ben Martin hielt die blaue Sporttasche fest an sich gedrückt. Wäsche zum Wechseln. Ein neues Hemd, Rasierzeug. Romys zweiten Pass. Beschützen kannst du sie nicht, alter Mann.

Doch. Ich kann.

Du kannst nicht mal im Stehen pinkeln.

Warum mussten Polen eigentlich immer etwas essen, sobald sie in einem fahrbaren Untersatz saßen? Sie hatten das Zollhäuschen auf der Versmannstraße kaum passiert und glitten links der Bahnlinie am alten Viadukt entlang, da holte Elsa schon belegte Brote und eine rote Thermoskanne hervor, und reichte beides nach hinten. Ben Martin sagte nicht Danke. Er hasste es, sich für etwas bedanken zu müssen um was er nicht gebeten hatte.

Während Ben Martin ein in Wachspapier eingeschlagenes Schwarzbrot mit Hering in Tomatensoße auswickelte, und einen Becher roten ungesüßten Tee in der Hand balancierte, betrachtete er fassungslos, wie sich Hamburg verändert hatte. Während er in seiner Edelbaracke gesessen hatte, und die Kriege der Welt verfolgt. Er wusste, wie es in den Dörfern von Angola aussah und wie der Baumbestand in Angkor Wat, und dank Google Earth auch, wie das Meer an der Küste Bombays fraß. Doch er wusste nicht, was vor seiner Tür war. Der Straßenverlauf der Versmannstraße hatte sich geändert. Die Hafencity schob sich unaufhaltsam auch an seinen Schuppen heran. Der Indiahafen war zugeschüttet worden, es standen nur noch wenige Lager in der Australiastraße. Doch das war Niemandsland gegen das, was sich hier auftürmte. Die Hafencity Hamburgs sollte auf 155 Hektar entstehen, 12.000 Arbeitsplätze, 30.000 Wohnungen bieten. Den Sandtorkai hatten sie bereits zugebaut, direkt gegenüber der 150 Jahre alten Speicherstadt, Glas und Stahl und Quadrate. Auf dem Dalmankai wuchsen Kräne und Stahlskelette in den graublauen Himmel, halbfertige Häuser in Sandsteinoptik, Stahl, Schwärze, Glas, Legohäuser.

Die Straße führte nun unweit des Kaispeicher B entlang, in dem Peter Tamm seine Seefahrts-Sammlung ausstellte, als Maritimes Museum. Gegenüber ein gigantischer Sandberg. Dort, wo früher die Polizeiwache stand und die Versmannstraße endete, war nur Sand. In ein paar Tagen stünde dort ein Hausskelett.

Kaimauern, Warften, Wasser und Sand waren zu einer formbaren Masse geworden. Elsa bemerkte, wie Ben Martin alles in sich aufsaugte, an dem sie vorbei fuhren. Sie legte ihrem Mann leicht eine Finger auf den Handrücken, der über dem Schaltknüppel ruhte. Der Pole fuhr langsamer, und nahm nicht den direkten Weg zur Autobahn, sondern fuhr den Sandtorkai entlang, am alten *Kesselhaus* vorbei.

Gegenüber im Haus der *China Shipping Holding* spiegelten sich lang gestreckte Wolkengeschwader in den Fensterscheiben. Vorbei am Gewürzmuseum, der Rückseite des *Dungeon* und am Hanseatic-Trade-Center, bis sie am Baumwall wieder aus der Speicherstadt in den rollenden Verkehr glitten. Roman überholte geschickt einen roten

Doppeldeckerbus, und Ben Martin aß sein Heringsbrot, ohne es wahrzunehmen. Wie konnte er Romy nach Hause holen wenn er nicht mal wusste, was Zuhause war?

Die restliche Zeit bis Kiel nutzte er, um seinen Laptop über das Mobiltelefon mit dem Internet zu verbinden und sich alle verfügbaren Broschüren und Webcambilder über die Hafencity herunter zu laden.

Danach las er alles, was er über retrograde, emotionale Teil-Amnesie in den unendlichen Quellen des Internets finden konnte. Er erfuhr auf einer Seite des Bayrischen Rundfunks, dass jeder Mensch vier Gedächtnisse besaß. Das episodisch-autobiografische Gedächtnis, das Faktengedächtnis für Wissen und Bildung, das Priming-Gedächtnis, das primär für die kognitive Einordnung von Reizen zuständig ist. Und schließlich das prozedurale Gedächtnis. Letzteres sorgt dafür, dass wir motorische Fähigkeiten wie Radfahren und Schwimmen nicht verlernen.

Romy hatte das episodisch-autobiografische Gedächtnis verloren, in dem alle persönlichen Lebenserinnerungen und Emotionen gespeichert sind. Das fragilste unserer Erinnerung. Das Gedächtnis des Ich. Die Seele.

Sie musste neu lernen, was es hieß, zu lieben. Sich zu fürchten. Zu trauern. Zu lachen.

Ben Martin hörte sich selbst lachen. Die meisten Menschen hatten verlernt, zu lieben, und fürchteten sich, wenn sie in der Zeitung die Kriminalstatistik lasen. Sie fürchteten sich, um anzugeben, in Gefahr zu sein. Wichtigtuer, denen fast mal was passiert ist. Emotionale Idioten.

In einem amerikanischen Artikel fand er es. Natrium-Amytal-Abreaktion. Eine Injektion durch die Halsschlagader, der Wirkstoff, der im Gehirn alle Türen öffnete. In den 60er Jahren benutzte die CIA dieses Mittel, um Gefangenen unter Hypnose neue Erinnerungen einzuspeisen, und eine Sperre auf die wahren Ereignisse. Heute wurde es in Guantanamo als Wahrheitsdroge genutzt. Kein Psychiater nutzte es, um Amnesien zu durchbrechen. Sie riskierten die Aberkennung der Approbation, und Gefängnis. Und doch war es die schnellste Abkürzung, die Romy nehmen konnte. Wie sollte er da ran kommen?

Als Roman ihn die Rampe am Schwedenkai in Kiel hinaufschob, hatte Ben Martin sich immer noch nicht mit dem Wissen arrangiert, dass sie ihn nicht erkennen würde. Sie würde ihren Lieblingsschauspieler Sean Connery erkennen, weil sie ihm nie begegnet war. Aber Ben Martin wäre ein Fremder.

Wenn er wollte, konnte er noch mal ganz neu mit ihr anfangen.

Die Idee raubte ihm für einen Augenblick den Atem.

Er brauchte ihr niemals die Wahrheit über das zu sagen, was sie tat. Er konnte so mit ihr umgehen, wie sie es brauchte.

Als die Fähre Germanica der Stena Line ablegte, einen Weg aus weißem Schaum und glitzernden Strudeln durch die Ostsee pflügte, und die geduckte Silhouette Kiels im Abendlicht hinter sich ließ, wusste er, dass er 13 Stunden Zeit hatte, sich zu überlegen, was er ihr erzählen würde.

Manchmal war das Vergessen besser als das Erinnern.

## 11
### Die junge Kriegerin

Die Patientin träumte von einem Jungen. Während er mit ausgebreiteten Armen auf sie zulief, erkannte sie, dass ein Seil durch seinen Nabel führte.

„Ich bin nicht deine Mutter", flüsterte sie ihm ins Haar, als er sich an ihre Brust warf; seine dünnen, schwarzen Locken rochen nach Wacholderbeeren und nasser Erde, nach getrockneten Tannennadeln und Buttermilch-Eiskrem. Sie saugte seinen Duft tief in sich auf. Er zog sie mit sich, bis zu einer Felskante, und zeigte auf das Wasser, hunderte Meter unter ihnen. Er legte seine kleinen Hände fest um ihr Handgelenk. „Komm", sagte er. Sie atmete tief ein und hielt die Luft an. Sie sprangen. Gleich käme das Wasser.

Die Patientin schlief unruhig. Er betrachtete sie aus sicherer Entfernung. Sie hatten keinen Polizisten abgestellt, der mit verschränkten Armen und breitbeinig auf einem Stuhl neben ihrer Zimmertür saß, das blaue runde Käppi zwischen den Fingern drehte und sich fragte, warum in den Schwedenkrimis alle Polizisten magenkrank und depressiv sind. Keiner da.

Der Besucher trug einen weißen Kittel über dem Anzug; den anderen, an dem die Käseschmiere gehangen hatte, hatte er verbrannt. „Was mache ich jetzt mit dir, Papillon?"

Ihr Gesicht hatte wieder Farbe bekommen. Sie sah besser aus, als als er sie vor bald zweieinhalb Wochen auf dem Rastplatz in die Büsche gerollt hatte.

Er zog sich ein Paar Wegwerfhandschuhe an und zog die Kabelbinder aus dem Jackett. Vorsichtig fixierte er ihr linkes Handgelenk an das Bettgestell. Dann ging er um das

Bett herum und wiederholte die Fesselung an ihrem rechten Handgelenk. Schließlich griff er nach dem Kopfkissen, das er im oberen Regal des schmalen Wandschranks entdeckt hatte, und presste es fest auf ihr Gesicht.

Er zählte dabei innerlich bis zehn. Als sein Gehirn die Zahl sechs formte, registrierte es gleichzeitig mit fassungsloser Verwunderung, dass ihm das Kissen entgegen geschossen kam.

Ýsa mochte die Patientin. Sie war belesen. Sie wusste viel. Nur über sich selbst nicht, aber das war erholsam, denn zu viele Leute redeten immer über sich, sobald sie erfuhren, dass Ýsa Krankenschwester war. Sie zeigten ihr dann ihre Wunden und Narben, die auf dem Körper und die auf der Seele.

Die Patientin nicht. Sie fragte, hörte zu und hatte nicht dieses „Ich-auch"-Verhalten von Leuten, die jedes Bekenntnis zum Anlass nehmen, über sich selbst zu reden.

Svenja hatte Dr. Enby sie getauft. Der junge bästa-Herr Enby. Immer, wenn er jemanden mochte, war er kühl und sachlich. Jemanden, der ihm egal war, den behandelte er herzlich und charmant, fast so, als ob man es persönlich nehmen könnte. Ýsa behandelte er kühl. Sie wollte sehr bald mit ihm schlafen. Das hatte sie der Patientin anvertraut, die hatte gelächelt, und um zwei Igelbälle gebeten; stachelige Plastik-Kugeln zum Knautschen. Damit vertrieb sie sich den Tag. Damit, und etwas, was nach Schattenboxen aussah.

Ýsa hatte eine zusammengefaltete *Dagens Nyheter* mit dem Bild der Patientin gleich vorne auf der ersten Seite unter dem Arm, und eine Tüte Kanelbullars, Zimtschnecken. Auch zwei Semlas mit viel Mandelmasse und Sahne, auf einem Papptablett. Heute war fetter Dienstag, aber auch wenn es nicht Dienstag wäre, wäre es ein guter Moment für eine Fika, eine Kaffeepause.

Die Tür zum Zimmer der Patientin war nur angelehnt. Als Ýsa ihre Schulter gegen das Holz drückte, fiel es ihr ein: Sie hatte die Zigaretten vergessen. Sie eilte zum Schwesternzimmer zurück. Ihre weißen, hinten offenen Pantoffeln schlierten über den Krankenhausfußboden. Den Mann, der hinter ihr aus dem Zimmer der Patientin floh, und sich die Stirn hielt, sah sie nicht.

„Hej, Svenja", sagte Ýsa, und legte ihre süße Beute vorsichtig auf den Tisch am Fenster, bevor sie mit einem Lächeln die Zigaretten aus dem Kittel hervor zauberte.

Ýsa sah auf Svenjas Hände. Die Kabelbinder hatten sich tief ins Fleisch eingegraben. Das zweite Kopfkissen war unter das Bett gerutscht, über Svenjas Nase lief Blut. Ihr Atem ging ruhig und gelassen. „Himmel och pannkaka!" entfuhr es Ýsa.

„Ich dachte, es gibt Zimtschnecken, keine Pfannkuchen."

Diese Frau mit den Kupferaugen wurde Ýsa unheimlich.

Ýsa nahm das Kissen hoch. Blut auch auf dem Kissen, auf beiden Seiten. Wie ferngesteuert ging sie zum Waschbecken und drehte den Wasserhahn auf.

„Nicht", sagte die Patientin vom Bett her. Mit einer Stimme, die sich anhörte wie ein Warnschuss. „Das Blut. Seine DNA. Wir geben es an Europol."

Die Patientin hatte die Nase ihres Besuchers mit ihrem Schädel gerammt, so stark, dass selbst das Kopfkissen dazwischen den Stoß nicht abgemildert hatte.

Nur sein Gesicht, das hatte sie nicht gesehen.

Ýsa ließ das Kissen auf den Boden fallen. Das Wasser

lief weiter. Sie stützte sich auf den Beckenrand. Ihr breiter Nacken mit dem strengen Chignonzopf senkte sich wie die Kruppe eines müden Pferdes. „Ihn mit dem Zeitungsfoto zu locken? Deinen Mörder?" fragte sie in das Rauschen hinein, „war das dein Plan?"

Sie sah im Spiegel über dem Waschbecken, wie die Patientin die Decke anstarrte.

„Nennst du das etwa einen Plan?"

Ýsa drehte das Wasser ab und zündete zwei Zigaretten auf einmal an, schob eine in den Mund der Patientin und holte dann ihren Schlüsselanhänger hervor, um mit dem kleinen Messer die Kabelbinder zu zerschneiden.

Die Patientin griff nach Ýsas Hand. Sie ließ sie nicht mehr los, bis sie aufgeraucht hatten.

Die Frau, die man Svenja genannt hatte, fühlte sich wie auf dem Meeresgrund begraben, lebendig, und tot zugleich.

## 12
### Leukotheas Schleier

Odysseus erschlug Poseidons Sohn. Ein schweres Vergehen. Aber das Urteil der Götter ging milde aus: Sie begnadigten ihn, nachdem er sieben Jahre bei Calypso, der Sturmkönigin hatte verbringen müssen. Poseidon aber sann immer noch auf Rache. Mit einem Sturm versuchte er, Odysseus umzubringen. Nur mit Hilfe von Leukotheas Schleier vermochte dieser sich zu retten; Odysseus wurde unsichtbar unter ihm, er hielt ihn über Wasser. Nackt schwamm er in der wütenden See, und ließ sich treiben. Jene, die ihn am Ufer entdeckten, wussten weder, wer er war, noch was er getan hatte. Odysseus warf den Schleier ins Wasser, die Nymphe Leukothea würde ihn wieder an sich nehmen.

Die Magie dieses Schleiers liegt darin, dass er dem Besitzer das Wissen über das Meer verleiht. Es ist mehr als nur Erfahrung. Es ist das unmittelbare, das sinnliche Begreifen des Wassers, das Einswerden mit dem Element. Es ist Wachheit und ekstatische Hingabe in einem, es ist das Vermögen, das Wasser zu Begreifen. Diese Menschen erkennen jede Laune des Wassers, ob es hart oder weich ist. Ob es sich greifen lässt, oder ob es sich sperrt wie ein störrisches Lama. Sie verstehen, seine Gewalt einzuschätzen und seine Süße zu schmecken. Sie gehen auf, im Meer, und werden unsichtbar, nackt, und ohne Herkunft.

Bis ihre Irrfahrt beendet ist.

Johannes hatte Gretchen diese Geschichte erzählt. Johannes. Auch einer, der nicht bleiben konnte. Polizistinnen hatten nie Zeit, sie hatten noch seltener Kinder, und waren zu schnell dabei, ihre Arbeit über das Leben zu stellen. Er hatte Gretchen diese Sage erzählt, als sie unter einer Decke am Strand des Falkensteiner Ufers lagen, genau zwischen der Campingwagenkolonie und dem Leuchtturm am Rissener Ufer. Containerschiffe waren vorbei geglitten, lautlose Riesen, Hochhäuser, die Wellen waren erst Sekunden später an den schmalen Strand geklatscht.

Dann hatte Johannes ihr das Ultimatum gestellt.

Sie hatte den Tag verstreichen lassen, bis zu dem er ihr eine Entscheidung abringen wollte. Die Entscheidung: Ein Kind, jetzt. Mit mir. Oder nie. Dann aber nicht mit mir.

Manchmal sah sie ihn noch, im Schanzenviertel, wenn er vor einem dieser portugiesischen Cafés saß, und er hatte immer dieselbe Frau dabei. Vorletztes Jahr hatte diese Frau einen Bauch bekommen und im Jahr darauf einen Kinderwagen.

Gretchen dachte an Romy. Sie besaß die Gabe der Leukothea. Sich unsichtbar zu machen, in allen Wassern zu schwimmen. Zu überleben, nackt und ohne zurück zu sehen.

Gretchen Butterbrood strich über ihre leichte Wölbung des Bauches. Sie würde immer einen Bauch haben. Das Fett widersetzte sich jeder Lifestyle-Fitness.

Im selben Haus wie die *Bona Dea-Klinik* verwies ein zartes Messingschild auf die Chirurgische Praxis Dr. Hofmann. Hier konnten sich Frauen mit hartnäckigen Speckrollen helfen lassen. Mit langen Nadeln würde so lange in ihrem Fleisch herum gewühlt werden, bis sich der Plastikbehälter neben der Liege randvoll mit trübem Fett gefüllt hätten. Danach konnten sie schmale Hosen kaufen und in den Szenebars sitzen, und doch keinen abkriegen, weil ihnen auf der Stirn stand: Erlöse mich. Hier kriegte man sein Fett weg, und gegenüber, auf der anderen Seite des herrschaftlichen Flures, bekam man ein Kind. *BD-Fertilitätsklinik*, offenbarte ein kleines Schild.

Was hattest du erwartet? Eine Neonreklame mit dem Wort Samenbank? Oder „Wiege der Menschheit"?

*Ich hatte erwartet, dass Romy hier wäre.* Wie sie es versprochen hatte. Ach, nein, Romy versprach nie etwas. Sie hielt Versprechen für eine Beleidigung aller Zuverlässigen. „Wenn ich sage, ich tue es, reicht es. Versprechen geben Lügner, die sonst niemals tun, was sie sagen. Ich komme mit." Und wo war sie jetzt? Wo war sie?

Die Patriziervilla gehörte zu der „ville blanche", wie Hamburg in den Stadtteilen Harvestehude und in Teilen Eppendorfs und Rotherbaum genannt wurde: Weiße Häuser, an Straßen so breit wie die Champs-Élysées, Häuser mit Erkern und Säulen, Gründerzeitvillen, mit roten Teppichen auf den Treppenstufen und Souterrain-Wohnungen, in denen früher das Personal schlief.

Drei Wochen Urlaub hatte Gretchen Butterbrood sich genommen, um es zu wagen. Ende nächster Woche hatte sie ihren Eisprung. Sie wusste, es klappte nicht immer auf Anhieb. Sie hatte darüber gelesen, in Internetforen, wie oft es Frauen versuchten, um endlich das zu bekommen, was ihr Leben komplett machte. Ein Kind. Seit 1950 wurden in Deutschland Kinder auf einem anderen Weg gezeugt, als der, den die Natur vorgesehen hatte. Die wenigsten dieser 10.000 bis 20.000 Kinder im Jahr wussten es. Dass ihr Vater nicht der Erzeuger ist.

Doch Gretchen wollte eine Chance. Eine einzige.

Um vielleicht mal Johannes im Sternschanzenpark zu begegnen, wie er auf den Rasenflächen hinter dem neuen Wasserturmhotel einen Kinderwagen schaukelte, und sie ihm entgegen kam, froh, Mutter, unabhängig? Machst du das deswegen, Baby?

Nein.

Johannes. Wieso hieß es immer, „er war meine große Liebe", gab es keinen, der sagte, „Er *ist* meine große Liebe?"
Große Lieben passieren nur in der Vergangenheit.

Man hatte sie erwartet. Dr. Malcolm Slomann stand gerade und schlank wie eine Quecksilbersäule in dem dezent ausgeleuchteten Flur. Gretchen registrierte, dass ein Lichtstrahl direkt auf seine Augenbrauen fiel, seine Augen, und den Rest des Gesichtes in anmutiger Dämmerung verharren ließ. Es waren seine Augen, die sie beruhigten. Braune Augen, ein grauer Kranz um die Iris.

Ein Kind für 3000 Euro. Drei Versuche. Sie würde diesem Kind eine Geschichte erzählen. Von einer großen Liebe, die mal war.

Als sie mit gespreizten Beinen auf dem gynäkologischen Stuhl lag, während Slomann Abstriche nahm, sie mit dem Schuhlöffel öffnete, wie sie das kühle, metallische Besteck nannte, mit dem er ihre inneren Schamlippen nach außen klappte, konzentrierte sie sich auf das Deckenbild. Die Jungfrau Maria, aber nicht mit einem Jesuskind. Sie saß in der Mitte einer Schar Jesuskinder, und alle hielten ihr so etwas wie einen Gral entgegen, ein Gefäß, gefüllt mit einer goldglänzenden Substanz. Maria lächelte mild.

„Glatt, feucht, keine Rötungen, frische Farbe", sagte Slomann wohlwollend und meinte damit Gretchens Geschlecht und den Muttermund. Er stand auf, legte eine Hand flach auf ihren Bauch, dann fuhren der Zeige- und Ringfinger der anderen in sie hinein, tasteten ihren Gebärmutterhals ab. Er sah sie nicht an, als er den Handschuh auszog und sich einen Fingerling überzog. Er lächelte, als er ohne Vorwarnung in ihren Anus fuhr, Gretchen hatte keine Zeit gehabt, ihn aus Angst anzuspannen und es dadurch umso schmerzhafter zu machen.

„Sehr gut", sagte Slomann, zog den Finger aus ihrem Po, und warf den Fingerling zu dem Handschuh in den Mülleimer. Als sie wieder ihren Slip und ihre Jeans überstreifte, fragte er sie ohne in ihre Richtung hinter dem Paravent zu sehen: „Tasten Sie regelmäßig Ihre Brüste ab?"

Nein. Sie vergaß es, unter der Dusche zu stehen und nach Knoten und erbsengroßen Kügelchen unter ihrer Haut zu suchen. Sie kam mit nacktem Oberkörper hinter dem Paravent hervor. Slomann bat sie, die Arme zu heben, beidseitig an den Ellenbogen festzuhalten, und untersuchte rasch ihre schwere Brust.

„In Ordnung", sagte er und bedeutete ihr, sich anzuziehen. Dann überflog er die vorläufigen Werte, die seine Assistentin ihm exakt parallel zur Kante auf den Schreibtisch gelegt hatte.

„Sie sind eine gesunde Frau. Ihr Östrogenspiegel deutet darauf hin, dass sie in den nächsten zehn Tagen Ihren Eisprung haben werden. Das ist gut. Sie haben mitgedacht", lobte er.

„Sie sind jetzt 38 Jahre alt, und die Chance, schwanger zu werden, liegt auf natürlichem Wege bei etwa 20 Prozent von der Fruchtbarkeit einer Anfangzwanzigjährigen. Sie müssten es zirka 18 bis 24 Monate lang, mit regelmäßigem Verkehr, probieren. Besser wäre natürlich, Sie hätten Zytoplasmen wie eine junge Frau. Eizellenspenden Jüngerer sind nicht unüblich, dadurch verringert sich die Gefahr eines zu niedrigen Geburtsgewichts."

Gretchen schüttelte den Kopf. „Ich wäre nicht seine Mutter".

„Aber doch", sagte Slomann mild. „In Deutschland ist Mutter, wer gebiert. Aber Sie haben vermutlich Recht mit Ihren gemischten Gefühlen, eine Eizellenspende ist bei Ihrer

Konstitution auch noch nicht nötig. Besser wäre allerdings ein wesentlich jüngerer Mann, dessen Spermien gesund und munter sind. Und die den Weg allein finden. Wussten Sie, dass ein befruchtungsfähiges Ei nach Maiglöckchen riecht?"

Er sog tief die Luft ein. „Maiglöckchen … das ist der Duft, aus dem das Leben entsteht. Und hier schneller als in 18 Monaten."

Er betrachtete sie so intensiv, dass sich Gretchen ausgehöhlt und verstanden zugleich vorkam.

Slomann war nicht anzusehen, dass er im Geist Korrekturen vornahm. Er schnitt ihr das Haar und schminkte sie, er gab ihr andere Kleidung als die Jeans und die braune Lederjacke, die ihre Oberschenkel bedeckte, und vor allem nahm er ihr den grauen V-Ausschnitt-Pullover ab und hüllte sie in seidiges, Lavendelfarbenes Textil, das den Ansatz ihrer Brust freigab.

„Reden wir über Ihr Kind. Hat es schon einen Namen?"

*Nein. Es soll sich einen machen.*

„Johanna", sagte sie nach einer Weile.

Ja. Johanna. Und es würde Augen haben wie Johannes. Graue.

„Johanna … ein wunderschöner Name. Johanna ist die weibliche Form des griechischen Namens Johannes. Er ist hebräischen Ursprungs und bedeutet *„die Gottbegnadete"* oder auch *„Gott ist gnädig"*. Glauben Sie an Gott, Frau Butterbrood?"

Und, wie hast du's mit der Religion? Die Gretchen-Frage. Gretchen, die Perle, die Reine, die Tugendhafte, und, was sagt sie auf dieselbe Frage, hätte Mephisto sie ihr gestellt?

„Ich weiß nicht. Nein. Irgendetwas ist da draußen. Aber was …" Sie nahm einen zweiten Anlauf. „Vielleicht ist die Ewigkeit jetzt. Es ist das, was wir daraus machen."

Slomann nahm den Fragebogen aus der obersten Schublade.

„Johanna. Johanna wird eine wunderbare Mutter bekommen. Sie wird geliebt werden. Weil Johanna genau das ist, was sich ihre Mutter gewünscht hat. Ist es nicht so viel leichter, zu lieben, wenn man all das bekommt, was man sich wünscht?"

Er schob ihr die Liste langsam über dem Tisch, und nun war es an Gretchen, anzukreuzen, wie Johanna aussehen sollte.

Die Liste war wesentlich länger, als sie erwartet hatte. Sie umfassten sogar gewünschte Hobbys des Samenspenders, und seine politische Einstellung; und für die Statistik sollte sie aufführen, wo ihre Urgroßeltern geboren waren.

Potsdam. Wie alle ihrer Familie davor, und fast alle danach.

Während sie die Liste überflog, bemerkte Mac Slomann beiläufig, dass *Bona Dea* außerdem mit einer Samenbank in Schweden zusammen arbeitete. Und das schon seit über 50 Jahren.

13
**Im Kreis**

„Du hast es versaut, du dummes Arschloch!"

Luka spürte, wie ihm der Zorn das Rückgrat hinauf raste. Wie redete Sieger mit ihm!

„Dreimal! Erst fickst du sie nicht richtig, dann tötest du sie nicht mal richtig, dann lässt du dich von einem Kopfkissen in die Flucht jagen – sag mal, gibt es überhaupt irgendetwas, was du richtig kannst, außer dem geheiligten Herrn in den Arsch zu kriechen?"

Die beiden Männer, die links und rechts neben den Türrahmen an der Wand lehnten, kannten die Wut des Mannes. Sie waren dafür da, sie in vernünftige Bahnen zu lenken. Der kleinere von beiden murmelte „Arschkriechus Vaselinus", der größere grunzte „Gerade als er grade war brach er ab was schade war".

Sieger stützte sich auf die Schreibtischkante und fixierte Luka.

„Das sage ich!", brachte der nur heraus. „Ich werde Slomann alles sagen! Dass Sie die Linien kalt abbrechen, dass Sie mit Highpotentialsamen handeln und sich damit bereichern!"

„Das sage ich, das sage ich", äffte Sieger ihn nach. „Du sagst gar nichts, und wenn, dann sag ich dem Heiligen Herrn aber auch mal ein paar Dinge über dich. Wäre es dir recht, wenn ich ihm deine kleinen Spielchen mit Jane Sjögran berichte? Oder mit den Damen, die wir dir so zuführen, damit du deine seltsamen Angewohnheiten ausleben kannst?"

„Popolotta Ficktualius" stellte der Kleine sinnend fest, der größere schob ein „Unbeglückt muss er durchs Leben gehen, und hat doch immer nur nen Kleinen stehen."

Luka wandte sich zu den beiden um. „Euch beiden hätte man in den Ausguss schütten sollen!"

Sie schwiegen, nicht im Mindesten beleidigt. Männer wie sie hatten sich früh abgewöhnt, Angstbeißer zu treten, sonst hätten sie viel zu treten gehabt. Sollte der Kerl doch zusehen, was er davon hatte. Sie jedenfalls hatten dank Luka endlich mal eine Aufgabe, die ihnen entgegen kam. Jagen, erlegen, weg damit.

„Ich habe keine Angst vor Ihnen", sagte Luka zu Sieger.

Der sah ihm in die Augen, der schmale Mund verzog sich immer weiter zu einem süffisanten Lächeln.

„Hört, hört. Wenn unser großer Übervater Slomann dich fallen lässt, bist du nichts mehr. Niemand. Du kannst nichts anderes als das, was du bei uns tust, und du bist unfähig, dich jemals mit anderen Menschen zu umgeben als die, die wir dir zuführen, oder die, die zu unserem Kreis gehören. Du wärest ausgestoßen aus dem Kreis, und du würdest Slomann so enttäuschen, dass er deinen Namen für immer aus seinem Kopf streicht. Wer? Luka Scheißer-Wer? Das wird er fragen, wenn jemand dich erwähnt."

Luka konnte nichts dafür, dass ihm die Tränen in die Augen schossen. „Sie bluffen."

„Ich bluffe genauso sehr wie diese beiden Herren gebluft haben, als sie deine Spielmädchen entsorgt haben."

Sieger war am Anfang wie ein Bruder für Luka gewesen, auch, als Mac und Sieger begannen, immer öfter Meinungsverschiedenheiten über die Zucht-Strategie des Kreises zu haben. Sogar, als Luka als verlängertes Ohr Slomanns fungierte, hatte sich Sieger gebeugt. Bis die Sache mit den Mädchen anfing.

„Du machst genau, was ich dir sage. Hör mir zu und sag mir, ob du mich verstanden hast. Die beiden fahren jetzt nach Göteborg und erledigen, was du nicht erledigen konntest. Romy Cohen. Du lässt dich in diesem Sommer hier nicht mehr blicken. Ich will meine Ruhe, ist das klar? Und ein Wort zu Slomann, und ich habe ein paar mehr Worte für ihn." Sieger starrte ihn nieder.

Luka nickte. Das konnte er nicht riskieren. Er musste sich fügen. Musste. Musste. Musste. Er hasste Sieger aus tiefstem Herzen, dass der ihn zwang.

„Ab heute hält er nun den Mund, wird erst der Schmerz im Tod gesund." Der Große faltete seine Hände über dem Bauch.

„Irgendwann bring ich dich um!", zischte Luka dem Großen zu.

„Mit nem Kopfkissen?", fragte der Kleine und alle lachten, die beiden und Sieger, und Luka floh.

Daran war nur Romy Cohen schuld.

## 14
### Schöne neue Welt

Es war einmal ein Ehepaar, das wünschte sich ein Kind. Sie suchten sich einen Samenspender aus, eine Eizellenspenderin, sowie eine Leihmutter, denn die Ehefrau besaß keine Gebärmutter mehr. So geschah es, und als die Leihmutter im siebten Monat schwanger war, ließ sich das Ehepaar scheiden. Das Kind kam auf die Welt. Ein Kind mit fünf Eltern.

Aber keiner wollte es mehr. Der Samenspender nicht, denn er hatte nichts weiter damit zu tun. Die Eizellenspenderin nicht. Die Leihmutter dachte kurz darüber nach, ob sie rein rechtlich nicht die Besitzerin des Kindes wäre, schließlich habe sie es ja geboren. Das geschiedene Ehepaar erst Recht nicht, wer wollte schon allein erziehend sein?

Vor einer Stunde war Nora dagewesen, Ýsas Mitbewohnerin und Friseurin. Sie hatte der Patientin für ihren späteren Termin beim Psychologen die Haare geschnitten. Ein Kurzhaarschnitt, der den Nacken freiließ und die horizontale Narbe offenbarte. Es sah aus als hätte sie unter einer ungeschliffenen Guillotine gelegen. Nora hatte auch einige Kleidungsstücke mitgebracht. Jeans, T-Shirt, Unterwäsche, schwarzer Jogginganzug, ein kurzes Kostüm, zwei Paar Schuhe. Sie passten der Patientin.

„Willst du Kinder, Nora?" hatte die Patientin gefragt.

„Dafür müsste ich erstmal wieder Sex haben".

„Geht ja auch ohne", sagte die Patientin, und deutete auf die Zeitung. Unter „Vermischtes" hatte sich die lapidare Meldung von dem Baby mit fünf Eltern in North Carolina gefunden.

Nora hatte gelacht. „Man kann sich die Haare schneiden

lassen und die Titten strecken. Ich finde, das reicht an Experimenten."

Ein Richter bestimmte schließlich, dass das Sorgerecht an die Ehefrau ging und der Mann ihr Alimente zahlte.

Die Patientin hatte lang auf den Zeitungsartikel gesehen, bis ihr Nora das Papier aus der Hand nahm. Es war durchsichtig geworden, von den Tränen, die der Frau ohne Gedächtnis über die Wangen liefen, still und ohne Unterlass.

Jetzt machte sie Liegestützen. So hatte Ýsa das noch nie eine Frau machen sehen. Erst auf den geballten Fäusten. Dann auf zwei gespreizten Fingern und dem Daumen. Schließlich hatte die Patientin einen Arm auf den Rücken gelegt und auf einer Hand und drei Fingern Liegestütze gemacht. 30. Und gewechselt. Über den Schmerz in ihren Fingern weinte sie lautlos.

„Besuch für dich, Svenja". Ýsa sprach mit dem Hinterkopf der Patientin.

„Hat er Blumen dabei?"

„Ja."

„Sieht er gut aus?"

„Er denkt, er sieht gut aus."

Svenja sah zu Ýsa hoch. „Und er sagt, er kennt mich?"

„Er sagt, er ist mir dir verlobt."

Die Patientin richtete sich zu einer Hocke auf, die Fersen dabei am Boden. Sie atmete nur unwesentlich schneller.

Sie stand mit dem Rücken zum Fenster, als der Besucher von der weiblichen Schutzbeamtin herein geführt wurde. Er musste gegen die Abendsonne blinzeln. Die Polizistin stellte sich neben Ýsa an die Wand und verschränkte die Hände vor dem Schritt.

Es musste Frauen geben, die auf diesen Typus Mann standen. Anzug, blütenweißes Hemd, Haare zurückgegelt.

Nicht originell, nicht elegant, aber sauber und effizient. Er hatte einen Blumenstrauß aus Lilien, Rosen und Anemonen in der Hand, das einzig Unordentliche an ihm. Über dem Arm ein Trenchcoat, lederglänzende Aktentasche. Er blieb stehen, seine Augen kämpften mit dem Gegenlicht. Sein Gesicht wie ein penibel gemachtes Bett. Er trug eine Brille von Dior. Es schien Fensterglas zu sein. Schließlich machte er einen Schritt auf sie zu.

„Halt." Die Patientin hob eine Hand. „Ausziehen."

„Wie bitte?"

„Ausziehen. Bis zu den Hosenträgern. Die Blumen ins Waschbecken."

Sie beobachtete seine kontrollierten Bewegungen, wie er den Mantel ablegte, die Tasche. Das Jackett öffnete, es sorgsam über die Lehne des Stuhls legte. Er trug rote Hosenträger. Er war nicht der Typ, der Frauen nieder schlug. Er sah nicht so aus. Wahrscheinlich tat er es doch.

„Die Schuhe ."

„Romy, mach dich nicht lächerlich."

Sie ignorierte ihn. Rommé. Was sollte das für ein Wort sein?

Seufzend schnürte er die Pferdelederschuhe ab. Handgenäht. Sein Hintern drückte sich gegen die Stoffhose und zeichnete sich als Doppelbrötchenhälften ab. Ýsa stieß die Polizisten sanft in die Seite und hob die Augenbrauen. Die Beamtin ignorierte sie.

Auf Strümpfen stand er Romy schließlich gegenüber, hatte ihr die Handflächen zugedreht. „Romy, Liebling, ich bin es. Cord. Cord!" Er machte einen Schritt auf sie zu.

„Du brauchst nicht schreien. Also Romy. Und wie weiter?"

„Romaine. Du bist Romaine Cohen. Ich bin Cord Heller."

Er war bei jedem Wort näher gekommen. Keine überflüssige Bewegung.

„Ich habe dich so vermisst, Romy."

„Ich dich nicht."

„Es ... tut mir Leid."

„Mag ich lieber Hunde oder Katzen?"

„Hunde."

Zeit verging. Aber sie änderte nichts.

*Nein. Von ihm nicht. Ich will mich nicht von ihm erklären lassen.*

Cord Heller küsste sie.

Ýsa sah, wie die Frau, die Romy Cohen heißen sollte und nicht Svenja, die Augen geöffnet hielt, während sie Cords Kuss hinnahm. Sie machte den Mund auf und ließ die Prozedur mit einem Stirnrunzeln über sich ergehen. Während er sie noch küsste, fragte sie: „Ist das unbedingt nötig?" Es hörte sich an, als ob sie eine heiße Kartoffel im Mund hatte. Er hörte auf.

„Weißt du es denn nicht?"

„Nein."

Er sah ihr in die Augen. „Ich liebe dich."

*Liebe. Bis ans Ende der Welt gehen, ist das Liebe? Lust. Verehrung. Freundschaft. Ist das nicht Liebe? Wollte ich, dass er es mir tut, alles, er, ist es ... er?*

Er kam langsam näher, ohne sie aus den Augen zu lassen. Sie beugte langsam den Kopf zu ihm. Zu seinem Mund. Er schloss die Augen. Erwartete einen Kuss. Ihr Mund glitt an seinem Kinn vorbei, den Hals hinab, hinauf, sie saugte seinen Duft ein, tief und intensiv, roch an ihm. Mit geöffneten Augen und tiefen Atemzügen wartete sie auf die Erschütterungen. Amber. Bergamotte. Vetiver, Sandelholz. Ein Hauch Süße und Orange.

*Ich erinnere mich. Ich erinnere mich an Orangen!*

Aber da war noch etwas. Ein Geruch, der ein Hauch Schärfe besaß. Süße. Er hatte etwas zu bedeuten.

*Ich habe den Rest meiner Zeit, um herauszufinden, was es ist.*

Sie umfasste mit beiden Händen Cords Nacken, zog den großen Mann zu sich herab, zu ihren nicht mal ein Meter siebzig, und gab ihm einen tiefen, durstigen Kuss. Ihre Finger wühlten durch sein Haar, tasteten über seinen Rücken, erst mit der zärtlichen Wildheit einer Sehnsüchtigen, dann immer zögernder, als ob sie nicht fand, was sie suchte. Ihre Hände wie tote Zweige auf seinem Hemd. Die Beamtin sah auf den Boden.

„Komm nach Hause", flüsterte er in ihr Haar, in ihren Mund. Seine Hände umfassten ihren Kopf. „Komm mit mir und alles wird gut."

*Nein. Ich will nicht. Er ist fremd. Alles ist fremd, mein Körper, dieses Zimmer. Keine Welt mehr.*

Sie schüttelte den Kopf und wandte sich ab. Sah aus dem Fenster. Sie beneidete ihn. Ihn und die Polizisten und Ýsa und sogar die kahlen Bäume dort draußen; wie eine Arme die Reichen, eine Taube die Hörenden, ein Blinder jene, die sehen.

„Wir sind seit zwei Jahren zusammen. Zwei Jahre, vier Monate und 15 Tage." Cords Stimme wurde lauter. „Wir haben uns vor zwei Monaten verlobt. Ich habe dich gefragt, als wir am Elbstrand in Hamburg spazieren gegangen sind. Du hast gelacht, und Ja gesagt, und … vor über vier Wochen bist du spurlos verschwunden."

„Wohin?"

Er hob die Hände. Zeigte in das Zimmer. In ihr schwankt es.

„Als was arbeite ich, wenn ich mich gerade nicht verlobe?"

„Arbeiten?"

„Ja. Mein Job. Das was Frauen zwischen Anziehen und Ausziehen machen."

„Als ich dein Bild gesehen habe, heute Morgen, ich bin gleich her geflogen. Weil ich dich brauche."

„Cord."

„Du musst nicht arbeiten."

Sie drehte sich zu ihm um. Ýsa bemerkte, wie er zurück schrak, als ob er einen Schlag erwartet hätte.

„Wie putzig! Und was dann, führe ich dir den Haushalt und verbringe den Tag mit Einkaufen und Ehrenämtern?!"

„Ich meinte … du musst kein Geld verdienen. Du hast genug."

„Und was treibe ich den ganzen Tag? Liege auf dem Sofa, fresse Pralinen und masturbiere?"

„Über deine Arbeit reden wir nicht. Du willst nicht darüber reden."

„Oh, hört sich nach einer unkomplizierten Beziehung an, Cord Heller. Über was reden wir denn dann?"

Er senkte den Kopf. Als ob die Vergangenheit mit schwerem Saum über ihn streift.

„Komm wieder, wenn du weißt, über was wir reden."

„Wie kannst du nur so grausam sein."

„Übung?"

*Im Bett mit diesem Mann?*

„Du weißt es nicht mehr? Das, zwischen uns?" fragte er.

„Ich kann dich beruhigen, ich weiß gar nichts." Die Patientin atmete aus. Ein deprimiertes, müdes Ausatmen.

*Sex ist tragisch. Es ist der ewige Versuch, sich mit jemandem zu vereinigen, restlos. Illusion, aussichtslos.*

„Das werden wir ändern. Das verspreche ich." Er beugte sich vor, um Romy erneut zu küssen. Sie wandte das Gesicht ab.

„Ich steh das mit dir durch, Romy. Und wenn es bedeutet, dass wir uns neu kennen lernen müssen, und ich wieder und wieder um deine Liebe kämpfen muss. Du bist die Frau meines Lebens, und ich werde dich an diese Tatsache erinnern."

Er wandte sich ab, griff seine Schuhe, das Jackett, die Weste, Trenchcoat. Die Aktentasche nahm er wieder an sich.

Sein Mund gerann zu einem schmalen Lächeln. „Ich komme morgen wieder," sagte Cord Heller. „Du bist meine Frau."

Als er mit der Polizistin hinausgegangen war, stieß sich Ýsa von der Wand ab, an der sie gelehnt hatte. Romy übersetzte ihr, was Cord gesagt hatte.

„Ýsa. Erinnerst du dich an Träume? Siehst du sie vor dir?"

„Nein. Aufwachen macht blind."

„Liebe macht eben auch blind. Ich sehe ihn an und … sehe nichts. Was … was soll ich tun?"

„Mach was du willst. Aber mach's."

„Seh ich so aus, als hätte ich überhaupt einen Verlobten?"

„Sehe ich so aus als hätte ich keinen?"

„Ja, Ýsa. Ja."

Die Krankenschwester warf den Kopf in den Nacken und lachte.

„Hunderttausend Wunder warten darauf, zu passieren. Meins auch. Wer weiß, vielleicht verliebst du dich ja wieder in ihn?"

„Ich weiß nicht. Aber wenn man sich einmal in einen

Mann verliebt hat, dann sollte man es doch auch ein zweites Mal können. Denn wenn nicht, hieße das nicht auch, dass Liebe nur Zufall war, und nicht Schicksal?"

„Schicksal? Diese Ausrede, damit alles nützlich erscheint, was wir tun oder nicht … Da gefällt mir Liebe auf den zweiten Blick besser." Ýsa überdachte die Idee. „Der Nachteil wäre nur, dass dieser Cord weiß, was du magst. Früher musste er es mühsam raus finden. Jetzt weiß er mehr als du. Ich weiß nicht, ob mir das gefallen würde. Keine Geheimnisse zu haben."

Romy fuhr mit einer Hand langsam durch ihr abgeschnittenes Haar, betastete die Narbe. Mit der anderen legte sie einige Haare, die sie Cord Heller bei ihrem Kuss geraubt hatte, auf die weiße Bettdecke.

Sie würden ein DNA-Vergleichsmuster abgeben. Für die Blutspuren am Kissen.

*Wieso denke ich so etwas.*

Sie könnte mit Cord nach Hause fahren. Hamburg! Zurück in ihr Leben, und fertig. Aber sie fühlte sich wohl hier. Nichts, was sein musste. Keine Pflichten. Keine Sorgen. Keine Erinnerungen, die ihr den Schlaf raubten. Sie fühlte sich wie freiwillig gefesselt.

Der Trost dieser Fremden hier, war alles, was sie brauchte.

Cord Heller klappte den Kragen seines Mantels hoch, als er das Krankenhaus verließ, der Pförtner nickte ihm zu. Heller war der Typ, dem Portiere zunickten, denn er war ein Mann, dem man vertrauen konnte. Jeder vertraute ihm. Natürlich.

Denn er war Polizist, er war einer von den Guten.

Romy Cohen hielt ihn nicht für einen von den Guten. Sie hatte ihm immer wieder genau zu verstehen gegeben, dass er verlernt hatte, zwischen Hinsehen und Wegsehen unterscheiden zu können. Und dass es nur eine Frage der Zeit und seiner Gier war, bis sie beweisen konnte, dass er, der Staatsschützer, sich hatte korrumpieren lassen. Von den falschen Leuten. Von jenen, die er bekämpfen sollte. Für kleines Geld, und sich für dieses kleine Geld Auszeiten kaufte. Schnee auch im Sommer. Wenn er diese wenigen Momente des Drogenrausches genoss, ihn denen er sich für den eloquentesten Superficker hielt, von allen geliebt und gefürchtet, dann fühlte er sich so, wie er hoffte, zu sein. Mehr er selbst als je davor, je danach.

Sie hatte doch keine Ahnung. Sie wusste nicht, warum er es tat.

Sie hatte nie gefragt: Warum?

Als ob es keine guten Gründe gab.

Und er hatte Gründe. Keine guten. Aber seine.

Ihr Gedächtnisverlust war echt, daran gab es keinen Zweifel.

Er war in Sicherheit, zumindest solange es so blieb und Romy Cohens Gedächtnis so löchrig war wie seine perforierte Nasenscheidenwand.

Der Schnee auf seinem Haar legte sich wie eine Kappe um seinen Schädel; und Cord Heller sah aus wie der alte Mann, der er eines Tages sein würde.

## 15
### Die Illusion des Willens

„Kein Mensch erinnert sich wirklich objektiv. Wir rekonstruieren nur die Eckdaten, und das Gefühl von heute überschreibt die Wahrheit von damals. So gesehen ist jeder von einer emotionalen Amnesie betroffen. Jeder, der eine furchtbare Liebesgeschichte im Nachhinein verklärt, kann, oder will sich nicht an die unerfreulichen Tatsachen erinnern. Einen Keks?"

Dr. Christer Älgen legte seine Zeigefinger gegeneinander, bis sie ein Dach bildeten. Er hatte pralle, blass-rötliche Finger, wie kleine gefüllte Würste. Rohe Nürnberger Rostbratwürste, dachte Romy. Sein 58-jähriger Körper wie ein Fass, der Mund eine Ladeklappe. Er sang die Silben herunter, eine genäselte Arie.

Romy saß vor dem Schreibtisch des schwedischen Psychologen mit dem blauem Kajal auf dem Unterlid, den Dr. Enby zu ihrem Traumatherapeuten erkoren hatte, und dachte an Bratwürstchen.

„Da die Speicherkapazität des menschlichen Gehirns trotz 30 Milliarden Nervenzellen begrenzt ist, hat die Evolution zu einem Trick gegriffen. Im Zuge biologischer Speicheroptimierung fand sich eine simplifizierende Kodierungsstrategie: Nur die Basisdaten von Ereignissen werden abgelegt. Um einfache Kategorien zu bilden, in die jedes weitere Vorkommnis eingeordnet werden kann. Schubladen! Deswegen lieben wir auch alle unsere Klischees." Älgen hatte bei der Aufzählung rhythmisch mit den Zeigefingern seines Würstchendaches nach oben gewippt. „Vielleicht ein Streifchen Kuchen?"

Dr. Älgens Kopf sah aus wie erstarrte Kartoffelbreimasse.

Die weißen Augenbrauen über der Nasenwurzel zusammen
gewachsen. Seine Augen klein und schalkhaft. Er hatte vergessen, seinen Knopf unter dem gelockerten Gürtel zu
schließen. Es war kurz nach halb elf Uhr, er hatte sein zweites Frühstück gehabt. Fisch. Sie konnte es riechen, wenn er
sprach.

„Fallen Ihnen Klischees ein, Madame?"

„Kein einziges."

„Nein? Sowas wie: Alle Schwarzen sind Verbrecher, Männer denken nur an das Eine, alle Schwulen sind Tucken?"

„Sind Sie schwul?"

„Haben Sie das etwa nicht gemerkt, Madame?"

„Sie sollten anfangen, Kleider mit Puffärmelchen zu tragen, damit es auch Leute wie ich mitbekommen."

Er kicherte affektiert und notierte sich etwas. Dann bildeten die Würste wieder ein Dach.

„Nun. Die linke Gehirnhälfte ist ein Interpret der Welt.
Der es sich so einfach wie möglich macht, und sich an Un-
regelmäßigkeiten nicht weiter stört. Es sucht grobe Muster,
Sie wissen schon: Die Schwarzen, die Tucken, die Männer.
Details stören nur. Die rechte Hirnhälfte beobachtet genauer: Sie spielt den Advocatus Diaboli, der die Dinge in
Frage stellt. Der Fakten und Wissen sammelt. Im rechten
Schläfenlappen sitzt auch ihr Ich: Was Sie erlebten, Ihre
ganz eigenen Fakten. Dort wird das Buch Ihres Leben geschrieben. Millionen Anschläge in der Sekunde. Klacklack-
lacklacklacklack." Er nahm einen Schluck stark gesüßten
Kaffee aus einem Becher mit Elch-Ohren. „Dummerweise
ist Ihr Buch falsch gebunden. Die Seiten kleben quasi zusammen, und Sie haben keinen Zugriff auf die Fußnoten."

„Sehr hübsch. Was kann ich dagegen tun?"

„Geduld haben. Sehr, sehr viel Geduld. Eine Psychotherapie, eine Hormontherapie, um die Stresshormone abzubauen, die den Fluss der Informationen in Ihrem Gehirn blockieren. Zum Glück sind Hippocampus und Mandelkern noch verbunden. Wären die beiden getrennt, wären Sie jetzt so hilflos wie ein Baby." Seinen Augenbrauen schwangen sich Richtung Zimmerdecke. „Am besten, wir fangen noch heute damit an."

„Davon halte ich nichts."

„Woher wollen Sie das wissen?"

„Ich weiß es nicht. Ich will es nicht. Das ist ein Unterschied. Ich fühle mich … glücklich. Ich will nicht, dass sich was daran ändert weil ich in irgendwelche unaufgeräumten Schubladen gucke."

Dr. Christer Älgen und Romy Cohen vermaßen sich, jeder von seiner Seite des Lebens. Dann seufzte der Psychologe.

„Sie wollen nicht. Ach ja. Der Wille ist eine Selbsttäuschung, meine Liebe. Nicht der freie Wille lenkt unsere Pläne und Taten. Es ist das Bewertungssystem, Schubladen, die sagen, ob das, was wir in der Vergangenheit getan haben, gut oder schlecht für uns war. Dieses unbewusste Gedächtnis im Mandelkern, in der Amygdala, beeinflusst nicht nur unsere Handlungen, sondern alle unsere Wünsche, unsere kleinen banalen, idealistischen Idiotien."

„Gefühlte und falsche Erinnerungen diktieren, was ich will?"

„Allerdings! Diese Ansicht ist natürlich demotivierend. Wir möchten alle, dass wir selbstdenkende Wesen sind, die nicht von Ur-Gefühlen geleitet werden, sondern frei sind. Diese Freiheit ist Illusion! Genauso eine Illusion wie das Ich. Oder was glauben Sie, warum sich Frauen in Männer verlieben, die objektiv gesehen absolut ungeeignet für sie sind? Und danach nicht mal mehr dem Dorftrottel ein weit komfortableres Vertrauen schenken?"

„Aber wenn sich mein Gehirn mein eigenes Wertesystem baut, können Sie mir Ratschläge geben, bis Ihr Mund ausfranst. Und es wäre für mich nicht nachvollziehbar, solange ich es nicht erlebt und erinnert habe. Das hieße, dass Sie mir alles raten könnten, und mein gefühltes Ich es reichlich egal finden würde. Also. Gehen wir Essen und reden über den haarigen Hintern von Anthony Hopkins." Sie stand auf.

Älgen begann, das Gespräch mit dieser Frau zu genießen. Ihre Intelligenz hatte nicht gelitten. Nur ihre Ausdrucksweise. Sie sprach, ohne sich zu zensieren. Offenbar war das Broca-Areal ihres Sprachzentrums durch die fehlende Erinnerung an Erziehung nicht mehr länger an sowas wie Höflichkeit, weiße Lügen oder Small Talk ohne Tiefgang interessiert. Sie war quasi gezwungen, die Wahrheit zu sagen. Surreal. Aber spannend.

„Wenn Sie das den Autoren von Ratgebern oder meinen Kollegen Therapeuten sagen, Madame, werden die Sie aufknüpfen. Aber, ja, so ist es: Erst das Gefühl macht die Überzeugung. Rat von anderen wirken weit weniger überzeugend! Denn was will Ihr Gehirn am meisten? Am Leben bleiben! Und so wird alles, was Sie tun, denken, sehen, riechen, hören, schmecken, danach eingeordnet, ob es Sie am Leben erhält. Ihr Ich ist nicht fähig, einem Willen oder der Logik zu gehorchen, sondern nur Ihrer gefühlten Überzeugung und Ihrem Überlebenswillen."

Sie ließ sich wieder in den Stuhl fallen.

„Diese Theorie ist weder bewiesen, noch kann man das Gegenteil ausschließen, Dr. Älgen. Wenn ich den Neurophysiologen Benjamin Libet richtig verstanden habe, ist unsere Unfreiheit nur eine zähe Erfindung von Leuten, die anderen verkaufen, unser Wille wäre ein Stoffwechselprodukt, das sich mit ein paar bunten Bonbons manipulieren ließe! Aber: Wenn eine geplante Handlung als sozial inakzeptabel angesehen wird oder nicht im Einklang mit den eigenen Werten steht, kann sie unterdrückt werden. Diese Fähigkeit ist der Beweis für den freien Willen! Wäre es dagegen so, wie Sie sagen, wäre jedes Verbrechen kein Verbrechen mehr, sondern eine … Gehirnfehlfunktion." Ihre Hände hatten jedes Wort mit einer abgezirkelten Geste begleitet.

„Meine Liebe, Sie kennen Ihren Libet. Der Mann ist allerdings 93 und braucht eine Penispumpe. Wenn Sie jemanden erschlagen wollen, es aber nicht tun, weil in Ihnen eine Regung entsteht, die es verhindert – glauben Sie, das hätten Sie entschieden? Nein! Ihre gefühlte Erinnerung sagt: Das hat Konsequenzen. Welche, die der Organismus nicht überlebt. Strafen. Tod. Schmerz. Es ist nicht Ihr Wille. Es ist Angst. Emotionen sind der Kompass Ihrer Moral. Nicht Gesetze, nicht Regeln, nicht der Wille. Angst. Sie entscheidet sieben Sekunden, bevor wir etwas tun, was wir tun."

Romy ließ ihre Kupferaugen wie Scheinwerfer über Älgens gepolstertes Gesicht gleiten.

„Sie haben sich da eine prächtige Ausrede gebaut, warum Sie das Fressen nicht sein lassen, obwohl Ihr Körper wie ein aufgeschlitztes Sofa aussieht. Angst? Dr. Älgen, das ist phänomenal. Lässt sich das auch auf Homosexualität anwenden?"

Der Fasskörper ließ sich in den Stuhl rollen. Älgens Mund verzog sich zu einem Lachen. „Das sagt mein Freund auch immer. Er sagt immer: Chrissi, Herzblatt, wir sind schwul, weil die kollektive Erinnerung an die Übermacht Frau bei uns so präsent ist." Er lachte weiter und suchte

dann ein Taschentuch in seinem Kittel. „Ich sage: Schnäu-
zelchen, es sind die Gene."

„Vielleicht sollten Sie mich dann auch an einen Gene-
tiker überweisen. Der kann mir ein paar Moralgene ein-
bauen."

„Ach je, der wird mit Ihnen zirka 1200 Tests machen,
mit denen wir inzwischen unsere Erbmasse auseinander
nehmen können, und zum Schluss gehen Sie nur raus mit
dem Wissen, dass Sie ein Gutgläubigkeits-Gen haben."

„Die Gene formen nicht uns. Wir formen unsere Gene,
unser Körper speichert unser Leben ab, und verändert die
DNA."

„Ja, ja, die Theorie des Professor Bauer, wonach die Umwelt die Gene steuert, und nicht die Gene den Menschen.
Wie freiheitlich! Wie idealistisch! Fühlen Sie sich etwa von
allem frei?"

Sie lächelte nicht. „Ich bin frei. Ja. Keine Emotionen,
keine Erinnerung, also kein Kompass für gut oder schlecht,
sagten Sie. Ich muss Ihnen zum Beispiel nicht sagen, dass
Sie ein Stück Fisch am Kinn haben. Ich habe den Zwang
nicht."

Älgen tastete nach dem Matjes und pulte ihn ab. Er sah
das Fetzchen liebevoll an, bevor er es sich in den Mund
steckte.

„Haben Sie Angst, Romy Cohen?"

„Nein."

„Sie werden gefährlicher leben, wenn Sie keine Angst
haben."

„Ich weiß, dass ich nicht unsterblich bin".

„Ach, den meisten kommt schon ein verregneter Samstag
sterbenslangweilig vor. Nein, das gefährliche ist: Sie wissen,
dass Sie sterben müssen. Aber Ihr Gefühl hat dazu keine

Meinung. Angst ist das Resultat von Erfahrungen. Sie haben keine."

„Und wissen Sie was? Es ist herrlich."

„Nun ja. Ihre angstlose Unberechenbarkeit hat wesentliche Nachteile. Durch den Verlust Ihres emotionalen Gedächtnisses, hat auch Ihre Fähigkeit, Gefühle einzuordnen, gelitten. Ihre eigenen, und die von anderen: Jemand liebt Sie, Sie finden es bedrohlich, jemand will Sie umbringen, Sie finden es sexy. Es kann sogar sein, dass Ihre moralischen Instanzen nicht mehr funktionieren: Gut und Böse gibt es nicht, nur noch: Gut für mich, böse für mich. Ihr Schatten kommt an die Macht. Sie tun Dinge, die Sie früher nie gewagt hätten. Nie! Ihr Gewissen ist so bis zu einem gewissen Maß beschränkt."

„Das gewisse Maß reicht."

Seine Finger hatten jetzt wieder das Dach gebildet.

„Haben Sie sich schon überlegt, was es bedeutet, wenn Sie irgendwann Ihr Buch aufschlagen und nachlesen, wie es wirklich war? Wer Sie wirklich sind?"

„Ich könnte den Verstand verlieren."

„Den verlieren die wenigsten, sie haben nämlich keinen."

„Es war doch sowieso nicht so wie ich denke, dass es war! Eckdaten, nannten Sie es, Älgen. Nichts ist je so passiert, wie wir es annehmen. Wir sind nicht mal die, die wir annehmen zu sein. Wir denken uns alle nur aus. Wir sind geträumt."

Älgen sah ihr in die Augen. „So sehr ich dieses philosophische Geplänkel mit Ihnen schätze, Romy Cohen, so sehr fühle ich mit Ihnen. Wenn Sie eines Tages auf dem roten Teppich entlang schreiten und das Kino Ihrer Erinnerungen betreten, was Ihnen verrät, wer Sie sind, woher Sie kommen, und warum Sie die sind, die Sie heute sind: Dann wird es weh tun. Sie werden sich an all das Leid erinnern, an Schmerz, Sehnsucht und Angst. Den meisten Patienten, die Ihr emotionales Gedächtnis verloren haben, geht es ganz ausgezeichnet, solange sie sich täglich neu probieren und keine Erinnerung ihre Pläne trübt. Keine Schuldgefühle, keine Pflichtgefühle. Sie schaffen sich neue Erinnerungen, die oft schöner sind als die vergessenen."

„Damit habe ich vorher offenbar auch gelebt."

„Da hatten Sie Jahre Zeit, Ihre Erlebnisse zu verkraften! In dem Augenblick, wenn Ihre Vergangenheit kompakt auf die Bühne tritt wie ein überdrehter, bekokster Oscar-Moderator, kann es sein, dass Sie bis in die Grundfesten von dem, was einige schlichte Gemüter Seele nennen, erschüttert werden. Es wird so intensiv auf Sie einfluten, dass Sie handlungsunfähig sind, bis Sie alles eingeordnet, bewertet, verkraftet und reflektiert haben. Jedes Versagen. Jedes unverdiente Glück. Jeden Verlust. Das ist der schlimmere Moment: Wenn die Suche vorbei ist. Wenn Sie sich gefunden haben. Und Ihnen nicht gefällt, was Sie sehen."

Nach dieser Ansprache lehnte sich Älgen erschöpft zurück.

„Was ist mit dem Schatten. Dass ich Dinge tue, die ich vorher nie gewagt habe. Unmoralische Dinge. Böse Dinge."

„Das einzige Glück ist, dass Sie daraus auf Dauer lernen werden. Entweder begreifen Sie, was die Konsequenzen sind und lassen es. Oder es schlüpft ein schwarzer Schmetterling aus dem Kokon, den Sie für Ihr ach so anständiges Wesen gehalten haben, und entfaltet sich zu einer vollen, tragischschönen Gestalt."

„Und was, wenn ich ein glücklicher Mensch war?"

„Kein Mensch ist glücklich", sagte Älgen düster.

## 16
### Die Vergessenen

Er hatte Krankenhäuser nicht immer gehasst. Er hatte schließlich lange genug in ihnen gearbeitet, um sie nicht zu hassen. Dr. Benjamin Martin hatte versorgt, geheilt, getröstet und verarztet. Bis er eines Nachts auf der anderen Seite landete. Diese Nacht vor 15 Jahren. Eine Samstagnacht, mild, Luft wie ein Streicheln. Teenager in Pickups auf den Straßen und Plätzen vor den Supermärkten und Malls, Lichter, die sich auf dem Asphalt spiegelten, ein Rendezvous mit einer schönen Frau, und dann …

Ben Martin biss sich auf die Unterlippe, bis die Erinnerung in Schmerz überging und verblasste.

„Kein Kind gezeugt, keinen Porsche gefahren, kein Haus gebaut, keinen Baum gepflanzt", murmelte er, als er den Elektrorollstuhl die Rampe des Sahlgrenska Universitätskrankenhauses hoch lenkte. Es war kalt in Schweden.

Der Geruch, der ihn nach der automatischen Schiebetür wie nasse Wolle umfing, nahm ihm den Atem. Ärzte kamen sonst zu ihm nach Hause. Als sie sich am Anfang geweigert hatten, zu ihm zu kommen, anstatt umgekehrt, hatte er nur gefragt: Wie viel? Und sie kamen. Geld konnte alles.

„Haben Sie einen Sohn?", fragte er den Mann auf Englisch, der am Eingang hinter einer Scheibe mit ovalem Loch saß, statt eines Guten Tags.

„Allerdings!" gab der zurück, bis sich seine Augen verengten. „Wieso?"

„Glückwunsch. Romaine Cohen bitte."

Der Mann bekam noch schmalere Augen und beobachtete den Mann im Rollstuhl genau, als er das Haustelefon bediente und einige Worte auf Schwedisch hinein sprach.

„Keinen Hotdog gegessen, keine Frau glücklich gemacht, keinen Elch überfahren", zählte Ben Martin weiter auf.

Erzähls einem Laternenmast, alter Mann.

„Sie werden abgeholt", sagte der Mann hinter der Scheibe, „halten Sie Ihren Ausweis bereit"

„Sehe ich so aus als ob ich gefährlich bin?", fragte Ben Martin. „Wer weiß." Der Mann zuckte mit den Schultern und wandte sich ab.

Romy. Romy. Romy. Romy, was tue ich hier. Ich bin in einem fremden Land, ich verstehe kein Wort, ich versteh nicht mal die Straßenschilder.

Ben Martin hatte mit den zwei Polisen gerechnet. Die Frau war blond und besaß nur einen Gesichtsausdruck. Sie durchsuchten seine Tasche, tasteten seinen Körper ab, sogar die Beine. Romys Ersatz-Pass hatte er im Katheder versteckt. Den er nicht brauchte. Aber das brauchten die ja nicht zu wissen, und in einem Pinkelbeutel würden sie nicht nachsehen.

„Muss man eigentlich verheiratet sein, wenn man zusammen Dienst macht?", fragte er die Beamten. Sie ignorierten ihn.

Als die Blonde mit dem Zopf stirnrunzelnd über die Fußgelenke tastete und die Hülsen gegen Gelenkverformung streifte, rollte er tief seufzend die Hosenbeine hoch und sagte auf Englisch. „Wissen Sie, Sie sind die erste Frau seit 15 Jahren, die so etwas mit mir macht. Haben Sie heute nach Feierabend noch was vor?"

Sie wandte sich abrupt ab und warf ihrem Kollegen einen hilflosen Blick zu. Im Fahrstuhl standen sie links und rechts neben ihm und sahen stur auf die Anzeigetafel der Etagen. Im 5. Stock rollte er hinaus.

Als erstes begleiteten sie ihn zu Dr. Arvid Enby.

„Zu hübsch und zu jung, um Arzt zu sein", dachte Ben Martin, als er dem Schweden die Hand gab.

„Wir haben telefoniert?", fragte der auf Englisch. „Sie sind der Verlobte?"

Ben Martin war auf vieles vorbereitet gewesen. Darauf nicht.

Die Polizistin sagte etwas zu Enby, was Martin nicht verstand.

„Oh. Ich verstehe. Sie sind der Journalist. Aus Hamburg. Dr. Martin. Herzlich Willkommen. Ihr Doktortitel – Literatur?"

„Medizin. Inneres." sagte Ben Martin. Verlobter?

„Und der Unfall?" Enby deutete auf den Rollstuhl.

„Motorrad. 15 Jahre her. Wie geht es ihr?"

Und wer ist der Scheißverlobte?

Enby nahm geistesabwesend seinen Kugelschreiber aus der Kitteltasche und begann damit herum zu spielen.

„Ich denke, wir können offen reden, Doktor Martin: Ich habe selten so eine … ruhige Patientin mit Gedächtnisverlust gehabt. Es scheint ihr wenig auszumachen, dass sie sich nicht erinnert. Aber sie fragt nicht. Nichts! Als ob sie nicht zugeben will, dass sie nichts weiß. Sie widersetzt sich ihrer Vergangenheit. Wir sind doch die Summe der Menschen, die uns nah sind."

„Romy ist nicht so ein Typ", wollte Ben Martin sagen, aber das hätte der junge Enby nicht verstanden.

Sie ist so gut darin, alles an Gefühl zu verstecken, dass sie zum Schluss selber nicht mehr weiß, wo sie etwas vergraben hat. Ben Martin hatte schon lange aufgegeben, diesen Schatz zu heben. Klar, Goldsucher. Deswegen rollerst du auch nach Schweden um sie zu holen.

Schnauze.

Er zwang sich, etwas anderes zu erwidern als die Wahrheit.

„Der Polizeischutz hier … es war kein Unfall?"

„Nein. Ganz und gar kein Unfall."

Ben Martin spürte wie die Angst ihn umarmte.

„Hat Romy Cohen Ihnen den Text für die Zeitungen diktiert?"

„Sie bestand darauf, dass ich sie fotografiere, und dass wir das Gerücht mit dem Unfall statt Mordversuch streuen. Sie hat Brotkrumen ausgestreut. Wissen Sie, wie in diesem Märchen."

„Nur dass Hänsel hier der Böse ist", knurrte Ben Martin.

„Und wer ist Romaine Cohen, Dr. Martin?" Enby hatte aufgehört, mit dem Schreiber zu klickern.

Sie ist eine Kriegerin. Der moralischste Mensch, den ich kenne. Der einsamste auch. Die schönste Frau der Welt. Die schlimmste Zicke. Was weiß denn ich.

„Sie arbeitet für mich. Meine Assistentin. Sie recherchiert überall dort, wo ich nicht hinkomme." Martin sah auf seine Beine.

„Bringen diese Recherchen sie immer so nah an den Abgrund?"

Ja.

„Nein. Ich kann es mir auch nicht erklären."

„Warum fuhr sie nach Schweden?"

Wenn ich dir das sage, glaubst du mir das sowieso nicht.

„Sie sollte Ihre Kronprinzessin Victoria interviewen. Für einen Artikel über die schwedische Kinderganztagsbetreuung."

Enby ließ den Kugelschreiber fallen.

„Das müssen wir der Säpo melden."

Die Säkerhetspolisen. Der schwedische Nachrichtendienst.

Ben Martin zuckte die Achseln. Er hatte gelogen.

„Ich will sie nach Hause holen", sagte er dann.

Enby bückte sich nach dem Kugelschreiber und sagte rasch auf Schwedisch etwas zu den Polizisten.

„Haben Sie etwas dabei, was beweist, dass diese Frau tatsächlich Romaine Cohen ist?"

„Ja. Mich. Und das." Ben Martin holte die notariell beglaubigte Kopie ihres Reisepasses von vor einem Jahr aus der Innenseite seiner Jacke. Enby warf einen Blick darauf.

„Und Sie sind sicher, dass Sie nicht vorhaben, Sie umzubringen?"

„Versprechen kann ich es nicht. Je nach dem, wie sie sich anstellt. Glauben Sie mir, ich hätte sie gern schon manches Mal erschlagen wollen."

Dr. Enby sah ihm in die Augen, Ben Martin senkte den Blick nicht. Nach 30 Sekunden drehte sich der Arzt um.

„Kommen Sie."

Sie fuhren mit einem anderen Fahrstuhl, dann zwei lange Flure entlang, bis zu einer Glasfront, hinter der mehrere Sportgeräte standen, und am Ende ein großer, verspiegelter Raum. Keiner trainierte auf den Crosstrainern oder dem Laufband.

Romy stand in der Mitte des halb verspiegelten Raumes, die Augen geschlossen. Ihre Füße weit auseinander, so tief in den Knien, dass es Ben Martin schon vom Zusehen schmerzte.

Enby ging auf die Glastür zu.

„Warten Sie," bat Ben Martin. „Ich möchte noch einen Augenblick … zusehen."

Und so standen Dr. Enby und Ben Martin nebeneinander, und sahen Romy Cohen zu, wie sie ihre Taichi-Übungen machte, die 24, die Verteidigung. Die 32 mit einem imaginären Schwert. Und die 42, der Zen-Stil. Sie hielt dabei die Augen geschlossen, ging tief in die Knie, ihre Hand- und Armbewegungen fließend. Würde man davon einen Film drehen und ihn schnell vorlaufen lassen, würde er enthüllen, was Tai-Chi wirklich war: Ein Kampf um Leben und Tod, mit Gegnern, die traten, schlugen, zustachen. ,

„Wieso kann sie das noch?" fragte Ben Martin leise.

„Wenn wir etwas zwanzig Mal tun, sind wir konditioniert. Wenn wir es zweihundert Mal tun, braucht das Gehirn sich kaum noch zu beteiligen. Nach zweitausend Mal ist es wie ein Reflex."

Romy Cohen drehte sich nach Beendigung der letzten Form zu ihnen um. Sie sah Ben Martin durch die Scheibe in die Augen.

War es nicht immer so? Wir konnten uns sehen, aber nie wirklich berühren.

Alter Mann. Nichts ist überflüssiger als ein alter Mann der darüber jammert, wie er sein Leben vertan hat.

„Meine Mutter leidet an Demenz. Sie vergisst meinen Vater, ihre Kinder, und sich selbst. Wir sind Vergessene". Enbys Stimme kam von weit her.

„Warum geben Sie Ihr kein Natrium-Amytal?"

Enby wusste, dass Martin nicht seine Mutter meinte. „Das Injizieren einer als Barbiturat getarnten Wahrheitsdroge? Bei der eine Körperseite gelähmt wird, während der Patient in seine Erinnerungen katapultiert wird und die Amnesiesperren mit induzierter Hypnose durchbricht? Nein. Das ist nicht üblich. Natrium-Amytal ist verboten, auch bei Ihnen in Deutschland"

„Wieso gibt es es dann?"

„Wieso gibt es die Atombombe?"

Ben Martin schwieg. Dann bemerkte er es. Romys Hände.

„Was ist mit ihren Fingern!"

„Die Fingerkuppen. Verbrannt. Sie hat ihren Fingerab-
druck verloren" sagte Enby.

Ben Martin registrierte, wie in dem Chaos der Weltord-
nung wieder etwas kippte; er spürte es wie kühle Finger, die
sein Herz fassten und langsam zudrückten.

Dann sah er Romy Cohen an.

In ihren Augen kein Erkennen. Keine Frage. Kein Vor-
wurf. Nichts außer Aufmerksamkeit. Ben Martin hob die
Hand.

Romy griff sich ein Handtuch und trocknete ihren Nacken ab. Dann trat sie aus dem Fitnessraum heraus.

Ben Martin hatte auf einmal alles vergessen, was er zu ihr
sagen wollte. War es nicht so, der erste Eindruck zählte?
Und er hatte die Chance auf einen zweiten, ersten Eindruck.

Und die Chance, alles wieder gut zu machen. Alles.
Alles.

# 17
**Weißgold**

„Wir haben ein Problem", sagte Dr. Jochen Ackermann in den Hörer.

„Dr. A., wenn Sie sagen, dass wir ein Problem haben, haben wir tatsächlich eins." Siegers Stimme war munter.

Dr. A., ein Mann, dessen Körperfülle davon ablenkte, dass er zu kleine Füße hatte, holte tief Luft.

„Die Highpotentials, die Sie mir vor vier Wochen geschickt haben. Sie sind kontaminiert. Sie sind wertlos."

Am anderen Ende Stille. Drüben in Schweden, in Moholm, würden jetzt die Wolken aufziehen, aber das konnte Doktor A. egal sein, er saß in Kopenhagen im schützenden Kokon seines Fertilisations-Labors, das nur mit einer Plastikkarte zu öffnen war, auf höchste Sicherheitsstufe codiert.

„War das das Miststück?", presste Sieger hervor.

„Kann sein, muss aber nicht."

„Als sie hier war, war sie in der Quarantänestation. Verdammt! Wie konnte sie wissen, dass diese Proben wichtiger waren als …"

„Auch das andere B- und C-Material ist unbrauchbar. Obwohl die Ablagesysteme sicher genug sind, wir verwenden nie die wirklichen Namen der Spender, sondern den Namen von Verstorbenen. Cohen hat einfach Glück gehabt."

„Sie tun was?"

„Das hat sich bisher als praktisch erwiesen; jegliche Nachforschungen von Kindern, die von den Spendern gezeugt worden sind, verlaufen damit absolut und todsicher im Sande. Und die Blutproben werden separat aufbewahrt, mit Namen von …"

„Keine Details, es reicht, wenn Sie Ihre Arbeit machen."

„Bitte sehr." Dr. A. schwieg. Wenn Sieger wenig wissen wollte, war das nicht Faulheit, sondern Selbstschutz. Um zum Schluss behaupten zu können: Ach, tatsächlich, Gen-Experimente? Ich? Handel mit Top-Sperma, ach was, ich weiß von Nichts, ich forsche doch nur. Das stattliche Erbe von knapp fünf Millionen Euro, das Sieger in den 90er Jahren von einem norddeutschen Altnazi zur „Fertilisationsforschung" nach dessen Tod erhielt, und dessen Stiftung er in London leitete, hatte aber nicht ewig gereicht; der Handel mit Spitzen-Weißgold war die einzig mögliche Sanierungsmaßnahme.

„Wieviel Geld haben wir verloren?"

„Ziemlich viel. Es waren drei Spitzensportler, ein Literatur-Preisträger, ein Ex-Calvin-Klein-Model. Ein ehemaliges Banken-Vorstandsmitglied, ein Schauspieler mit Goldener Kamera."

„Wir müssen sie noch mal beschaffen."

„Schicken Sie ihnen ein paar Professionelle, damit unsere Goldminen mehr Spaß beim Spenden haben", schlug Dr. A. vor.

Er dachte an die Proben, die Siegers Jäger all die Jahre zuvor eingeholt hatten. Von Schauspielern aus Hollywood, Deutschland und Frankreich, denen im Laufe der letzten Jahre das Geld ausgegangen war, Sportlern, Nobelpreisträgern, genialen Malern, die nicht mit Geld umgehen konnten.

Und an wen sie das alles verkauft hatten! An Stars, die man jede Woche in einer bunten Zeitschrift sehen konnte. An elitäre Familien, die sich das Beste leisten konnten.

Und dann gab es noch den Teil, den sie nicht verkauft hatten.

Mit denen sie ihren eigenen Forschungsauftrag deckten.

„Haben Sie irgendwas Erfreuliches zu berichten?", fragte Sieger.

„Frische Eizellen aus Dänemark, Rumänien und Polen."

„Polen! Wenigstens von preußisch-stämmigen Polinnen?"

„Natürlich."

„Haben Sie also doch an uns verkauft. Die Engländer haben ihn wohl zu wenig geboten, was?"

Dr. A. dachte an die 1400 britische Pfund, die eine Rumänin für ihre Eizelle von britischen Kliniken bekam. Ein Jahresgehalt. Alles war relativ, und sie hatten 1500 britische Pfund geboten, und gewonnen.

„Was macht das Marketing für die Königshäuser?"

„Jemanden in Göteborg ist dran. Außerdem haben wir Verbindungsärzte in London, Monaco und Barcelona. Aber mit Adelsfamilien und Königshäusern umzugehen, ist eine eigene Sache. Vor allem, wenn man ihnen etwas verkaufen will. Bisher haben unsere Ärzte nur indiziert, was wir ihnen gaben. Aber für das Spitzengold akquirieren – nein, das traue ich ihnen nicht zu. Das müssen andere machen."

An Siegers Schweigen hörte er, dass es dem nicht gefiel.

„Sind denn die Ergebnisse der Sammler schon da?"

Die Sammler waren freischaffende Detektive, meist aus dem Umfeld der Neukunden, die intime Details beschafften.

„Sie bestätigen teilweise Ihre Vermutung, Sieger. In fast allen Königshäusern sieht es um Nachwuchs mau bestellt aus. Auch Royalfrauen werden nicht so einfach schwanger, genauso wenig wie eine überarbeitete Karrierefrau. Und nur weil ein Mann Prinz ist, sind seine Samen nicht weniger anfällig für Umweltgifte, Alkohol und Stress."

„Seit Robert Graham tot ist mit seiner hübschen Sammlung an Nobelpreisträger-Sperma, ist das Besondere schwer zu bekommen", seufzte Sieger. „Man müsste mehr Überredungsmaterial haben, um die wirklich interessanten Gen-Träger dazu zu bewegen, eine gemeinnützige Spende zum Wohle der Menschheit zu leisten. Und die Royals davon überzeugen, das es nicht um Blutlinie geht, sondern um Gene, die besser sind als ihre inzestverwaschene Müllhalde."

„Keine Details, Sieger, bitte." Dr. A. wollte sich nicht mal vorstellen, auf welche Weise Sieger seine potentiellen Zukunftsväter überreden mochte, sich für ihn fünfmal einen runterzuholen. Der Handel mit Sperma von Leistungsträgern lief hervorragend, und davon hatten alle was. Außer Slomann, der von diesem kleinen Beigeschäft nichts wusste.

Dieser Idealist.

„Slomann würde davon nicht begeistert sein, Sieger."

„Tun Sie einfach Ihren Job, Dr. A., ich tue meinen. Nehmen Sie ein Zäpfchen und legen Sie sich aufs Sofa, ich besorge das neue Supergold und kümmere mich um Slomann und diese Frau Cohen, die die Highpotentials versaut hat. Verwenden Sie die Polinnen mit bewährtem Material. Nichts außergewöhnliches, irgendeinen soliden Spender, der die richtige Moral hat."

Richtige Moral. Das hieß soviel wie: Die richtige Gesinnung. Soweit rechts wie möglich.

Dr. A. machte sich Notizen, die für andere kryptisch aussehen mochten. Er würde nach Feierabend, wenn die Labor-Assis des IVF Kopenhagen nach Hause gingen, um keinen Verweis wegen unnötiger Überstunden zu bekommen, weitermachen.

Diesen lukrativen kleinen Nebenjob, bei dem er selektierte Spendersamen nach Siegers Wünschen aus dem geheimen Kühlschrank verwendete; und der ihm seit 30 Jahren ein Haus bezahlt hatte, Reisen nach Bali und Monte Carlo, und der es ihm erlaubte, seiner heimlichen Geliebten Mia eine reizende Wohnung in der Altstadt von Kopenhagen zu bezahlen. Er würde sich nach diesem scheußlichen Tag damit belohnen, bei Mia vorbei zu fahren und ein wenig oldfashioned-Sex zu praktizieren, bevor er daheim seine missmutige Frau traf.

„Was macht die ökologische Landwirtschaft?", fragte er.

Wie es Sieger in den 90ern geschafft hatte, für „ökologisches Wirtschaften und artgerechte Tierhaltung" EU-Fördergelder in Höhe von jährlich 300.000 Mark für sein vorgeblich landwirtschaftliches Projekt in Moholm zu erhalten, war Dr. A. ein Rätsel. Da ließ sich doch dieser Nationalsozialist von der EU finanzieren und kam damit durch.

Sieger hatte oft damit angegeben, dass er alle bescheißen konnte. Sogar diesen Staatschützer in Hamburg, Heller, hatte er als Informant gewinnen können – seinen „Joker" nannte er ihn. Dr. A. wusste von der Erpressung. Staatsschützer waren sonst so von moralischer Unbedingtheit besessen. Aber dieser hatte den falschen Vater. Heller lebte ein gefährliches Leben; wenn der Verfassungsschutz ihm drauf kam, wie er immer wieder Ermittlungen, Anzeigen und Strafverfahren vereitelte, in dem er den Kreis-Freunden rechtzeitig Tipps gab – sein Leben wäre verschissen.

„Jeder Mensch hat seinen Preis", hatte Sieger getönt, „Und Heller bezahlen wir aus der Portokasse. Er ist uns verpflichtet! Blutsbande, Blut ist exklusiver als Moral. Solange sein Vater noch für den Kreis und seine Freunde eintrat, wird er nicht riskieren wollen, sein eigenes Blut zu verraten.

„Und sonst so?", fragte Dr. A. Eigenes Blut. Kein Tropfen Güte trübte das Blut von Sieger. Dr. A wollte nicht darüber nachdenken, was es über ihn selbst sagte, dass er trotzdem mit ihm Geschäfte machte.

„Und sonst will ich, dass sie die Larsson-Serie kalt beenden. Wir sehen an Luka, dass es nicht funktioniert." Sieger legte auf.

Kalt beenden. Das hieß, dass keine Samen des ursprünglichen Spenders mehr verwendet werden sollte, und noch vorhandene Embryonen vernichtet. Wie Sieger solche Anweisungen vor Slomann geheim hielt, war Dr. A. ein weiteres Rätsel, mit dem er sich nicht beschäftigen wollte.

Er seufzte. Die Larsson-Linie hatte elf Kinder hervor gebracht. Sie hieß Larsson, weil er dem Spender ebenso wie allen anderen einen Namen von einem Verstorbenen gegeben hatte; man bediente sich dazu einfach aus der Tageszeitung.

Sie war eine der ersten gewesen, mit denen der Kreis experimentiert hatte, vor 35 Jahren. Die eine Hälfte Eizellen von einer Frau, mit demselben Sperma gemischt. Der Rest Sperma direkt für Inseminationen unterschiedlicher Frauen genutzt. Sechs Embryonen hatten sie Leihmüttern eingesetzt, die eigentlich damit gerechnet hatten, ihre eigenen Eizellen mit Fremdsamen befruchtet zu haben! Doch was sie bekamen, war ein völlig fremder Embryo, aufgestellt wie eine Reihe von identischen kleinen Soldaten. Man wollte wissen, wie sich die sechs blutsverwandten Kinder in verschiedenen Familien entwickelten.

Sperma konnte länger als Embryonen gelagert werden – 20, 30 Jahre und mehr; die Technologie der Embryonenlagerung war erst in den 90er Jahren entstanden.

Dr. A. griff sich an den Kopf. Das war der weniger angenehme Teil seines lukrativen Nebenjobs. Er rief die Liste auf, die ihm verriet, wo die zwölf restlichen Embryonen aus der Larsson-Linie gelagert waren, nahm die Gläser mit einer Greifzange aus dem Stickstoff-Tank, und legte die Strohhalme mit den Blastozyten auf die Heizung. Sie würden rasch verderben.

Dr. A starrte auf die weißen Schatten, die sich verflüssigten.

Dann verbarg er das Gesicht in seinen Händen.

Nach zehn Minuten hatten sich seine bebenden Finger so weit beruhigt, dass er sich eine Zigarette anzünden konnte.

Als er die verschlüsselte Kartei aufrief, um den ursprünglichen Samenspender der L-Linie, seine Abkömmlinge, ihre Entwicklungsprotokolle und Adressen zu ermitteln, war sie leer.

Jemand hatte sie gelöscht.

Jemand wusste damit aber auch den Klarnamen des Samenspenders Larsson.

Und alles über seine Kinder.

# 18
## Nach Hause

Romy hatte Ben Martin während der Vorstellungsrede von Dr. Enby einfach nur weiter in die Augen gesehen. Unter ihrem Blick war er gestorben. Nichts regte sich darin. Kein Zeichen des Erkennens. Keine Wut. Keine Sorge. Kein Begehren. Nichts.

Erster Eindruck? Das Letzte.

„Vor Ihnen soll ich mich also in Acht nehmen."

„Sagt wer?"

„Mein Verlobter."

Schon wieder dieses Wort.

Dieses Nichts war die Hölle, und er schwamm in der glutheißen Lava. Ben Martin hatte nicht gewagt, zu lächeln. Nicht gewagt etwas zu sagen, um sie dabei nicht zu unterbrechen, wie sie nach einem Impuls, einem Instinkt fahndete, der ihr sagte: Das da ist einer von den Guten. Nicht den Grundguten, Gott bewahre, aber im Prinzip auf der richtigen Seite, von ihr aus gesehen.

„Na, dann." Ben Martin setzte an, seinen Rollstuhl zu drehen.

„Wieso sagt er das?", fragte Romy, ohne ihre Stimme zu erheben.

„Vermutlich hat er Recht", antwortete Ben Martin der Fahrstuhltür.

„Ich arbeite für Sie?"

„Kann ich mir ausgedacht haben."

„Und wenn Sie mich nur retten wollen?"

„Wäre das keine so schlechte Taktik, um Sie bei nächster Gelegenheit zu beseitigen."

Er spürte, wie sich ein Lächeln in seine Mundwinkel hän-

gen wollte wie ein angetrunkener Zufallsbekannter am Bier-
tresen in seine Armbeuge. Er hat sich immer noch nicht
nach ihr umgesehen.

„Sind Sie verheiratet?“

„Nächste Frage.“

„Wer bin ich?“

Die Fahrstuhltür glitt auf, Ýsa trat aus der Kabine und
sah Ben Martin überrascht an; dann sah sie zu Romy, wieder zu Ben, und lächelte ihn an, wie Frauen nur manche
Männer anlächeln.

„Das weiß ich doch nicht. Ich kenne Sie erst seit fünf
Jahren. Glauben Sie, das reicht um zu wissen, wer oder was
jemand ist?“

Er lenkte den Stuhl in den Lift hinein. Dann wendete er
ihn und wartete darauf, dass sich die Türen schlossen.

Als sie aufeinander zu glitten und er Romy in dem sich
langsam schließenden Spalt immer weniger sehen konnte,
bis sich sein Blick nur auf sie und ihr Gesicht fokussierte,
sagte er „Die Fähre geht um 19 Uhr. Ich werde um 17 Uhr
mit einem Taxi vor der Klinik stehen. Bis 17 Uhr 5. Um
17 Uhr 6 fährt ein Bus. Entweder Sie kommen mit mir
nach Hause. Oder lassen es.“

Als sich der Lift bewegte, spürte er sein Herz im Hals.

Wer Romy überreden wollte, hatte verloren. Sie war er-
barmungslos kompromisslos. Sie machte ihre Fehler mit der
leidenschaftlichen Inbrunst jener Menschen, die alles, aber
auch alles alleine machen wollen, sogar Leiden.

Doch genau aus derselben Quelle der Kompromisslosig-
keit erwuchs auch ihre Zuneigung. Sie hatte sich mit einer
so deutlichen, eisklaren Vehemenz für ihn und seine Freundschaft entschieden. Mit dieser Selbstsicherheit ihrer Gefühle, die bis zu einem gewissen Punkt gingen, aber nicht

weiter. Aber was bis dahin ging, das war bedingungslos. So-
dass der Rest nicht schmerzte, der fehlte.

Der Rest. Er wäre gern ihr Mann gewesen.

Ben Martin wurde überrascht von dem Schluchzen, das
aus seiner Brust empor stieß. Ihre bedingungslose Zuneigung, die zwar am einem Punkt endete, aber bis dahin so,
so sicher gewesen war; sie war fort.

Es tat weh, als ob sie ihm beide Arme abgesägt hätten.
Ben Martin biss die Zähne zusammen, bis ihm die Ohren
schmerzten.

Die beiden Querfalten hatten sich tief in den roten Fleisch-
nacken des Mannes eingegraben. Sein rechter Arm lag ausgestreckt auf der Lehne des Beifahrersitzes, der Kopf ruhte
an der Fahrertür. Die Nackenfalten waren von blendendem
Weiß, zwei helle Kerben in rosa Fett. Der Taxifahrer schnaufte leise und rhythmisch. Er war eingeschlafen.

Kurz vor 17 Uhr. Keine Romy. Aus dem Eingang der Klinik kamen drei Krankenschwestern. Dicke Mäntel über der
Schwesterntracht, deren weißer Saum unten hervor lugte.
Schals und Wollmützen. Gefrorener Atem, weißer als Ziga-
rettenrauch. Sie unterhielten sich, lachten und beachteten
das Großraum-Taxi nicht. Die Standheizung bollerte. Der
Taxifahrer schnaufte.

Keine Romy.

Um 17 Uhr bekam Ben Martin einen Krampf im unte-
ren Rücken. Keine Romy.

Denkst du etwa schon, ist seid wieder ein Team? Du und
das Mädchen, die Schöne und das Biest? Du kannst hier
warten bis dir die Beine abfallen.

Um 17 Uhr 3 weckte er den Taxifahrer. Der wischte sich
die aus dem Mundwinkel gelaufene Spucke vom Kinn und

trocknete sich mit einem schmutzigen Tuch den Nacken ab. Die Scheiben begannen, zu beschlagen.

Keine Romy.

Um 17 Uhr 5 bat er den Taxifahrer, zu fahren. Der Mann startete den Wagen, der schon an war, und fluchte etwas auf Schwedisch. Dann drückte er den Automatikhebel nach hinten auf D und ließ den Wagen anrollen. Die Klimaanlage dröhnte, der Luftzug klärte die Scheiben nur langsam.

Sie rollten an der Klinik vorbei, die schmale Auffahrt herunter. Auf die Guldhetsgatan. Um die nächste halbe Biegung.

Er sah die drei Krankenschwestern an der Bushaltestelle stehen. Sie froren und rauchten. Ben Martin legte die Hand auf die Schultern des Schweinsnackens und deutete nach vorn.

Das Taxi fuhr langsam an der Haltestelle vorbei. Der Bus kam direkt dahinter zu Stehen.

Die drei Schwestern kamen im Schutz des Busses, der um Punkt 17 Uhr 6 abfuhr, auf das Taxi zu, eine öffnete die seitliche Schiebetür. Rasch stiegen alle drei ein, das Taxi fuhr an, als Ýsa die Schiebetür wieder mit Schwung schloss. Sie kauerten sich zu Bens tauben Füßen. Der Bus direkt hinter ihnen, der die Sicht auf etwaige Verfolger behinderte.

Ýsa, ihre Freundin Nora, und Romy.

Der Taxifahrer drehte sich nach hinten um „Darf ich vorstellen: Finn Hayder. Er fährt Taxi." Ben Martin wies auf den roten Nacken. Finn Hayder winkte mit seinem schmuddeligen Taschentuch. Sein Gesicht, ein zerknautschter Faustball. Ein roter, lächelnder Ball.

„Sind Sie Single?", fragte Nora.

Ýsa rollte mit den Augen und sah Ben Martin wieder auf diese Art an. Er gefiel ihr. Er sah ihr in die Augen, auf der

Suche nach dem Spott, den er fürchtete. Doch da war keiner. Nur ein Glühen.

Dann wandte sich Ben Martin Romy zu. „Sie kommen also mit?"

„Ich tue das hier nur, weil es lustig ist."

„Bitte, nichts fällt mir leichter als lustig zu sein."

„Haben wir ein Verhältnis?", fragte sie.

„Nein."

„Bedauern Sie das?"

„Ich bitte Sie. Sie sind die Frau ohne Gedächtnis, und ich bin der Mann ohne Unterleib."

„Je größer die Lüge, desto eher wird sie geglaubt."

Sie fuhren an einem Park vorbei, aus dem ein Schwarm Vögel wie eine Rauchsäule aufstiegen.

„Was habe ich in den letzten Jahren gemacht?"

„Sie haben Psychologie und Geschichte studiert. Sie sind in Frankreich geboren, was Ihre Eltern taten haben Sie mir nie erzählt. Sie arbeiten seit fünf, bald sechs Jahren als Rechercheurin für mich. Sie müssten das nicht tun, denn Ihre Eltern haben Ihnen Geld hinterlassen."

„Hinterlassen?"

„Sie sind tot, Romy. Beide."

Jenseits des Rauschens, das in ihrem Kopf aufstieg, hörte Romy einen Klang, der alles übertönte. Es war ihr Herz. Es schlug.

Ihr Gesicht blieb unbewegt. „Warum war ich in Schweden?"

„Ich weiß es nicht", log er und senkte den Blick nicht. „Sie gehen dorthin, wo nur Füße hingehen können, aber kein Rollstuhl, außerdem können Sie mehr Sprachen als ich. Was oder mit wem Sie es in Ihrer Freizeit treiben, weiß ich nicht. Ich bin nicht über Ihr Privatleben unterrichtet. In

Schweden haben Sie vielleicht Urlaub gemacht, oder gingen Ihren obskuren Forschungen der Mythologie nach, Ihre Karten und astrologischen Spirenzchen, Kabbalakram … verzeihen Sie."

„Vielleicht habe ich es gebraucht. Was brauchen Sie?"

„Ich brauche, niemanden zu brauchen."

Ihr Blick durchdrang ihn. Sie sah ihn mit so unendlich viel Mitgefühl an, und er wusste in diesem Moment, dass Romy immer noch da war, die Romy, die er kannte. Die sich selbst so gering einschätzte, und andere über sie stellte, wenn diese litten.

Sie war die Harmonie, sie war der Kontrast. Es gab niemanden, den er je so verehrt hatte.

„Ich komme mit", sagte sie. „Es ist mir gerade recht, nicht gebraucht zu werden."

Sie fuhren auf den Kai der *Stena Germanica*, nach dem Ben Martin seinen Behindertenausweis gezeigt hatte. Sie stiegen aus.

Romy drehte den Kopf zu Ýsa, um ihre neue Freundin ein letztes Mal anzusehen. Ihre Augen umarmten einander. Dann schob sie sich neben Ben, der den Stuhl wendete und auf die Fähre zufuhr.

So nah. Romy, so nah. Es war zu kurz, um dieses Gefühl wirklich zu genießen. Er hielt den Atem an. Sie lächelte in die schwache Sonne, die so zart golden schimmerte wie Butter.

Im Moment ist sie so glücklich, wie ich sie nie sah, dachte Ben.

Die Fähre legte ab.

19
**Der blinde Fleck**

Gretchen schreckte hoch. Ein Kinderweinen? Sie lauschte in das Zimmer hinein, doch da war nichts außer das Rauschen der ersten S-Bahn auf der Verbindungsbahn zwischen Stern-schanze und Dammtorbahnhof. Sie ließ sich erschöpft wie-der zurück sinken. Das Kopfkissen war klamm.

Dann hörte sie es wieder. Das Telefon zirpte.

Auf nackten Füßen tappte sie im Dunkeln in das Wohn-zimmer und zu dem Gerät.

Johannes. Sie hatte seine Nummer nie gelöscht. Um da-rauf vorbereitet zu sein, wenn er anrief, um dann ihre Stimme zu sammeln und ihr einen gleichgültigen, beschäf-tigten, glücklichen Ton zu geben.

Es war kurz vor Mitternacht. Die Vögel lärmten, und der Aprilhimmel blieb noch schwarz und blau. Johannes.

Das Klingeln hörte auf, als sie nach dem Telefon griff. Das rote Licht blinkte, um ihr den Eingang eines nicht an-genommenen Anrufs anzuzeigen. Sie ließ es blinken.

Gretchen ging in die Küche und begann im Dunkeln, Wasser für Kaffee aufzusetzen.

Was hatte sie da gestern nur getan. Die Liste. Sie hatte nicht aufhören können, ihre Kreuzchen zu setzen, und hatte immer nur Johannes im Kopf gehabt, als sie ihr Mädchen schuf. Schuf?

Sie löffelte kenianischen Kaffee in die Presskolbenkanne. Sie hatte es nicht dem Zufall anvertraut, sondern ihrem Willen. Sollten so Kinder geboren werden?

Sie setzte sich an den nackten Holzküchentisch und stützte den Kopf in die Hände.

Lässt du dir ein Designerbaby machen, und suchst die

Haarfarbe passend zum Sitz deines Cabrios aus? Ich habe kein Cabrio.

Eine kleine Johanna, die aussieht wie Johannes, damit er dir gehört und du ihn behalten und herum kommandieren kannst? Ein Kind gehört niemandem. Man gehört immer dem Kind. Es wird groß und geht und lässt dich zurück und findet neue, wichtigere Menschen, so ist der Deal, so ist das als Mutter, ich gehöre ihm.

Ein kleines zuckerhutsüßes Mädimädelchen, das kannst du einkleiden wie eine Puppe und vorführen als Beweis deiner Existenz. Egoistin.

Ja. Ich bin eine Egoistin, dachte Gretchen, denn ich will glücklich sein.

Das Wasser kochte, und sie wartete ab, bis es sich nach drei Minuten auf 95 Grad abgekühlt hatte, bevor sie es auf den grob gemahlenen Kaffee schüttete, mit einem Holzlöffel umrührte und ihre Silhouette dabei in der Fensterscheibe betrachtete.

Alt werde ich, sterben werde ich. Das mit dem Sterben, das begleitete sie an jedem Abend beim Einschlafen. Stets in dem Augenblick, wenn ihr Geist zurück sank und sich zurück lehnte in Behaglichkeit des Einschlafens. Dann fiel es ihr wieder ein. Wie jeder Tag im Leben bisher kam, vor dem sie sich fürchtete, so würde auch unweigerlich ihr letzter einbrechen. Eines Tages. Diese Tatsache raubte ihr den Atem und schloss sie ein in Panik. Die sie besänftigen konnte, solange es Johannes gab. Die sie besänftigen konnte, wenn Romy neben ihr lag und sie auffing.

Hatte Romy denn keine Angst vor dem Tod? Dem absoluten Ende, wenn nichts mehr ging und man sich zu den Milliarden, Billionen Vergessenen gesellte, die diesen Weg schon vor uns gingen?

Romy hielt sie fest, und redete leise auf sie ein, bevor sie das Licht anmachte und Gretchen mit sich zog. Im elektrischen Licht schien nichts mehr so bedrohlich, und deswegen machte Gretchen auch jetzt das Licht an. Der Kaffee roch nach Schokolade und holziger Würzigkeit.

Romy. Wo bist du? Ich werde ein Kind bekommen und den Tod damit besiegen.

Zufall hat kein Gedächtnis, hatte ihr Slomann gesagt, als sie schüchtern gefragt hatte, inwieweit es dem Menschen gestattet sein sollte, in den Lebensplan der Welt einzugreifen. Anstatt es dem wohlgeordneten Chaos und dem Zufall der Evolution zu überlassen, die uns immerhin bis hierher gebracht hat. Hierher, und jetzt ging es weiter. Hierher, wo in manchen Ländern die DNS extrahiert, und in anderen Dörfern noch die Klitoris von Mädchen beschnitten wird, um die bösen Geister zu besänftigen. Hierher, wo es Selbstmordattentäter gab, die jungfräulich in den Tod bretterten, und andere ungefragt schlachteten, das Sterben in Sprengkraftform um ihre nicht mal ausgewachsenen Rücken geschlungen; hierher, in denen Frauen klug und besser sein sollen als Männer, und einsam sterben. Bis hierher, zu genmanipulierten Tomaten, zu Eltern, die ihre Kinder Tapete essen ließen und in den Müll warfen, zu Latte macchiato mit Karamell, zu Psychopharmaka, die vergessen ließen, wer man war, zu Tütensuppen ohne einen Krümel Natur darin, und Ethical Correctness, dem Klimaschutz en vogue, Öko ist Chic, aber das Wasser lassen sie beim vollautomatischen Zähneputzen weiterlaufem. Und genau bis hierher, wo Gretchen saß und sich wünschte, noch mal mit sich beginnen zu können. Ohne Pflicht. Ohne Angst. Ohne diesen Menschenhass, ohne dass sie an der Dummheit verzweifeln mochte, die auch sie nicht verschonte.

Sie war doch genauso dumm und ließ sich ein Kind aus der Retorte machen. Sie aß Tütensuppe mit Geschmacksverstärker, sie onanierte mit Gummipenissen. Leben, vorgetäuscht. Sie dachte an den Vater, der seine Kinder mit brennend heißen Esskastanien gequält hatte, wenn sie nicht gehorchten. Bei der ersten Vernehmung hatte er ohne Regung geantwortet, es seien nicht seine Kinder, sondern irgendwelche, von irgendwem. Seine Frau hätte die Haarfarbe ausgesucht, die seiner ähnelte. Spenderkinder, zufällig in den Bauch gespült. So zufällig, wie es auch die kleine Madeleine war, die 2007 in Portugal verschwand. Passte man auf sein eigen Fleisch und vor allem Blut, anders auf?

Gretchen nahm das Telefon mit dem blinkenden Licht in die Hand. Johannes, 3.11 Uhr, 1x A, stand da, sie drückte OK und löschte das Blinklicht. „Stur wie ein Holsteinisches Pferd", hatte er sie mal genannt. Ja. Als sie sich dagegen wehrte, zum Staatschutz zu gehen, LKA 34, Jagd auf Neonazis, Jagd auf Sieger und seinen Freundeskreis, der nach Schweden abzog, Jagd auf die NPD und ihre Immobiliengeschäfte – und Gretchen ablehnte; sie wollte dort arbeiten, wo sie es noch verhindern konnte, dass Kinder und vom Erwachsenwerden gequälte Jugendliche sich dem rechten Extrem zuneigten.

Was sie Johannes nicht sagte, war, dass sie Angst hatte. Angst, dass Polizisten, die zu genau hinschauen, nicht erwünscht sind, weil auch das Auge des Gesetzes müde werden kann, und es an zu vielen Stellen brennt. Braunes Feuer konnte doch sehr wohl auch manchmal ignoriert werden, wenn es Strohfeuer sind; und sie hatte Angst davor, dass sie diese Grenzen zwischen Wegsehen und Hinsehen nicht erkannt hätte. Sie hatte Angst, sich auf einen Kampf gegen Windmühlen und einen Virus ohne Gegenmittel einzulassen.

Stur. Dann war das wohl so.

Einen Akt der Gnade, hatte Slomann es genannt, als Gretchen ihn ansprach auf all die eingefrorenen Föten, die in Kühlschränken in den USA lagen, in Spanien, in der Schweiz, Australien, Großbritannien, Deutschland und wer weiß noch wo, und die in einigen Staaten adoptiert werden konnten, von einem sehnsüchtigen Uterus, und der sie ins Licht bringen würde. War es nicht ein Kinderhandel? Samen, Embryonen, die kreuz und quer durch die Welt geschickt werden, eingefroren, katalogisiert, untersucht, vermerkt, eine Massenproduktion von kleinen Seelen, Kraft des Willens, nicht des Zufalls.

„Und was passiert mit der Seele, wenn sie zwei, drei, zehn Jahre lang eingefroren ist?" hatte sie es gewagt, den Mediziner zu fragen, und er hatte die Augenbrauen zusammengezogen.

„Seele", hatte Mac Slomann in feststellendem Ton konstatiert, „Seele kennt keine Zeit. Sie ist der Unsterblichkeit ausgesetzt, der Unendlichkeit, in dem die Zeit keine Rolle spielt. Zwei Tage oder zwölf Jahre hat für die Seele keine Bedeutung."

Sie hatte nicht gewagt, das zu bezweifeln.

Sie trank nun einen Schluck Kaffee und sah, wie die Nacht vom Tag abgelöst wurde, wie sich das Licht ausbreitete und seinen Raum eroberte, und doch wusste sie, dass es nur der Schatten der Erde war, der zurückwich und sich zur Sonne wendete.

Wieso nur konnte sie für andere kämpfen, aber nie für sich?

„Das macht dein blöder Fleck", hatte ihr Romy erklärt. „Jeder hat eine Macke, eine Neurose, eine Schwäche, die er nicht sehen kann. Ähnlich wie der blinde Fleck im Auge.

Das Gehirn ersetzt, was es nicht sieht, durch grobe Schätzung. Aber die Wahrheit sieht es nicht. Ich könnte dir sagen, warum du für andere kämpfst aber nicht für dich. Ich müsste dir dann aber deine schwache Stelle zeigen. Und dafür würdest du mich hassen."

„Aber wenn du mich doch schützen könntest? Du verweigerst mir Hilfe, weil du Angst hast, dass ich nichts mehr von dir wissen will? Das ist kaltherzig und egoistisch, Romy".

„Wer kriecht, wird nie stolpern. Ich gehe aufrecht und will nicht stolpern. Verzeih mir, Gretchen, ich liebe dich, und werde dir nicht sagen, welche Schwäche du hast."

Sie hatten dieses Gespräch im Hamam geführt, aber während Romy die kräftigen Liebkosungen des anatolischen Tellaks genossen hatte, war Gretchen starr und verspannt unter der Massage ihres Bademeisters auf der Marmorliege geblieben.

„Und das Schlimme ist: Du würdest es mir nicht glauben. Ich könnte es dir beweisen, und du würdest es nicht glauben, was deine Schwäche ist, die dein Verhalten steuert."

„Käme auf einen Versuch an", hatte Gretchen gesagt, und Romy warf ihr einen Blick voller Zuneigung zu.

„Ich würde es übrigens auch nicht glauben", hatte Romy noch gesagt und sich auf den Rücken gedreht, damit der Tellak ihre Brüste mit seinem harten Handschuh abbürsten konnte.

Was hatte Romy für einen blinden Fleck? Was sah sie nicht an sich, was sie immer wieder in Situationen hinein manövrierte, aus denen sie sich nur mühsam befreien mochte?

Gretchen nahm die beiden winzigen kleinen Kinderschuhe in die Hand. Als sie gestern aus Slomanns Klinikvilla getaumelt war, wie betäubt von der Aussicht, dass ihre Zukunft bald begann, hatte sie in einem Laden am Eppendorfer Baum diese zwei Babyschuhe gekauft. Es hatte so gut getan, die Freude der Verkäuferinnen, ob vorgeheuchelt oder nicht, ihr Interesse, ihre Blicke, die an Gretchens Figur auf- und ab gehuscht waren auf der Suche nach einer verräterischen Beule. Erstmals war Gretchen entspannt genug, um nicht ihren Bauch einzuziehen. Ein Kind, und schon war sie etwas wert. Ging doch.

Die Schuhe hatten soviel gekostet wie Schuhe für Erwachsene.

Sie wog die Miniaturen in der Hand. So leicht wie ein Kinderherz. „Es wird immer Menschen geben, die anderen Menschen Glück nicht gönnen, Gesundheit nicht gönnen, Familien und Kinder nicht gönnen. Aber auf die können wir keine Rücksicht nehmen. Wir können die Welt besser machen, mit genetischen, biologischen und reproduktionsmedizinischen Anwendungen. Sie dürfen sich Ihr Glück gönnen, Gretchen", hatte Slomann gesagt. „Sie müssen nicht allein bleiben, nur weil die ewig Gestrigen lieber krank und einsam sterben wollen."

Jetzt wusste Gretchen es. Romys blinder, blöder Fleck war, gebraucht zu werden. Davor hatte Romy Cohen Angst.

# 20
## Stena Germanica

Die Schiffsmaschinen der *multipurpose ferry* stampften gleichmäßig und unbeeindruckt, schoben die Fähre mit knapp 2500 Passagieren über die gischtende Mitternachts-See. Romy drehte den Pass unter die kleine festgeschraubte Lampe auf dem Tisch, der in einer Ecke des Speiseraums auf dem neunten Deck stand, verdübelt wie alle Möbel.

„Anna Cerna. Wieso heiße ich auf diesem Papier wie ein rumänisches Karpatengebirge?"

„Sie haben sich den Namen selber ausgesucht."

Sie blättere in dem Pass und betrachtete die Landesstempel. China, USA, Türkei, Tschetschenien, Palästina.

„Wieso habe ich zwei Pässe mit unterschiedlichem Namen?"

„Sie haben mir diesen Pass für Notfälle gegeben. Unter diesem Namen habe ich Sie auf dem Schiff eingebucht. Ich schätze, es ist ein Tarnpapier. Und nützlich."

Der Kellner brachte ihnen die Getränke. Schob die Plastikblumen in der kleinen Vase zur Seite, legte die Bierdeckel aus, stellte die Wasserflaschen und Gläser ab. Romy hatte den Pass zugeklappt und beobachtete die Gesten des Kellners genau. Fließende Bewegungen. Sein Gesicht slawisch, wahrscheinlich Saisonarbeiter, ein gerader Rücken unter dem weißen, dünnen Oberhemd, ein Mann, der sich seines Körpers bewusst war.

Sie war sich seines Körpers ebenso bewusst.

Der Kellner und Romy sahen sich in die Augen.

Nicht, dachte Ben Martin. Bitte nicht. Lass es mich nicht sehen. Als der Kellner gegangen war, fragte Ben Martin: „Sie haben sicher eine Menge Fragen. Was wollen Sie wissen?"

Romy lehnte sich zurück. „Wann wir ankommen."

„In neun Stunden". Ben Martin stieß den Rollstuhl vom Tisch ab. Ihm war bitter zu Mute. „Ich werde schlafen gehen."

„Gehen?", fragte Romy, aber ihre Mine war nicht spöttisch, sondern fast schläfrig, und sie sah auch nicht ihn an, sondern auf den Hintern des Kellners, der sich unter der schwarzen Hose bei jedem Schritt bewegte. Sie ließ das rechte Bein von ihrem linken gleiten, dabei schob sich der kurze Rock ihres Kostüms hoch.

Er hatte hinter der Tür zum Lagerraum auf sie gewartet, abseits vom Flur, der eine kurze Verbindung zum Discodeck und der Bar darstellte. Er zog sie von hinten in den Schatten, seine Hüften an ihrem Po, seine Hände, die sie fest hielten. Sein Atem in ihrem Nacken.

Sein Mund hielt die Verabredung ein, die ihrer beider Augen vorhin getroffen hatten und grub sich in ihren Hals. Gänsehaut. Seine Finger schlossen sich von hinten um ihre Brüste und umschlossen ihre Brustwarzen, fest und zielsicher.

Romy drehte sich aus seiner Umarmung und griff nach dem Kellner.

Die Feuerschutztür im Rücken, zog sie ihn an sich, er roch so, wie es seine Bewegungen versprochen hatten, nach fremden Mann und Arbeit. Seine Haut, glatt, fest, warm. Fremd.

Sie ließen sich keine Zeit. Seine Hände schoben den Rocksaum höher, sie zog ein Bein an, kippte das Becken, machte sich lang. Fuhr mit einer Hand unter sein Hemd, er öffnete den Reißverschluss, spuckte in eine Hand, griff sich an den Schwanz, rieb ihn noch härter. Ging in die Knie, tiefer, bis ihr Bein über seiner Schulter lag, und seine Zunge sich zwischen ihre Schenkel hinein wühlte, den Slip mit zwei Fingern beiseite geschoben. Er sah sie an, und sie schloss die Augen nicht unter dem fremden Blick aus dunkelbraunen, fast schwarzen Augen, die sie vorwärts trieben. Er leckte sie nicht, um sie zu verführen, er leckte sie, um sie so feucht und nass zu machen wie möglich. Der Daumen der Hand, die den Slip beiseite hielt, drückte sich an ihren Damm, er leckte erneut an ihm und stieß die Daumenkuppe gegen ihren Anus. Romy schloss die Augen nicht. Dann stand er rasch auf, ihr Bein glitt von seiner Schulter in seine Armbeuge, er spreizte es weiter nach außen, er schob sich in sie, hielt seinen Schwanz an der Wurzel fest und dirigierte ihn das letzte Stück.

*Eine Wasserschlange. Er ist lang, und dünn, und er schwimmt in mich hinein, wie eine Wasserschlange.*

Sie hielt sich nicht an ihm fest, sondern streckte die Arme aus, drückte sie an die kalten, grün lackierten Stahlwände. Sah den fremden Mann an, der sie im Stehen vögelte, ohne seinen Namen zu kennen, und ohne ihn wissen zu wollen. Wollte ihn nicht berühren, nicht anfassen, nicht küssen, die einzige Verbindung war die zwischen ihren Beinen.

„Ich fick dich", sagte er, „ich fick dich", und stieß weiter zu, schweißnasses Schläfenhaar, Tremolostöße, und sie wartete darauf, dass sie etwas fühlte. So etwas wie Lust oder Liebe oder Mut oder Trauer oder Glück, doch es war nur die Sehnsucht danach, ausgefüllt zu werden, von innen, dort, wo es leer war, und sie allein.

Sein Blick verlor seine Schärfe, und Romy spürte, wie er sich auf das konzentrierte, was er vor seinem inneren Auge sah. Er sah nicht mehr sie, sondern das Bild, was er sich von ihnen beiden machte. Die Geilheit, eine Fremde im Halbdunkel an die Wand zu nageln. Seine Stöße wurden schneller, sein Schwanz fester, sie wusste, er würde gleich kommen, und sie schlug ihm ins Gesicht.

Er hielt inne, atmete, gab ihr eine Ohrfeige zurück, und stieß noch mal bis zum Anschlag zu.

Ihre Wange brannte, ihre Scham brannte, doch es blieb kühl und still in ihr.

„Du fickst niemanden", sagte sie, und der Kellner vergrub sein Gesicht an ihrer Schulter und bewegte sich jetzt nur noch knapp aus der Hüfte heraus, seine Gürtelschnalle klimperte im Takt seiner wiegenden Bewegungen, er hielt sich an ihren Arschbacken fest, trieb sich immer heftiger zwischen ihre Schamlippen hinein und kam schließlich, fünf Stöße lang.

*Niemanden. Ich bin niemand.*

Romy schloss die Augen, während die Seeschlange sich einrollte und aus ihr heraus glitt.

„Entschuldigung", sagte der Kellner, atemlos.

Er zog ein zusammen gefaltetes Stofftaschentuch hervor, wischte sich die Hände ab, den Mund, faltete es dann andersherum zusammen und reichte es ihr. Romy stand noch mit gespreizten Beinen an der Wand.

„Ich heiße Orel", sagte er.

„Na und?", antwortete Romy, rückte den Slipsaum zurück, schob den Rock bis zu den Knien und ging.

Sie fühlte sich immer noch leer.

In der Außenkabine auf dem Oberdeck nahe der Rezeption waren alle Lichter gelöscht. Ben Martin saß im Dunkeln und lauschte auf das beständige, tiefe Grummen aus dem Bauch des Schiffes. Hielt den Atem an, und lauschte.

Dennoch hatte er ihre Schritte nicht gehört. Die Tür klappte leise zu und Romys Schatten schob sich über seine

Hände, die gefaltet auf seinen toten Knien ruhten. Sie roch nach Sex und Salz.

„Hat es geholfen?", fragte er den Schatten.

„Wissen Sie, wie unerträglich es ist, sich seiner selbst nicht mehr sicher zu sein?"

„Ja", sagte er nach einer Weile.

„Darf ich heute Nacht hier bleiben?", fragte sie.

Mit Romy eine Nacht verbringen. Das hatte er oft zuvor schon getan, aber sie hatten gearbeitet und geplant, sie hatten gestritten oder er hatte ihr beim Trinken zugesehen, wie sie mit jedem Schluck einen Mann davon spülte.

Wenn sie hier blieb, in diesem Stunden, wären das die schönsten Stunden seines Lebens, mit der Frau, die er liebte.

Doch sie wäre gar nicht da, auch wenn sie da bliebe. Und was davon übrig bleiben würde, nach dieser Nacht, wäre weniger als Nichts. Sie würde nicht zur Ruhe kommen; und er, nie mehr.

„Nein", sagte er.

Die Tür fiel wieder ins Schloss. Er bedauerte seinen Entschluss sofort. Sein Lügen ihr gegenüber würde ihm zum Gefangenen seiner Sehnsucht werden lassen. Wenigstens neun Stunden. Das hätte gereicht, für ein Leben.

Romy lag auf dem Bauch, direkt auf dem Boden, die Arme zur Seite ausgestreckt. Sie atmete den Staub des Bodens ein und konzentrierte sich auf das Rollen des Schiffes.

Keine Gespräche, keine Fragen, deren Antworten ihr Leben nachzeichnen würden wie ein rissiges Netz, wie Malen nach Zahlen, die willkürlich auf ein Blatt Papier geworfen sind.

Ben. Er war … sie konnte das Gefühl nicht identifizieren.

Sein Gesicht. Seine Augen, in denen sich das Meer in allen Farben wand. Sein muskulöser Körper unter dem Anzug, der ihn fesselte. Seine Hände. Um wie viel schlimmer war es, als ein solcher attraktiver Mann kein Mann mehr zu sein?

Eben war sie noch glücklich, mit Nichts im Kopf. Jetzt begann das Nichts weh zu tun.

Das eben, mit dem Fremden im Stahlflur, das war der erste Mann, an den sie sich nun erinnern konnte. Sie hatte mit ihm im Stehen gefickt, um eine Erinnerung zu haben. Sie wollte so schnell wie möglich wieder eigene Erinnerungen haben, die sie zu einem Jemand machten. Die die Zeit fühlbar machten.

Sie wollte Erinnerungen, die sie ekelten und wunderten und endlich diese Leere ausfüllten, es war menschenleer in ihr, kein Gesicht, auf dass sie sich stützen konnte; sie wollte die Abscheu. Vor sich, vor anderen. Schlechte Erfahrungen machen, um dem Leben nicht zu sehr zu trauen. Sie wollte ein Lächeln, nur ein einziges, von irgendjemanden, einfach nur so, um sich existent zu fühlen. Sieh mich an, bin ich da, oder träume ich mich nur?

Sie brauchte Angst, hatte Älgen gesagt, um zu überleben.

Jetzt kam die nächste Welle, die erst den Hass, dann die Wut und dann die Traurigkeit, ablöste. Romy Cohen lachte.

Neun Stunden, in denen sie auf dem Meer war und nirgends. Noch ein Aufschub, bevor sie zurück kehrte in die Eckpfeiler, aus denen ihre Existenz bestand. Eine Wohnung, Kleider, Bilder, Parfüms, Musik. Warum war es gefährlich Romy Cohen zu sein?

Für neun Stunden alles zu sein. Ohne Pflichten, ohne Enttäuschungen, ohne Ängste, ohne Wunden, die das Leben schlug. Sie hatte Lust zu trinken.

Sie hatte Lust, Ben Martin aus seinem Anzug zu schälen und zu schauen, was er darunter für ein Mann war.

Sie hatte Lust, ihren Stolz, den sie in sich vermutete, dran zu geben; sich in Schlamm zu wälzen und lächerlich zu machen. Sie sah den Kokon des Schwarzen Schmetterlings, von dem Christer Älgen gesprochen hatte.

*Ich bin alles. In bin jeder. Jeder ist alles. Wenn er nur nicht erzogen wäre. Du sollst nicht ehebrechen, wenn es doch passiert, geh zur Beichte. Aber unberechtigt abgestellte Fahrzeuge werden kostenpflichtig entfernt.*

Sie fühlte keine Pflicht. Sie fühlte keine Trauer. Sie fühlte, wie sich die Leere in ihr mit Sehnsucht auffüllte; sie begrüßte den Schmerz, er glitzerte mit scharfen Kanten.

Dann räumte sie die Minibar leer und betrank sich bis kurz vor die Besinnungslosigkeit, während die Mondsichel auf dem eiskalten Meer mit ihrem tanzenden Spiegelbild flirtete.

# 21
**Das erste Gebot**

Die Landebahn Nummer Vier war so glitschig wie Seife im Badewasser. Die *Boeing 737* setzte auf, und im Cockpit war es unnatürlich ruhig. „Soll ich durchstarten?", fragte der Pilot seinen Copiloten. Er erhöhte den Umkehrschub und lenkte gegen.

Luka saß in der letzten Reihe, dort, wo das Schwanken der Maschine, die drohte, im Heck auszubrechen, besonders stark zu spüren war. Der Flug war eine Aneinanderreihung von Turbulenzen und Luftlöchern gewesen. Der Mann, der breitbeinig neben ihm gesessen hatte, als hätte er seine Schrumpeleier zum Verkauf geboten, stöhnte leise und kniff die Augen zusammen. Er hatte mehrmals erschrocken die Luft angehalten, wenn das schwere Flugzeug gegen die Luftwellen prallte, so wie ein Motorboot auf hoher See über die Wellenkämme drischt. Eine Brigade von Luftlöchern hatte sich über der Ostsee unter ihnen geöffnet, und die meisten im Flugzeug hatten Angst, das konnte Luka riechen. Das Heck schwankte wie ein Zug, der vergeblich zwischen Weichen hin- und her schleudert.

Luka hatte keine Angst. Nicht vor dem Tod, vielleicht nur vor dem Sterben. Er lachte auf, als der Mann neben ihm einen großen Fleck im Schritt seiner fast weißen stonewashed-Jeans bekam.

Luka musste an die Götter auf dem Olymp denken, als er auf dem Meer unter sich die Nachtfähren erblickt hatte, winzig wie Staubfädchen. Die Götter hatten sich in ihrer großen Höhe gelangweilt, aber nicht zu Tode, denn sie waren unsterblich. Unsterblich und ohne Seele, ödeten sie sich an mit Intrigen, Seitensprüngen und Inzest, gefangen im Einerlei auf Ewigkeit. Sogar die Erschaffung des Menschen ergab nur kurzfristige Abwechslung, denn der Mensch, als er begann zu ahnen, eine Seele zu haben und sich auch ohne Lehm, und Helios' Odem fortpflanzen zu können, wandte sich von den Göttern ab. Sie waren sterblich – aber besaßen eine Seele. Die Titanen spielten mit den Sternen Schach, ohne je zu gewinnen.

Die Götter waren zur Ewigkeit verdammt, zum ewigen Neid, zum ewigen Hass, zur ewigen Sehnsucht. „Eigentlich", dachte Luka, „sind die Götter die Bewohner der Hölle. Der Himmel ist die Hölle, die Götter die Bestraften, und der größte von ihnen, ob er Zeus oder Jahwe, Wodan oder Allah hießen mag, ist der Höllenwächter." Luka lachte und genoss den Drall, den er im Sitz spürte, als das Flugzeug bremste und bremste. „Und wir sind im Paradies, denn wir leiden kurz genug, um es ertragen zu können. Wer also ist glücklich – wir, oder die?"

Wenn man es genau nahm, dann waren Menschen die Götter, und als solches hatten auch die Gebote seinen Sinn: Du sollst keinen anderen Gott neben dir haben, außer dich selbst.

Was jene, die jeden Sonntag morgen in freudiger oder pflichterfüllter Erwartung der spirituellen Routine, wahrscheinlich anders sahen; sie hörten sich die Predigten an und wurden von der Luft aus Orgelpfeifen angeblasen und vom süßsauren Mundgeruch des Gottesboten auf Erden, sie waren im Wachkoma gefangen, das Koma von Du sollst und Du darfst nicht und Du musst. Keiner suchte sich den Weg allein, für alles gab es Vorgaben, und die Passagiere der Reihen 31 bis 25 dürfen jetzt aussteigen. Wie schön es doch war, es besser zu wissen.

„Paradiesisch, nicht wahr?", sagte er zu dem Mann neben

ihm, dessen Wangen unter dem Dreitagebart blass und grau erschienen. „Verscheißern kann ick mir alleene", murmelte der.

Auf dem Weg mit dem Taxi in die Innenstadt überlegte Luka, ob er sich am Hans-Albers-Platz auf Pauli raussetzen lassen sollte. Es war fast Mitternacht, und er musste dieses Bild aus dem Kopf bekommen, um sich bereit zu machen für neue Bilder.

In Moholm besaß der Nordische Kreis einen Friedhof, im vergessenen Teil des Parks, wo nicht mal Vögel auf den Bäumen saßen. Eine der Frauen hatte dort ihre Plazenta begraben, einige der anderen waren mitgegangen, hatten das neugeborene Baby in der Hand, während die Überreste des Mutterkuchens in der Erde versenkt wurde und ein Buchen-Schößling darauf gepflanzt. Dieses heidnische Pagan-Ritual war eine Sache, die der Kreis duldete, dieser Dank an Mutter Erde. Genauso wie die Begehung der Zeugungstage der Kinder – nicht nur die Geburtstage, auch die Stunde der künstlichen Insemination, wurde mit einem „Licht"–Nachmittag bei Kaffee und Kuchen gefeiert.

Luka hatte es von seinem Zimmer aus gesehen, als er einen seiner getragenen Pullover mit einer Wärmflasche und einem Wecker bestückt hatte, um das warme, tickende Bündel zu den kleinen Katzen im Pappkarton unter der Treppe zu legen. An dieses künstliche Herz konnten sie sich schmiegen, und schlafen, während er nicht da war, um auf sie aufzupassen.

Man sollte doch auf Kinder aufpassen, dachte er.

Er hatte die getigerte Mutterkatze, die einst Lucia Teixera gehört und die er mitgenommen hatte, gestreichelt, und seinen Koffer gepackt, um nach Hamburg zu fliegen. Zu Romy. Böse Katze. Romykatze. Die zwölfte Tochter.

Die zwölfte Tochter.

Jane war ein letztes Mal zu ihm gekommen. Die kleine Nanny. Sie hatte auf sein Flugticket gestarrt, die wächserne Totenmaske von Lucia, und die Wachs-Romyfigur gesehen, und hatte ihn geohrfeigt. Dann hatte sie ihn umarmt und ihm gesagt, dass sie ihn liebe, egal was er getan hatte. Und dass sie reden müssten, über die Kinder. All die Kinder, die einander so ähnlich waren, wie Kerzen, alle gleich. Sie liebte ihn? Dumme Kuh.

Es war gut, sich auf Romy zu konzentrieren. Und doch, er brauchte noch eine Brücke, um seinen Geist aus Moholm und vom Plazentafriedhof, und von Sieger und den Kindern weg zu bringen. Den Kindern. Den Kerzensoldaten.

Es ließ sich auf der Reeperbahn absetzen, deponierte sein Reisegepäck an der Rezeption des Hotels *Monopol*, und begann, die Straßen nach geeignetem Material abzugehen. Die jungen Mädchen vor dem Schnellimbiss gegenüber der Davidwache, mit ihren gesteppten Jacken, in denen sie wie Michelinfrauchen aussahen, über den glänzenden Strumpfhosen und Turnschuhen mit Plateausohlen, waren zu jung. Im Laufhaus bedienten nur Polinnen, Brasilianerinnen und einige wenige Schwarze. Das *Dollhouse* mit seinem Tabledance hatte keine Mädchen zu vermieten. Auf eine Hotelnutte in einem der üblichen verdächtigen Hotels wie dem *Elysee* oder *Empire Riverside*, hatte er keine Lust, erst an der Bar herum zu kriegen – sie gaben viel auf den gespielten Anstand, um nicht aus ihren Foyerrevieren entfernt zu werden. Auch das *Royal Casino*, der Puff in der Esplanade, war ihm heute fremd; die Mädchen zu jung, was sollte er mit ihnen reden? Im Bett sagten sie alberne Dinge. Wie gut es sei, was er da mache, obgleich er gar nichts tat. Seinen Schwanz behandelten sie wie ein eingeschweißtes Leichenteil.

Die perfekte Hure war jene, die nicht mal vorgab, die Mechanik des Sex mit Liebes- oder Beifallsbekundungen zu sentimentalisieren. Eine, mit der er sich einig sein konnte, in der Verabredung, Liebe oder Verehrung oder gar nur menschliche Nähe restlos zu verklappen, in der Physik des unpersönlichen Beischlafs. Es musste beiden so egal wie möglich sein, wer der andere war. Diese Illegalität der Gefühle verband sie. Er suchte die perfekte Hure in der Herbertstraße, die jetzt mitten in der Woche nicht so überlaufen war von Jungs, die noch keine Männer waren, und die sich nur im Pulk zwischen den roten Sichtschutzwänden und durch die von Frauen regierte Straße der Begierden trauten; es ging zu wie in einem Coffeeshop. Nur dass Luka statt eines Kreativmacchiatos eine Spezialistin wollte.

Er ging von Fenster zu Fenster, hielt kurz an einer Blondine, die ein rosa T-Shirt bis zu den Knien trug, das blonde Haar streng und nass zurück gekämmt. Nein. Nicht blond.

Er tastete sich unter den Blicken der Frauen entlang, und sie wussten, sie brauchten ihn nicht zu kobern, denn er ging an ihnen vorbei wie an einer Theke voller Frischobst. Es macht keinen Sinn, als Orange „hier, hier" zu schreien, wenn er doch eh eine Tomate haben wollte.

Dann fand er sie. Kurzes braunes, fast schwarzes Haar, das zu einem federleichten Bob geschnitten war und ihn an Natalie Portman in ihre Kinderrolle als Mathilda in „Leon der Profi" erinnerte. Nahezu kupferfarbene Augen, Halsband, Abendhandschuhe, schwarze Pumps, und sonst war sie nackt und spielte mit einer Perlenkette, die sie wie ein Uhrpendel schwang. Ihre Brüste ähnelten jenen von Romy, klein, rund, leicht nach oben strebende Spitzen, die ein wenig nach links und rechts guckten, sehr helle flache rosa Warzen, wie bei einem jungen Mädchen.

Er trat an ihr Fenster und erläuterte seine Wünsche. Das Pendel verlor seinen gleichmäßigen Schwung. Sie öffnete ihm von innen die Tür, er trat ein, legte das Geld beiläufig in die dafür vorgesehene Schale und ging sich den Schwanz über dem Waschbecken in dem winzigen Bad waschen. Die Nutte trat an ihre Frisierkommode, stellte die Beine auseinander, beugte sich vor, die Knie durchgedrückt, und wartete mit aufgestützten Ellenbogen auf der Kommode ab. Die Rückseite ihrer nackten Beine und ihres Arsches glänzten von der leichten Feuchtigkeit, die sie beim Sitzen auf dem Lederstuhl durch einen Hauch Schweiß abgesondert hatte. Ihre Adern schimmerten blau in der Kniekehle. Sie war rasiert, auch an den Innenseiten ihrer Hinterbacken. Ihr Gesicht gelangweilt.

Er hatte das kleine Päckchen immer dabei. Diesmal musste er die doppelte Menge nehmen – erst auf seiner nackten Erektion, und dann, nachdem er das Kondom über das Brennen gezogen hatte, auch auf dem Vinyl dieselbe Masse. Nur dann machte es richtig Spaß, wenn nicht nur er was davon hatte.

Die Hure sog erst bei seinem zweiten Stoß heftig und überrascht die Luft ein. Die Mischung aus Ingwer, Chili, Senf und Wacholdermus brannte stärker als jedes Thaicurry. Er hatte sich bis zum Anschlag in ihrem über die Jahre flexibel gewordenen Anus versenkt, und genoss den scharfen Schmerz, der ihm bis unter die Schädeldecke pumpte, ein warmes, grellrotes Fließen hinter seiner Stirn, der sich mit jedem Stoß wie aufwirbelnder Schmerzstaub in seinem Kopf verteilte. Alles verdrängte, alles verbrannte, alles in seinem gleißend hellroten Licht atomisierte.

Die Hure hielt sich jetzt mit beiden Armen links und rechts an der Kirschholzkommode fest, er konnte in einem der Spiegel ihr Profil sehen, zu Schmerz und Abscheu nahe des seelischen Kollaps verzerrt. Gut so. Sie wusste noch nicht, dass es länger dauern würde, als sie es gewohnt war, von den anderen Freiern. Später vielleicht würde er ihr Linderung verschaffen und ein wenig Joghurt auf ihre Rosette tupfen, um die brennende Schärfe zu besänftigen. Später. Jetzt stieß er im gleichmäßigen Tempo in ihren Arsch und stellte sich vor, dass Romy ihn so sehen könnte.

Als er merkte, dass er fast so weit war, hielt er sich an den Schultern der Hure fest, und erhöhte das Tempo. Ihr Keuchen hatte sich in ein andauerndes Wimmern verwandelt, ein stetiges „uuummuuuuu", und als ihr die Beine wegbrachen, achtete er nicht darauf, sondern nagelte sie bäuchlings an den Boden und trieb den Schmerz der kochendheißen Gewürzmischung auf seinem Schwanz tiefer in sie hinein. Sie hatte panisch ihre Beine geschlossen, doch das hielt ihn nicht ab, er klemmte ihre Schenkel und ihren Hintern zwischen seinen Beinen ein, hielt ihre Arme fest auf den Boden gepresst und arbeitete wie eine Maschine, und sein Takt waren der Rhythmus von Schmerz und Lust, Schmerz und Lust, Schmerz, und Lust.

Als er kam, blieb er auf ihr liegen, und lauschte den Wellen nach, die alles fortspülten, was ihn vor einer halben Stunde bekümmert hatte. Ruhige, tiefe, klare Wellen, die ihn von allem enthoben.

Er zog sich aus ihr zurück. Es schmatze. Dann griff er in die Innentasche seiner Jacke und warf der Hure einen Becher Naturjoghurt hin. Sie atmete den Dreck auf dem Teppichboden ein. Den anderen Becher öffnete er und rieb sich seinen Penis ein. Es kühlte. „Kein Wasser, keine Seife, keine Fettcreme, dann kannst du übermorgen wieder Griechisch sprechen", sagte Luka, ordnete sein Hemd in die Hose, strich sich das Haar streng zur Seite, richtete die Krawatte, und verließ die Herbertstraße, ohne sich umzusehen.

Besser. Viel besser. Luka sog die Luft ein, während er an der Davidwache und am Spielbudenplatz vorbei schlenderte, und die Farben der Nacht inhalierte, der Duft zwischen den Lindenbäumen, Sexshops und Obdachlosen, die sich auf den Gittern der U-Bahnluftschächte zusammen rollten. Es war schön, wieder in Hamburg zu sein.

## 22
### Die Schönheit der Dinge

Stolz war ein Wort, das für Mac Slomann einen guten Klang besaß. Die meisten Menschen waren zu beschäftigt mit den Kompromissen, in denen sie ihr Leben schmiedeten, um auf Stolz noch Wert zu legen. Stolz wendeten sie an, wenn sie sich brüsteten, zu hassen, oder den Staat betrogen zu haben. Sie redeten vom Geschäft und von der Arbeit, als wäre es Krieg, und von der Liebe und dem Daheim, als wäre es eine Zote und schwach.

Es lebe die Zivilisation, dachte Slomann und dekantierte einen spanischen *Tempranillo-Crianza*. Der rote Wein, der nach Schokolade und Johannisbeeren roch, glänzte im Licht der Kerzen im Kaminzimmer. Er trat an die Glastür zur Dachterrasse. Unter ihm breiteten sich die Lichter Hamburgs aus wie ein Sternenteppich; zögerliche Sterne, kraftvolle Planeten, blinkende Satelliten. Er war stolz, die Schönheit wahrnehmen zu können.

Das war einer der wesentlichen Unterschiede zwischen ihm, und den anderen. Manchmal fragte er sich, ob seine Bemühungen jemals von der Masse wahrgenommen würde; die, die ihren Stolz vergaßen, wenn sie Kredite aufnahmen, um sich Talismane des Talmirespekts zu erwerben, eine Uhr, ein Haus, einen teuren Anzug, ein winzigkleines Mobiltelefon, eine teure Frau, die sie vorführen könnten; ob sie da draußen jemals sein Geschenk zu würdigen wüssten. Nein. Sie würden nur bis zu ihren Fingerspitzen sehen können und was in deren Reichweite war.

Was sie nicht verstehen würden, wäre sein Antrieb, das zu tun, was er tat. Er erschaffte Menschen und Kinder nicht deshalb, weil er Gott spielen wollte. Gott hatte damit nichts zu tun, und Slomann persönlich hatte auch nichts gegen die Idee eines gewaltigen Kreateurs, dessen Macht sich willkürlich an seinen Schöpfungen austobte. Auch der Teufel hatte nichts damit zu schaffen, Satanismus war für Jugendliche ohne Halt, die damit kokettierten, unberechenbar zu sein. Ja, ja, der Satan, der in seiner langweiligen Dekadenz nur die Verführung zum Unmoralischen zu bieten hatte. Auf ihn fielen jene rein, die nur eine Farbe im Leben kannten: Nur schwarz, nur weiß. Dabei war das eine gar nichts, ohne das andere.

Nein, Slomann hatte von der Moral unantastbare Gründe.

Er tat es um der Schönheit willen. Schönheit in der Form einer geschwungenen Augenbraue, die in Symmetrie zum Mund steht; eine Haut, die im Licht der untergehenden Sonne einen matten Glanz von Gold hatte. Darin ein Mensch, gesund und voller Motivation, zu leben, zu lieben, die Farben aufzusaugen und die Musik, und letztlich, das ästhetische Gegengewicht zu sein zu dem, was sich in der Welt verbreitete. Stumpfsinn und Rücksichtslosigkeit, Moneykultur, Geld vor Leben. Und dieser Fraß erst, den sie in sich hinein stopften, da konnten sie auch von Styropor und Ratten leben.

Ihm ging es um die Harmonie der Dinge. Der relativlosen Ästhetik, die sich einander nicht bedingt, wie so etwas Banales wie Gut und Böse.

Er wollte nichts mehr, als dem ästhetischen Frieden zu Kraft zu verhelfen. Mit einer Art von Mensch, die es schaffen würde, sich durchzusetzen; gegen die willkürlich gezeugten Wucherungen und Mixturen, die sich gegenseitig erledigt, weil sie hin- und hergerissen waren im Blutstrudel ihrer Vorväter; Fehden merkte sich das Blut, auch über die Liebe hinaus.

Es brauchte dazu einfach ein Gegengewicht, mit den besten Zellen aus allen Völkern, und Slomann, seine Vorgänger und Nachfolger, würden es der Welt schenken.

Seine ästhetischen Grundsätze hatten allerdings nicht viel Gehör in dem Nordischen Kreis, und die Kreisfreunde hatten es lieber gesehen, wenn er von dem Plan sprach, die Absolute Rasse zu erschaffen. Für sie ließ er sich herab, sich auf den kleingeistigen Anspruch des Reinen zu reduzieren. Die lebten immer noch im Dritten Reich. Selber schuld.

Während er einen Schluck trank, meditierte Slomann über die Idee, dass fruchtbarkeitsträge Frauen ihrem intelligenten Instinkt folgten: Sie ließen sich lieber von einem genetisch geprüften Samenspender ein Kind machen, statt es dem peinlichen Zufall der Liebe zu überlassen. Diesen Frauen sollte gedankt sein, dass sie der Ästhetik und Gesundheit ihren Dienst erwiesen.

„Danke, liebe Frauen, merci ihr Regierungen", sagte er und ließ sein bauchiges Riedelglas gegen die Fensterscheibe klingen. „Ich danke Euch, dass ihr es uns leicht macht. Vielen Dank für eure Schweigsamkeit und Gesetzeslosigkeit, Salute!"

In ihm schwebte ein Lied. Ärzte entschieden in Deutschland nur für sich, welcher Frau, ob verheiratet, allein stehend, lesbisch, mittellos, sie eine Samenspende diskret gegen gutes Geld verabreichten. Niemand kontrollierte sie, und die Frauen? Sie schwiegen, beide machten sich strafbar, quid pro quo. Ärzte entschieden, aus welchen Banken sie das Weiße Gold nahmen, ob aus der „Privatbank" ihrer Freunde; oder ob sie sich auf die Selektion der schwedischen oder amerikanischen Samenbanken verließen, die aus wenigen Legionen von Spendern, Armadas von nahezu identischen Kindern produzierte. Es war nur eine Frage der Wahrscheinlichkeitsrechnung, wann die Welt mit zig Verwandten bevölkert war, wenn sie alle aus einer genau bestimmten Reihe Adams und Evas produziert wurden.

Deutsche Ärzte hatten alle Freiheiten, denn keiner der Politiker mochte allzugenau hinschauen, was passierte, wenn eines der bisher – offiziell 80.000, aber Slomann wusste es besser und kam bereits auf 300.000 Kinder, die nicht mittels ordinärem Geschlechtsverkehr in Deutschland seit den 50er Jahren gezeugt worden waren – wenn eines dieser Kinder seine Wurzeln wissen wollte. 100.000 Behandlungsversuche gab es jedes Jahr in Deutschland, 10.000 Mal gelang es. Geld floss in Strömen.

Nein-Spender, die ihren Namen um keinen Preis an ihre Kinder weitergegeben haben wollten, waren alle. Und niemand konnte wissen, wer sie wirklich waren, ob sie gute Menschen waren. Oder nur süchtig, Legionen von Kindern zu zeugen, ohne für sie verantwortlich zu sein. Gehet hin und mehret euch. Oder bleibt einfach sitzen, und holt euch einen runter, das geht schneller.

Er und die Freunde des Nordischen Kreises hatten es so eingerichtet, dass die meisten Ärzte und Samenbanken mit genau ausgesuchten Samenspendern bestückt wurden. Redliche Männer, stolze Männer, gesunde Männer, nicht zu klug, nicht zu dumm. Intelligenz wurde eh von den Frauen besorgt.

Slomann bedauerte, dass es nur eine solche Sisyphusarbeit war! Ständig konnte das Ergebnis verwässert werden; wenn sie nicht Acht gaben auf die Nachkommen. Der Verwaltungsapparat, um all die Wohlgeborenen zu überwachen!

Die wenigen Ärzte, die es schafften, sich aus diesem Kreis fern zu halten, hatten ein schwieriges Leben und hätten es sich nie erlauben können, einer allein stehenden Frau Mitte

30, die sich ein Kind leisten kann, aber keinen Mann dazu will, ein Baby gegen Cash zu machen; oh, nein, diese Gesetzteswidrigkeit hätte der Kreis angezeigt. So fielen jene, die nicht zu ihnen gehörten, aus der Verdienstmöglichkeit heraus, die der Handel mit Wunschkindern für Single-Frauen darstellte. Die nicht lang fragten, was sie da bekamen. Hauptsache, es hatte ihre Haarfarbe.

Slomann gönnte sich für einen Moment tiefe Verachtung. All diese Karrierefrauen, die hysterisch nach einem Mann suchen, der sich ganz auf sie einstellt, aber sie nicht auf ihn; und die mit 40 feststellen, dass es zu knapp wird, um einen Mann zu treffen, sich mit ihm zu verstehen, es zu probieren, und drei, vier Jahre später mal mit der Produktion von dekorativem Nachwuchs zu probieren. Dann lieber Shopping deluxe, garantiert gesund, kein Problem, und welche Augenfarbe hätten Sie gern?

Der Kreis achtete darauf, in einer Region nicht zuviel desselben Samens zu streuen. Seit es Fälle gab, in denen In-vitro-Halbgeschwister heirateten und kranke Kinder auf die Welt brachten, sorgte man für strategischere Verteilung. Ganz abgesehen davon wollte man allzu viele solcher Meldungen in den Tageszeitungen vermeiden.

Sieger machte ihm Sorgen. Slomann ärgerte sich, dass ausgerechnet jetzt, in dieser nahezu perfekten Harmonie seiner Gedanken, das Gesicht des Moholmer Kreishalters auftauchen musste. Er traute ihm nicht, aber dafür gab es ja Luka. Er war der Sohn, den sich Slomann immer gewünscht hatte. Und der ihm nie geschenkt wurde – Slomann war unfruchtbar und er hatte es nie riskieren wollen, seiner geliebten Frau Ira den Samen eines fremdes Mannes einzupflanzen. Niemals. Es widersprach der Ästhetik, die sich Slomann für sein eigenes Leben wünschte.

Sieger tat das, was er in Moholm mit den jungen Familien, die er Ende der 90er Jahre aus Schleswig-Holstein mit nach Südschweden genommen hatte, jedenfalls nicht wegen der Ästhetik. Sieger war erfüllt von ideologischen Ideen, wie sie in der Gesellschaft für biologische Anthropologie, Eugenik und Verhaltensforschung in den 70er Jahren bis 1995 in Hamburg praktiziert wurden, bevor sie verboten wurde; und die dem nationalsozialistischem Ideal Lebensborn angeglichen waren.

Sieger hatte wieder seine irren Wahnwitzigkeiten im Kopf, die Welt zu beherrschen, durch die Hintertür. Und die Hintertüren waren lautlos untergebracht an den Rückseiten der Königshäuser. Sieger reichte es nicht, die Kinder „nur" an Frauen der Volksklasse zu geben. Nein. Sieger wollte in jedem Königshaus mindestens einen Spross des Nordischen Kreises einpflanzen. Widerlich. Und diese Kinder wollte Sieger kontrollieren, wenn es an ihnen war, einen Thron zu besteigen.

Jeder Wahnsinnige braucht ein Ideal, dachte Slomann, ohne Ideale wären sie alle Selbstmörder.

Ein wenig fühlte sich Slomann den Monarchien zugeneigt. Ihr Leben verbrachten sie mit Nach-Todesplanungen, sie dachten nicht nur 70, 80 Jahre weit und wie sie die verbrachten, sondern in 700, 800 Jahresschritten. Das imponierte Slomann. Sie lebten immer für die Nachkommen, nie für sich selbst.

Dennoch ließ Slomann Sieger seine Machtphantasien. Er würde sich zu geeigneter Zeit darum kümmern, Sieger zu stoppen. Sobald er ihn bei der nächsten Kungelei auf eigene Faust erwischte. Dann musste er eben auf ein anderes Moholm ausweichen; Moholms konnte er überall auf der Welt erschaffen.

Moholm war die Keimzelle seiner Studien, Moholm war so etwas wie die kleinere Form der Welt. Nur dort ließ sich ersehen, ob das, was Slomann als ästhetisches Friedensvolk plante, wirklich funktionierte. Funktionierte es dort im Kleinen, dann vermochte er auch der Welt ein Heer von Kindern zu schenken, die eines Tages die Welt retten würde, diese schnelle, in Blechkuchenstücke der Macht zerteilte, geschundene, leidende Erde, und sie wieder ihrem einzigen Sinn zuführen würde:

Die Welt wurde erschaffen, um schön zu sein.

Slomann schaltete mit der Fernbedienung alle indirekten Lichter aus und ließ das Funkeln der Stadt auf sich wirken.

Schönheit besaß keine Kompromisse. Das schönste war das Geschrei der Kinder, hinter dem Musik verblasste und Kanonendonner, das Zirpen der Breitbandleitungen und Dollarkassen. Der Schrei eines Kindes zog jedes Licht auf sich.

Slomann spürte, wie seine Ehefrau seinen Nacken massierte. Er liebte sie, so gut er konnte; nicht immer, wie sie wollte. Aber selbst das wusste sie zu schätzen. Sie war eine gute Frau.

Er wollte Ira niemals verlieren. Sie war die einzige, die keine Angst vor ihm hatte, und ihn trotzdem respektierte. Ginge sie, hätte nichts mehr einen Sinn; das einzig Liebenswerte an ihm war sie.

## 23
## LSD nie im Erdgeschoss

Zeit verlor in dem Augenblick an Bedeutung, wenn man sie nicht mehr mit Ereignissen oder Erinnerungen füllte.

Es bedeutete Romy wenig, als sie erfuhr, bald 34 Jahre zu sein. 34 Jahre, diffus, vergangen, ohne Richtungs- oder Warnbojen im Meer der Erinnerung. Es war ihr, als begänne die Zeit erst in dem Augenblick wieder anzulaufen, wie eine röhrende, gigantische Maschine unter der Erdkruste, als sie von der Fähre der Stena Line hinab über die Rampe ging. Mit jedem Schritt dröhnten die Generatoren der Zeitmaschine lauter, beschleunigten ihre Teilchen, um sich schließlich, als Romy Kieler Boden betrat, in ihren Achtklang zu begeben. Das Metronom tickte, die Millisekunden, wie ein sanftes Rauschen, die Sekunden, der dumpfe Herzschlag, die Minuten, ein helles Kling, die Stunden, ein trockenes Tock, die Tage, ein Flimmern wie ein Glasperlenvorhang, die Wochen wurden nur mit einem Fingerzeig betont, und die Jahre, sie versammelten am Ende das Echo all jener Taktschläge. Der achte Ton war die einzige Disharmonie im dem Uhrwerk, denn der achte Ton zählte ihr Leben herunter, ein Countdown ohne Ziffern. Sie spürte, wie die letzten 34 Jahre in einem Rutsch herunter gezählt wurden und sich der Ton verlangsamte. Dann war sie wieder in ihrer Zeit angekommen. Ihre Heiterkeit wich einer klammen Müdigkeit.

Die schielende Frau und der riesengroße Mann in dem gelben Wagen gehörten offenbar zu ihrem Begleiter Ben Martin.

Ben Martin. Sie fühlte sich wie eine geschlüpfte Graugans und rannte ihm nach, ohne zu wissen, ob sie ihn mochte oder nicht.

Elsa hatte Romy aus ihrem schielenden Gesicht ange-
strahlt, und ihr Körper hatte sich ihr wie eine Blume zur
Sonne zugeneigt, als wolle sie Romy umarmen. Roman
nahm seine Sonnenbrille ab und sagte nur: „Mensch, Mädchen."

Sie beide waren ihr völlig fremd.

Auf der Rückfahrt war Romy nicht fähig, zu reden, denn
sie sog die vorbeigleitende Landschaft links und rechts
neben der Autobahn auf wie eine Blinde, die auf dem Rücksitz eines Wagens zum ersten Mal das Augenlicht zurück erhält. Es war alles neu, das Norddeutsche Land mit seinem
hohen Himmel, das scheue Grün, das zögerlich seinen Platz
suchte.

Dem Gespräch zwischen Ben Martin und Elsa folgte sie
mit beiläufiger Intensität.

„Ist der Doktor aus Boston gut untergebracht?" Elsa
nickte.

„Elsa, hör auf zu nicken."

„Wir werden morgen Abend bei mir Essen. Koch bitte
was mit Kartoffeln, Elsa, Macmillan mag das. Bringt eure
Mädchen mit, wenn ihr keinen Babysitter bekommt."

„Er ist Amerikaner und macht Babys", sagte Elsa. „In
Glasröhrchen."

„Gut, dass er kein Italiener ist", sagte Romy, „die können einfach keine Kartoffeln vertragen."

Der Pole lachte und Ben Martin sah sich um, ob sie verfolgt wurden, aber da war nichts.

Romy beugte sich vor zu Elsa. „War ich ein netter
Mensch?", fragte sie die schielende Frau.

Ben Martin zischte, nett seien vielleicht kleine neugeborene Kätzchen, aber Menschen? Niemand hörte auf ihn.

Elsa stiegen Tränen in die Augen. Sie presste die Lippen

aufeinander und legte ihre Hand auf Romys. „Da", stieß sie auf Polnisch hervor. „Da!"

„Dziekuje", murmelte Romy. Danke.

„Sie sind ein netter Mensch, mehr als manch andere", sagte der große Pole und das war das einzige, was er dazu zu sagen hatte.

„Ist Ben Martin ein guter Mensch?"

„Er ist … schlau", sagte Elsa. „Er schreibt. Wichtige Dinge."

„Machen sie die Welt besser?"

Ben Martin schnaubte.

Elsa schüttelte den Kopf. „Wissen Sie es nicht mehr? Er schreibt die Dinge, die wichtig sind, für andere zu wissen. Er schreibt über die bösen Menschen, und Sie haben ihm geholfen. Ach, Romy!" Sie schluchzte auf und Roman streichelte ihr Knie.

Die lieben sich, dachte Romy. Erstaunlich, wie unterschiedlich Menschen sein können.

„Wenn Sie mich in drei Adjektiven beschreiben müssten, Ben Martin, was würden Sie sagen?"

„Kommt darauf an zu wem." Er sah immer noch geradeaus und mied ihren Blick, wie die letzten Stunden auch.

„Zu mir."

Drei Adjektive. Sie war nicht bereit für die Wahrheit, erst Recht nicht für seine. Er schüttelte den Kopf. „Zäh. Jähzornig. Unfähig zur Teamarbeit."

„War ich einsam?"

„Nicht einsamer als jeder von uns."

„Sagt er die Wahrheit, Elsa?"

„Er mag sie eben", sagte Elsa und errötete.

Am Hamburger Hauptbahnhof stiegen sie in ein Taxi um. Ben Martin und Romy waren allein.

„Was tue ich als Rechercheurin?"

„Laufarbeiten," sagte er, und als Romy schwieg, sah er sie an. Sie lächelte. Sie war glücklich. Sie war so, so …

„Was ist los, Martin, Sie sehen mich an als wollten Sie mir einen Heiratsantrag machen."

„Wenn Sie möchten, tue ich das."

„Wollte ich das niemals von Ihnen?"

„Nein, kann man nicht behaupten."

„Was wollte ich dann?"

„Romy, Ich darf Ihnen nichts über sich erzählen, was Ihren Charakter angeht. Ich würde nur … sagen, was meine Meinung ist. Aber nicht unbedingt, was der Realität entspricht. Vielleicht würde ich Ihnen sagen, wie ich Sie gern hätte. Wollen Sie das?"

„Wie hätten Sie mich gern?"

„Gesund. Lebendig, gesund und …" an jedem Morgen neben mir.

„Wie immer. Ich hätte Sie gern wie immer. Unerträglich, suchtgefährdet, launisch, nymphoman, großartig, und …"

Romy fragte den Taxifahrer nach einer Zigarette. Er erklärte ihr das Rauchverbot. Sie schüttelte unwillig den Kopf.

„Nymphoman?!"

Ben Martin atmete tief ein. „Elsa mag sie für einen netten Menschen halten. Aber Sie haben mit ihrem Mann geschlafen und sie weiß es nicht."

„Was? Mit … Roman? Wieso das denn?!"

„Gehen Sie zu einem Psychologen. Er wird Ihnen die Fragen stellen, auf die nur Sie die Antwort wissen. Auch auf solche, wieso Sie mit Männern schlafen, die Ihnen nichts bedeuten."

Sie ließ sich Zeit, bevor sie antwortete. „Ich werde LSD

nehmen. Wenn man auf einem Trip ist und in den Spiegel sieht, hat man alle Filterfunktionen verloren. Man sieht sich exakt so, wie man ist. All die Dinge, die man sonst übersieht oder überhöht – alle weg. Man sieht sein Ich in seiner ganzen verdorbenen Pracht, und das Böse im Guten. Man sollte LSD niemals höher als im Erdgeschoss nehmen, sonst springt man nach der Spiegelnummer vor lauter Selbstekel aus dem Fenster."

Das Taxi hielt in einer Seitenstraße. „Besorgen Sie mir LSD?"

„Vergessen Sie's. Ich werde versuchen, Ihnen Natrium-Amytal zu besorgen."

„Von wem denn. Ihrem Freund, dem Kindermacher? Außerdem ist es doch ach so illegal."

Er sah ihr Lächeln und wusste, dass sie sich darum nicht scherte.

Dann instruierte Ben Martin Romy als ob sie in den Krieg zogen. „Gehen Sie nicht ans Telefon, leeren Sie nicht den Briefkasten, und warten Sie darauf, dass die Zeitschaltuhr die Beleuchtung an und ausmacht, der Rhythmus ist getaktet und immer gleich, für einen Beobachter wäre es auffällig. Gehen Sie nicht ins Internet und nicht ans Fenster. Nehmen Sie dieses Handy wenn Sie mich anrufen, es hat eine Prepaidkarte mit 200 Euro Guthaben."

„Haben Sie auch meinen Kühlschrank aufgefüllt, die Betten neu bezogen, und ein Pralinchen aufs Kissen gelegt?"

„Ich war nie in Ihrer Wohnung", sagte Ben Martin und deutete auf die vier Steintreppen vor dem gotischen Zugangsportal des Hauses. „Elsa nicht, Roman nicht, keiner. Den Schlüssel habe ich, weil Sie ihn mir gegeben haben. Für Fälle wie diesen."

„Solche Fälle habe ich geahnt?"

„Aufs Ahnen haben Sie sich nie verlassen, Romy. Ihr Wissen ersetzte komplett den Glauben."

„Auch den Glauben an das Gute im Menschen?"

„Den vor allem. In der Tasche sind Lebensmittel, die Sie gern essen. Elsa hat sie gekauft. Elsa weiß, was Sie mögen."

„Sie nicht?"

„Ich bin nur ein Mann, woher soll ich das wissen?"

Sie sah hinaus auf den Altbau. Hier stießen die Stadtteile Harvestehude, Eppendorf und Rotherbaum aufeinander, eine feine Haarlinie der Vorurteile.

„Erdgeschoss", sagte Ben Martin, als Romy an dem weiß verputzten, sechsstöckigen Bau, dem Portal mit dem runden Auge einer Kamera über den Klingeln, nach oben vorbei an den kräftigen Eichen in den unruhigen Aprilhimmel sah.

„Mir gefällt das nicht, Cohen. Ich hätte Sie gern woanders untergebracht."

„Wohin soll ich denn schon."

*Man kehrt heim und findet die Heimat nicht mehr. Weil sie nicht mehr ist oder nie so war, wie man sie gefühlt hat. Nennt ein Frosch das Waschbecken, in dem er geboren wird, Heimat?*

Sie beobachtete die Wolkengeschwader, die sich über Hamburg hinweg bewegten, als hätten sie einen Termin in Paris. Graue geschäftige Businesswolken, flankiert von weißen Adjutanten, die ihnen ihre Termine diktierten. Ein Schwarm Schwalben durchbrach das Grau wie Skater auf einer U-Rampe.

„Wo liegen meine Eltern eigentlich begraben?", fragte sie und folgte einer Schwalbe mit den Augen, nur einer aus dem Schwarm, wie sie steil nach oben stieg, und sich dann in einem jähen Schwung umwandte, um mit ausgebreiteten Schwingen auf den Luftrutschen zu gleiten.

„Auf dem Friedhof am Klopstockplatz. Das ist …"

„Ich weiß wo das ist", sagte Romy und nahm das Bündel hoch, dass ihr Ben Martin aus der Hand von Elsa übergeben hatte.

„Habe ich Geschwister?"

„Nein, Romy. Nein. Sie haben niemanden."

Wenn er log, gab es Hoffnung. Wenn er nicht log, dann hatte sie nur Ben Martin. Kein fairer Tausch.

„An was habe ich zuletzt gearbeitet?"

Da war sie. Die Frage, auf der er sich eigentlich vorgenommen hatte, zu lügen. „Reproduktionsmedizin. Der Handel mit Wunschkindern. Aus der Retorte. Und dem Kühlregal."

„Was habe ich herausgefunden, was gefährlich sein kann?"

„Ich weiß es nicht. Es ist alles in ihrem Kopf. Wie immer. Dort war es am sichersten." Atombombensicher.

Romy wartete, bis das Taxi angefahren war.

Während sie vor der Wohnungstür stand, die zu ihr gehören sollte, atmete sie gleichmäßig, bis sie ihr Atmen nicht mehr hörte, sondern alle anderen Geräusche wahrnahm und sorgfältig voneinander trennte. Sie lauschte eine Viertelstunde mit geschlossenen Augen vor der Tür im dunklen Treppenhaus. *Vater und Mutter sind tot.* Jedes Geräusch des Hauses verriet ihr, wie es gebaut war, wie tief, wie breit, wie hoch. Sie hörte am Echo eines Knisterns, einem Aufatmen einer Wand, am Kratzen der halbnackten Baumäste am Putz. Mindestens zwei Personen außer ihr waren in diesem Gebäude. *Nicht mein Vater, und nicht meine Mutter.* Romy Cohen sah mit den Ohren.

Sie horchte auf Schritte, identifizierte, dass jemand im ersten Stock es sich in der Küche gemütlich gemacht hatte und Zeitung am Holztisch las, eine große, dünne Zeitung, vielleicht die Süddeutsche. Er trug Hausschlappen mit festem Kautschukabsatz. Ein Mann? Sie hörte jemanden, der vielleicht auf das Ticken der Fluruhr hörte, und an der Art, wie das Sofa nachgab, dass es eine alte Frau war.

Aus Romys Wohnung war das Ticken der Uhr zu hören, die mit der Gastherme in Verbindung stand. Die sprang regelmäßig an. Es würde warm sein. Ein elektrostatisches Rauschen, fein, direkt rechts oben neben der Tür. Der Sicherungskasten. Keine Straßengeräusche. Also kein Fenster auf Kipp.

Sie fühlte einen undefinierbaren Schmerz. Ein Grausen.

Sie schob den Schlüssel ins Schloss und registrierte, das sich ein Sicherheitsschloss in der unauffälligen Tür befand, zog den Schlüssel ab und ließ die Tür nach innen aufschwingen.

Dreh dich um, geh weg, fang ein neues Leben an.

*Sehr witzig. Ich fange gerade ein neues Leben an.*

Mehr fühlte sie sich wie ein Mimikry-Parasit, der unter die Haut eines Wirts dringt.

Wohnungen verrieten Dinge, die man selbst an sich übersah. Sie offenbarten Ängste und Träume, zerstörerische Muster und wie hoch der Drang war, sich von der besten Seite zu zeigen, auch wenn es niemand sah. Ein Raum fing alles ein, Gedanken und Tränen und Orgasmusschreie; vor allem aber Musik. Echte, keine silbern dosierte, auf dem Mausoleen aus Plastik.

War Musik in diesen Räumen gewesen?

Romy hörte auf zu lauschen und begann, zu riechen. Ein Luftzug sammelte die Nuancen und Gerüche ihrer Wohnung auf und trieb sie auf sie zu. In ihrem Gehirn suchten die Assoziationen nach Verbindungen, nach Details, fanden keine Brücke zu jenem Bereich, der Daten mit Gefühlen verknüpft hatte, und rasten weiter auf den Nervenbahnen, bis sie im rationalen Teil des Gehirns auf ihren Namen stießen.

StaubToilettesauberChanelHolzGlasstahlwenigTeppich-
vergesseneZitroneRauchWinterwarmeHautinderArm-
beugeKokoslotionLatexkondomLederjackePapierKäseim-
KühlschrankDunkelMeins.

Meins? Romy öffnete die Augen. Sie hatten sich an die
Dunkelheit im Treppenhaus gewöhnt, sie würde auch in
der Wohnung sehen können, wenn das Licht ausgeschaltet
blieb.

Romy betrat ihre Wohnung und schloss die Tür.

Das Bündel weiter in der Hand, ging sie langsam den
Flur hinab.

Aus dem Augenwinkel sah sie eine Silhouette auf sich zu
kommen. Mit einer Drehung ließ sie die Tasche fallen, die
Lebensmittel kullerten auf den Boden, Eier zersprangen,
während sie in der Hüfte abknickte, das durchgestreckte
Bein in die Luft hebelte, und dem Angreifer frontal unter
das Kinn trat.

**24**
**Nur eine Affäre**

An der Telefonnummer erkannte Cord Heller, dass es jemand aus dem LKA war. Abteilung 42, Sexualdelikte. Jemand Bestimmtes. Ines. Affären unter Polizisten waren üblich, Ehen nicht; sie wussten immer, dass es kaum gut gehen konnte.

„Ines, Goldstückchen, ich weiß, ich habe dich schon lang nicht mehr angerufen, aber ich war … unterwegs."

Ines schwieg. In seinem Kopf redete er weiter mit ihr. Ich war in Schweden. Bei einer Frau, die weiß, dass ich nicht ganz der bin, für den mich alle halten, auch du. Ich will nicht in ihre Muschi, ich will in ihren Kopf, denn was da drin ist, ist unschätzbar. Aber das wäre gelogen, das mit der Muschi, und Ines wäre nicht der Typ, der wegsieht. Würde sie nur im Ansatz wissen, was Heller tat, um sein miserables Staatsschützergehalt des LKA 34 aufzubessern, wäre sie die erste, die ihn bei der Kommission des Dezernats Interne Ermittlung anzeigen würde.

Aber deswegen schwieg sie nicht. Sie schwieg, weil er immer unterwegs war, seitdem sie das dritte Mal miteinander geschlafen hatten. Drei Mal ist göttlich, danach ist es nur noch banal, das war seine Regel. Da half auch das weiße Fickpuder nicht mehr.

„Ines. Was ist los."

Sie atmete tief ein. „Wir hatten eine Anzeige gegen Unbekannt. Körperverletzung. Die Frau Catarina Manova hat einen Freier angezeigt. Sie sitzt in der Herbertstraße und er wollte … nun ja. Etwas Besonderes. Ihr gesamter Perineum- und Analbereich weist Fissuren, Blutungen und Hämatome auf."

„Ist das nicht Berufsrisiko?", fragte Cord Heller.

„Auch Professionelle haben Anspruch auf Schutz gegen Gewaltverbrechen. Und wenn sie es nicht unter sich klären, kommen sie eben doch zu uns."

„Was habe ich mit ihr zu tun? Drogen und Kiez sind zwar …"

„Ja, ja. Sie hatte etwas Interessantes bei sich. Ein benutztes Kondom. Wir haben den Inhalt auf seine genetische Struktur hin untersucht, um in der Kartei nach Übereinstimmungen zu suchen. Bei den organisierten oder primären Sexualverbrechern wurden wir nicht fündig."

„Sondern? Ines, bitte."

„Warten konntest du noch nie. Auch nicht bei den Vorbestraften, Freigängern oder jenen auf Bewährung. Weißt du, wo ich es dann probiert habe?"

Er sparte sich die Antwort. Ines' Fragen waren schon immer rhetorisch gewesen. Sie ließ ihm keine Chance auf seine Antworten, sondern legte sie ihm in den Mund. Sie hatte ihre Wahrheit, und Cord hatte nichts außer der Wahl, Geduld zu haben.

„Bei den Opfern. Bei den Toten. Und ich habe eine interessante Übereinstimmung gefunden, bei zwei Todesopfern, die du im vergangenen Jahr, als du noch mit der K3 den vorgeblichen Drogentoten hattest, bearbeitet hast. Du weißt, letztes Jahr?"

„Ja. Als wir uns liebten."

„Wir haben uns nie geliebt, wir haben nur so getan."

„Darin warst du gut".

Sie lachte kurz auf. Ihre Stimme hatte sich verändert. Scharf wie eine Papierkante. „Die beiden Todesfälle, Lucia Teixera, 35, und Nils Pihl, 34, haben zu 87 Prozent identische Gene mit jenen aus dem Kondom der St.-Pauli-Schwalbe, dieselbe Blutgruppe und damit einen Zufall ausschließende

149

Wahrscheinlichkeit der Verwandtschaft. Halbgeschwister, sagt die Pathologie. Alle drei. Zwei tot, einer lebendig. Weißt du, was das bedeutet?"

Cord schloss die Augen und massierte seine Nasenwurzel.

„Dass wir eine Familienzusammenführung haben?"

„Ach, weißt du was – finds doch selbst raus", spuckte Ines in den Hörer, „Ich hole dich ab und du kommst mit, vielleicht begreifst du es dann" und legte auf.

Eben hatte er noch überlegt, ob er Ines bitten konnte, sich mit ihm ein viertes Mal zu verabreden. Und jetzt kam sie ihm mit Halbgeschwistern. Die Akte gehörte ihm nicht mehr. Er war in den Staatsschutz gewechselt. Auch wegen einer Affäre. Mit zwei Kolleginnen gleichzeitig. Die Sucht war geblieben. Nach beidem, Drogen, und Frauen.

Gott, er war es so leid. Er war die Frauen leid mit ihrer Kraft, mit ihrer Unermüdlichkeit, mit ihrer Grausamkeit, das Leiden wegzustecken; er war müde von ihren Spielchen und Posen und Bedürfnissen, sie wollten Heldinnen sein und doch einen Held, an den sie sich anlehnen konnten, aber den Müll runter bringen soll er auch während er den Gral sucht; er war ihre harten festen kleinen Körper leid, die um so vieles härter waren als seiner.

Er machte sich Notizen und schickte eine Email an die Kollegen von der 41, die ständige Mordkommission, damit die sich den Fall näher ansehen sollten. Dass die beiden Toten – Nils Pihl war drogenabhängig gewesen – Halbgeschwister waren, hatte niemand realisiert. Sie waren im Abstand von sechs Monaten aufgefunden worden, niemand hatte eine Vergleichsprobe zwischen den Blutproben aus der Sektion erbracht. Wozu auch? Phil war in Kopenhagen geboren, Teixera im Elsass. Ihre Katze war nach dem Mord verschwunden, sagte die Akte.

Aber wenn sie verwandt waren, hatten sie vielleicht auch anderes gemeinsam. Einen fremdgehenden Vater zum Beispiel. Und das würde es leichter machen, den Mörder zu finden. Oder die.

Eifersucht? Vielleicht brachte es auch nichts und es war nur Zufall. Und der dritte im Bunde? Der analfixierte Nuttenquäler?

Irgendein Gedanke regte sich in seinem Kopf. Aber er war zu weit weg, als das Cord ihn zu umzingeln vermochte.

Sein Unbehagen wuchs. Er fühlte sich oft so, als ob man ihn doch ertappen würde. Aber das war Unsinn. Einbildung. Eine Romy Cohen hätte es geschafft, weil sie an das grundsätzlich Böse im Menschen glaubte; aber davon wusste sie jetzt nichts mehr.

Aber wenn der Nuttenquäler auch umgebracht wurde, hatten sie ein Muster, was sie nicht mehr ignorieren konnten.

Cord schrieb die Mail schneller. Er wollte den Fall loswerden, es war etwas Altes, Ungeklärtes, Unerfolgreiches. Damit sollten sich die Kollegen herum schlagen.

Ihm war unwohl, als er an den Termin dachte, den er heute am späten Nachmittag noch wahrnehmen musste. Mit einem Mann, der sein ganzes Leben bestimmt hatte. Und dem er sich nicht entziehen konnte, egal wie viel Koks er sich durch die Nase zog, um es zu vergessen.

## 25
**Wie der Mond bist du veränderlich**

Erst als der Flurspiegel splitterte begriff Romy, dass sie sich selbst nicht erkannt hatte. In einer der Scherben, die am Spiegel verblieben war, sah sie in ihr Gesicht, das ihr so fremd war. Sie ging näher heran. Hatte sie sich dieses Gesicht verdient, mit nur wenigen Lachfältchen, mit der Zornesfalte zwischen den Augenbrauen, mit der Narbe unter dem Kinn? Hieß es doch, das Leben ließe sich ab 30 in den Wangen nieder, nistete an den Lidern, blieb hängen an den Nasenflügeln und wühlte Striemen in die Stirn; trug man nicht im Alter jenes im Antlitz, was man Zeit seines Lebens dachte, fühlte, wollte; und waren es nicht die Verbitterten, vom Leben ewig Enttäuschten, denen die grauen, halbtoten Gesichter gehörten?

Sie trat noch dichter an die Scherbe, die wie ein Kristalltropfen als letztes im Rahmen verblieben war. Fahndete den Spuren nach, die ihr Leben in fast 34 Jahren hinterlassen haben mochte.

Zu nah. Sie trat zurück, bis sie sich besser sehen konnte.

Und dann bemerkte sie es. Ihre Oberlippe verriet es und die Falten der Augenbrauen. Die Wangenmuskeln, dort, wo sie die Backenzähne zusammenbiss.

Dies war kein geliebtes Gesicht. Geliebt zu werden hätte sich wie lindernde Emulsion über ihre Züge gelegt, es hätte ihren Mund weich gezeichnet, ihre Augen wären weniger metallisch.

Ihr fiel Cord ein, dieser Mann, der behauptete, ihr Verlobter zu sein, sie dachte an Christer Älgens Worte, dass sie in sich den schwarzen Schmetterling entdecken würde. Vielleicht war sie doch schon die ganze Zeit so gewesen.

*Frei von Gewissen. Frei von Gefühl. Frei von Reue.*

In der Schale vor dem Spiegel lagen verstaubte, geöffnete Briefkuverts. Sie schüttelte die Karten heraus. Einladungen. Vernissagen, Bälle, Kulturklub, Kamingespräche, eine horrende Stromrechnung, alles älter als zwei Monate.

*Sehe ich meiner Mutter ähnlich?*

Sie wandte sich von der Fremden im Spiegel ab und ging dem leichten Surren nach, das zum Kühlschrank gehören mochte. Sie registrierte das kühle Kirschholzparkett, die schlichten, beigen Läufer, und zog die Schuhe aus. Cashmereteppiche. Im Flur hing nicht ein Bild.

Sie fand den Kühlschrank am Ende des Flurs, in einer Küche, die komplett mit nachtschwarzen, matten Lackmöbeln ausgestattet war. Grauer Marmor, schwarzer Lack, galvanisierter Stahl, rote Messergriffe. Sie öffnete den Kühlschrank und sah auf vier Einschubbretter, die alle dasselbe enthielten. Veuve Cliquot.

Sie öffnete eine Flasche. Dann ging sie durch ihre Wohnung wie über eine Insel, die erstmals ein Mensch betritt.

Das Wohnzimmer. Ein Tisch, geräuchertes Glas auf Kirschholz. Beige Ledersofas, im exakten 90-Grad-Winkel, Plasma-Fernseher, DVD-Player. Schwarzer Teppich, Kamin, beiger Marmor, schwarze Vasen. Schwarzweiß-Fotografien an den Wänden. Sie erkannte jeden auf den Bildern und wusste, dass ihr davon niemand etwas bedeutete. Es waren tote Schauspieler.

Sie ließ das DVD-Schubfach heraus gleiten. Was hatte sie für einen Film gesehen, zuletzt?

*Frühstück bei Tiffany.*

Sie ging zu den Sprossenfenstern. Die Vorhänge waren beige und mit gerader, schwarzer Naht abgesteppt. Beige und schwarz, immer wieder. Sie hatte Lust, mit einem roten

Buntstift albernde Strichmännchen auf den beige-schwarzen Klassizismus zu schmieren. Stattdessen nahm sie einen Schluck aus der Champagner-Flasche und öffnete den Fenster-Flügel.

Ein Garten! Er lief wie ein Handtuch zu und endete am Isekanal. Hohe Bäume, Sträucher, knospend, Äste, grünumflort. Als sie die Fenstertür schließen wollte, bemerkte sie es: Ihre Hand war nicht zu sehen, die sie von innen gegen die Scheibe gelegt hatte. Sie sah sich die Fenstertür von der Seite an. Getönt. Man konnte raus schauen, aber nicht rein. Auf der anderen Seite des Kanals ein Restaurant, ein Kanuverleih mit schrillorange-farbenen Booten. Niemand sah herüber.

Sie ging wieder in das Wohnzimmer. Keine Zeitschriften, keine Bücher. Die Musikanlage an einen schwarzen Ipod gekoppelt. Sie fuhr über das Clickwheel. Das letzte gespielte Lied: Carmina Burana. Carl Orff. Sie schaltete die Musik ein und die Stimmen des Chors fluteten den Raum. *O Fortuna.*

Romy schloss die Augen und ließ die Musik über sich hinweg strömen. Sie hob die Arme zur Seite hoch und legte den Kopf zurück.

Ungehemmt rasten die Töne übersetzt in Nervensignale durch ihr Gehirn. Gaben wie bei einem Staffellauf ihre Chiffren weiter an die nächste Synapse. Suchten, zuckten umher, fanden nicht, was sie suchten, suchten ein Bild, ein Gefühl, eine Erinnerung. Schlossen eine andere Tür auf, und frei von jeglicher Emotion begann ihr Gehirn, die lateinischen Texte zu übersetzen.

*O Fortuna. Wie der Mond bist du veränderlich,*
*ständig zunehmend oder abnehmend;*
*das schmähliche Leben schindet bald,*

*bald verwöhnt es spielerisch den wachen Sinn,*
*Armut und Macht zerschmilzt es wie Eis.*

Sie flüchtete vor den Worten, und öffnete die nächste Flügeltür. Ein schwarzer Laptop, auf einem schwarzen Tisch. Ein schwarzer, wuchtiger Stuhl mit hoher Lederlehne. Sie öffnete die schwarzen Karteischränke. Hängeregister. Alle leer.

Unter dem Fenster eine schwarze Lederliege, und daneben ein seltsamer Stuhl. Sie setzte sich darauf, legte einen Fuß auf eine der Ablagen, und stieß sich mit dem anderen ab. Der filigrane Sessel schwang nach hinten, hielt bei drei Positionen inne, bis Romy schließlich weiter nach hinten kippte. Ihre Füße nun höher als ihr Herz. Der Stuhl stand, unnatürlich nach hinten gekippt, aber stabil. Schwebend, die Gravitation überlistet.

Romy atmete aus. Sie sah an die Decke. Sie war verspiegelt.

Ihr Gesichtsfeld kippte, und ihr wurde schwindelig.
*Ungeheures und ungewisses Schicksal,*
*rollendes Rad, von böser Art bist du,*
*das eitle Glück muss immer wieder vergehen;*
*überschattet und verschleiert ergreifst du auch mich;*
*durch das Spiel deiner Bosheit*
*geh' ich jetzt mit nacktem Rücken.*

Sie sprang auf und lief durch eine weitere Tür. Der Flur. Das nächste Zimmer. Ihr Schlafzimmer.

Ein breites Bett. Ein in schwarzem Lackrahmen eingefasster Spiegel an der Wand, ein schwerer beiger Teppich auf dem Parkett. Ein Tryptychon, gemalte Klatschmohnblüten, tiefrot, mit schwarzem Herz.

Schwarzes Herz. Sie griff sich an die Brust, in der sich etwas ballte, so fest wie eine Faust.

*Das Los des Heiles und der Tugend,*
*jetzt gegen mich gewandt,*
*ist immer unter dem Zwang von Aufbäumen*
*und Erschlaffen.*
*Darum in dieser Stunde ohne Säumen*
*rührt die Saiten; dass durch das Geschick der Starke fällt,*
*das beklagt alle mit mir!*

Sie berührte die Leinwand. Konnte die Farbe fühlen. Sie nahm es von der Wand und drehte das Bild um. Auf der Rückseite eine Widmung, mit Bleistift:

*Pour le fleur au mal, Romaine.*

Eine Anspielung auf Charles Baudelaire Les Fleurs du mal, die Blume des Bösen. Nur dass der Maler Romy als die Blume im Bösen bezeichnete. Die Mohnblume, die am Wegesrand, auf Schuttplätzen, auf Schlachtfeldern blüht. Eine Trauerblüte, die die Toten zu Unvergessenen macht.

Das schwarze Herz spiegelte ihren Blick. Sie ging näher heran. In der mittleren der drei Mohnblumen war eine winzige Kamera mit kabellosem Sender versteckt. Sie hängte das Bild zurück an die Wand.

Ihr Blick folgte dem Objektiv auf eine schwarze Truhe unter dem Fenster, das mit schräg gestellten, schmalen Jalousien verhangen war. Das Tageslicht küsste zarte Streifen auf die schwarze Damastbettwäsche, die im Fougèremuster bestickt war.

Romy hob den Deckel der Truhe an und ließ ihn zurück klappen.

Sie nahm drei, vier, fünf Schlucke aus der Flasche und kniete sich zögernd nieder.

*Oh Nein.*

In der Truhe, auf schwarzen Samtkissen, ruhten verschwenderisch funkelnde Hartglasdildos, wie Miniatur-

Skulpturen. Zart geformte, kaum dick wie ein Daumen, üppigere, mit violett-gefärbten Eicheln, gebogene, mit Rillen und Noppen, Masturbation de Luxe. Eine Auswahl von schwarzen Seidentüchern, Seidenbändern, Seidenfesseln, die wie Hemdmanschetten um das Handgelenk geknöpft wurden, und durch deren Leisten Bänder gezogen werden konnten. Lederarmbänder, die mit Karabinerhaken miteinander verbunden wurden. Sie nahm einen spitz zulaufenden, schwarzen Silikonröhrling mit rosa Maraboufedern am anderen Ende hoch und schaltete ihn an. Er vibrierte und der rosa Fluffel gleich mit. Ein Analplug. Sie kniff unwill-kürlich den Po zusammen. *Wie sah das aus, wenn man das im Hintern stecken hatte – schweinerosa Manta-Fuchs wedelnd im Arsch?!*

Handschellen, mit Swarovski-Steinen. Gleitmittel, auf Wasser- und Silikonbasis. Ein Strapshalter nur aus Edelsteinen. Eine Gerte. Eine Peitsche. Etwas, was wie ein roter Pingpongball mit Trense aussah. Ein Knebel, Ponyplay, du bist die Stute, doch kein Bild klomm in ihr empor und erfüllte sie, ob mit Ekel oder der süßen Last erotischer Unruhe. Sie roch daran. Gummi. In der Mitte ein Loch.

Sie fand zwei Seile mit gespleißten Enden. Ein rotes, weiches. Ein weißes. Beide lang genug um sich aufzuhängen, zehn Meter. Zu lang, um sich aufzuhängen, korrigierte ihr Verstand.

Shibari. Die japanische Kunst des Fesselns. Beherrschte sie es, oder ließ sie sich beherrschen? Ohne es zu bemerken knoteten ihre Finger einen Slipstek. Als sie es bemerkte, lief ihr eine Gänsehaut über den Körper.

Die anderen Kleinigkeiten in der Truhe registrierte Romy nur noch flüchtig; Paraffinkerzen, deren Wachs weniger heiß war als bei normalen Kerzen, schwarze Kondome, seltsame Klammern, ein gefüttertes Briefkuvert. Als sie es öffnete, fielen ihr 10.000 Euro in Fünfhunderteuroscheinen entgegen.

Ihr Lachen brach wie der Flur-Spiegel.

Sie dachte an den Namen des Hamburg Therapeuten, der ihr Christer Älgen vermittelt hatte. Dr. Liebling.

*Liebling, wir müssen reden.*

Sie stand auf und ließ die Truhe geöffnet, die rosafarbenen Scheine wie Spielkarten auf dem Boden. Sie machten sich lustig, sie sahen so harmlos aus, so nett, so rosa, die Währung, in der Erotik bezahlt wurde. Die Währung, auf die es ankam. Sex.

Zwei Räume gingen vom Schlafzimmer ab: Links ein Bad, rechts eine Art Ankleidezimmer. Sie schob sich durch die Tür und schloss sie hinter sich. Kein Fenster. Sie zog sich das T-Shirt aus und rollte es zusammen, um es vor die Schwelle der Tür zu legen, und schaltete dann erst das Licht ein.

Sie zog immer zwei Schubladen auf einmal auf, bis die eine Seite des Raumes wie eine Treppe vor ihr lag. Schwarze Unterwäsche, schwarze Korsetts, schwarze Stockings. Romy drehte sich um und öffnete die Schiebetüren des anderen Schrankes: Schwarze Kostüme, mit Röcken in jeder Länge. Teurer Stoff, teures Futter, teure Knöpfe, schwarze Anzüge. Schwarze Gürtel. Schuhe. Stiefel. Pumps. Alles schwarz. Schwarz, schwarz, schwarz. Mit Pelz besetzte schwarze Mäntel, Ledermäntel, Jacken, schwarz. Schwarz.

Es gab keine Farben im Leben Romaine Cohens.

Sie löschte das Licht, zog das zusammengerollte Shirt von der Tür weg und ging durch das Schlafzimmer ins Bad, das offene Maul der Spielzeug-Truhe ignorierte sie. Im Bad: Spiegel. Schwarzer Marmor, auf der meterlangen breiten Ablage nur eine Flasche Parfüm. Chanel No. 5.

Der Spiegel über der niedrigeren Kommode war links und rechts mit matten Birnen versehen, wie die Garderoben alternder Diven. Nur ein Lippenstift. Rouge Noir. Chanel.

In einem Schrank fand sie Medikamente. Starke Schmerzmittel. Muskelsalbe. Desinfektionsspray. Antidepressiva. Valium.

Sie setzte sich auf den Badewannenrand und betrachtete die Medikamente lange. Dann schloss sie den Schrank.

Sie nahm die Kappe des Lippenstiftes herunter, drehte ihn auf und färbte sich die Lippen. Dann sah sie in den Spiegel.

*Tatsache, dass aus einem geschminkten Stück Nichts kein Jemand wurde, wie aus einem geschminkten Arsch kein Gesicht.* Alles war hier zu sauber, zu streng; etwas war falsch.

Es klingelte laut und lang dreimal an der Tür. Ihr Herz stolperte.

Dann ging sie zur Gegensprechanlage. „Werbung, bitte" schallte es ihr entgegen. Als sie durch den Türspion einen Italiener dabei beobachtete, wie er Karten für einen Lieferservice in die Briefkästen steckte, weinte sie vor Erleichterung.

# 26
## Die zwölfte Tochter

Die Bäume schirmten die Geräusche der Elbchaussee ab, und dämpften den Regen, der aus tiefhängenden grauen Wolken über der Stadt troff. Luka hatte einen Strauß Blumen in der Hand, und ließ sich Zeit damit, die Wege des alten Friedhofs abzugehen.

Hier hatte Luka Romy das erste Mal geküsst.

Von einer Bank aus betrachtete Luka das Grab der Cohens. Romy hatte, ähnlich wie es an spanischen Gräbern üblich ist, die Gesichter ihrer Eltern in ovalen Ausschnitten auf dem Grabstein verewigen lassen. Kurz erwärmte ihn der Gedanke, das Grab zu schänden und die Bilder zu übermalen, zu zerkratzen.

Doch er kniete sich dann vor dem Grab nieder, und streichelte die Gesichtskonturen des Mannes, dessen Augen ihn fixierten. Romy hatte genau solche Augen. Kupfer.

Jacob Cohen.

Und siehe, Jakob ging hin nach Kanaan und hatte mit seinen Frauen Rahel und Lea, sowie mit deren Mägden Silpas und Bilhas, zwölf Söhne, bevor er von Gott den Namen Jakob Israel bekam und El-Bethle gründete. Zwölf Kinder, dachte Luka, mit vier Frauen, und dann noch der ganze Partnertausch später, als Jakobs Söhne heirateten, Söhne zeugten, die auch heirateten, und wenn einer von ihnen starb, legte sich eben der Bruder zu der Witwe ins Bett.

Onan wurde bestraft, als er sich nicht zu Thamar, der Witwe seines Bruders legen wollte, um dessen Samen zu erwecken; und vergoss sich stattdessen in der Wüste. Gott strafte ihn für seine Weigerung, seinen Bruders Frau zu beschlafen, mit dem Tod.

Auch Jacob Cohen hatte zwölf Kinder.

„Ich bin dein Sohn", sagte er zu dem Bild von Jacob Cohen.

Er spuckte auf das Bild.

„Wichser."

Dann betrachtete er das Foto der Frau daneben. Romys Mutter, Manon Cohen, geborene Mercier. Eine Französin.

„Ich werde deine Tochter töten", sagte er zu dem Bild.

„Und weißt du, warum? Weil dein Mann mich vergessen hat. Weil er alle seine Söhne und Töchter vergessen hat. Weil es ihm egal war, dass wir ihn nie kannten, weil es ihm egal war, dass er uns fehlte, und weil es ihm egal war, dass ich meine eigene Schwester liebe! Dass ich meine eigene Schwester töte!"

Wenn Slomann wüsste, dass er hier ist, wäre er nicht zufrieden mit ihm. Er hatte Luka einst schwören lassen, nicht auf eigene Faust nach Unterlagen zu suchen, die den Spendervater verrieten.

Er hatte es doch getan – und die Kartei gestohlen, die ihm alles über jene verriet, die es neben ihm gab.

Und alles über seine Mutter. Sie war eine der Verrückten gewesen, die der Kreis für seine medizinischen Versuche genutzt hatte. Genutzt. Benutzt. Ein menschliches Labortier.

Der Nordische Kreis hatte jene Geschöpfe wie Lukas Mutter, die bis in die frühen Jahrzehnte des vergangenen Jahrhunderts nicht erforschte Erbkrankheiten in sich trugen, als Leih-Gebärmaschinen genutzt. Allein, um Kinder auszutragen, die außerhalb ihres Körpers gezeugt wurden.

Oder um Eier zu ernten, die sie untersuchen und mit unterschiedlichen Spermaproben bestücken konnten, um zu sehen, welche der Krankheiten sich wie vererbten; was gibt A und C, B und A? Bionomische Formeln.

Die Kinder des Kreises wuchsen in der Obhut ausgesuchter Familien heran. In armen, reichen, gewalttätigen, liebevollen; man wollte erforschen, ob Erziehung die Gene beeinflussen konnte, oder ob sich das Erbgut durchsetzen würde.

Einer von den Kreis-Kindern war Luka. Die Frucht eines Vaters aus Deutschland, und einer Verrückten aus Schweden. Seine biologische Mutter hatte er einmal besucht. Sie lebte in einer geschlossenen Anstalt und malte Bilder aus ihrem Kot. Sie hatte sich geweigert, ihn anzusehen.

Luka wischte seine Tränen nicht fort. Er war ein Experiment.

Der Kreis hatte ihn zu dem Hampelmann und der Frau gegeben. Einfach so. Als ob er niemand wäre, niemand wichtiges.

Wieso hatten seine Halbgeschwister mehr Glück? Er hatte sie gefunden, alle, und sie beobachtet, alle, hatte ihre Familien gesehen, in denen sie geliebt und getröstet wurden. Elf waren es mit ihm, die von Jacob Cohens Samen abstammten, drei mit derselben Eispende, drei mit anderen, bei fünfen war es eine direkte Insemination in die Gebärmutter. Vier von ihnen hatten bereits wieder Kinder, Henning und Olav waren darunter – seine biologischen Neffen, die nicht ahnten, miteinander verwandt zu sein. Cohen hatte ein Volk gegründet.

Alle zehn seiner Halbgeschwister hatten ein besseres Leben als Luka gehabt. Zwei hatten allerdings nun gar keines mehr. Lucia. Nils. Ein Halbbruder lebte in Berlin, er war Priester, und er war als nächster dran, hatte Luka beschlossen.

Und da war noch sie. Romy Cohen. Die zwölfte Tochter Jacobs.

Luka dachte an damals, als der Hampelmann seiner Mutter ihn an der Tankstelle stehen ließ, und davon fuhr, weil Luka nicht aufgehört hatte, nach einem Marsriegel zu quengeln. Der Mann war erst drei Stunden später aufgetaucht, in denen sich Luka nicht traute, zu bewegen, auch nicht, als er sich in die Hose gemacht hatte. Er war fünf Jahre alt gewesen und hatte nie mehr nach einem Marsriegel gefragt.

Er würde Slomann alles gestehen, er würde sagen, Vater, ich habe gesündigt, und er würde ihm vergeben, denn er konnte alles. Es war Gott. Er erschuf den Menschen, immer wieder, neu und gut, er konnte Lucia und Niels wieder auferstehen lassen, als Kinder, als Kinder Jacob Cohens.

Luka würde sich dafür einsetzen, dass sie in guten Familien unterkamen, wo es Süßigkeiten gab, so oft sie wollten.

Er war glücklich, als er das beschlossen hatte.

Dann bemerkte er den Schatten einer schwarzen Silhouette zwischen den Bäumen. Luka stand langsam auf.

Er zog sich hinter einen Grabstein zurück und holte das Gewehr unter dem Mantel hervor, entsicherte es und schob den Lauf über den Stein. Er sah durch den Sucher.

Romy. Er war ihr plötzlich so nah, dass er zurück wich.

Er würde sie erschießen, wenn sie vor dem Grab ihrer Eltern niederkniete. Oder nicht. Ja. Nein. Ja?

„Vor dem Grab *unseres* Vaters", korrigierte er sich und blickte wieder durch das Fernrohr mit dem Fadenkreuz. Sein Finger legte sich zart um den Zughebel. Er blendete die Stimmen in seinem Kopf aus.

163

27
**Und du bist weg**

Romy stand sekundenlang vor dem Doppelgrab, kniete
dann wie zerschlagen nieder, und versuchte, ihr Gesicht mit
jenen auf den Grabsteinen in Einklang zu bringen. Es gelang ihr nicht, denn sie vergaß, wie sie selbst aussah. Manon
Mercier. Grüne, taghelle Augen, ihr aschblondes Haar zu
einem Knoten aufgedreht, ovales Gesicht, ein eckiges Kinn,
die Sanftheit einer Stahlspitze, Weichheit nur in ihren Augen. Ihr Vater. Metallische Kupfer-Augen, dunkles Haar.
Zwei Gesichter in der Menge.

Ihr Todesdatum war identisch. 19. März 1981. Sie waren
seit siebzehn Jahren tot. Kurz vor Romys sechzehnten Geburtstag.

Sie zog den kleinen Taschenspiegel hervor, den sie einge-
steckt hatte, um sich an ihr Aussehen zu gewöhnen. Sie fror.

Ihr war auch vorhin kalt gewesen, obgleich die Heizung
in der Wohnung Wärme verströmt hatte; die einzige Farbe
war das Rot der Messergriffe in der Küche gewesen.

Sie hatte auf die Badewanne gesehen. Sie hatte Lust gehabt, sich hinein zu legen und sich den Lauf einer Pistole
zwischen den Lippen zu schieben. Und dann abzuwarten,
ob sich irgendetwas in ihr erhoben hätte, was sich Seele
nannte.

Sie hatte raus gemusst. Raus, und irgendwo anders hin
wo sie beginnen konnte, sich zu suchen, denn dort in dieser Wohnung hatte sie sich nicht gefunden. Sie hatte keine
Tagebücher entdeckt und keine Fotoalben, und keine Bücher. Nicht eines.

Sie war wie getrieben durch die Wohnung gekrochen,
hatte die Teppiche hochgenommen und an die Wände ge-

klopft, hatte Schubladen gesucht oder versteckte Tresore; aber: Nichts. Dies war ihr Leben, und wie es aussah, war es eines gewesen, in das sie nicht zurück kehren mochte.

Sie hatte sich angezogen, in diese schwarze Kleidung, hatte das rosa Geld aus der Truhe genommen, und sie hatte den ganzen Weg lang befürchtet, auf jemanden zu treffen, der sie kannte.

Vom Bahnhof Altona war sie bis zum Friedhof am Klopstockplatz zu Fuß gegangen, durch die Gassen von Ottensen, die jeden Autofahrer entnervten mit Einbahnstraßen und engen Fahrbahnen.

Niemand, der sie bedeutsam ignorierte und deshalb verdächtig war. Ihr waren nur jene begegnet, die immer wegschauen, die einem unsichtbaren Grundlinienraster auf dem Boden folgten, um andere nicht ansehen zu müssen.

Der Friedhof. Sie wusste nicht, wo das Grab ihrer Eltern lag, sie hatte zwar den Hamburger Stadtplan im Kopf, jede Gasse, jeden Platz, sie hatte hierher gefunden, aber jetzt hätte etwas anderes die Regie übernehmen müssen, um ihr den Weg zu erklären. Etwas, was sie nicht mehr besaß. Trauer.

Sie hatte in die Bäume hinein gelauscht, aber nichts gehört außer dem Nachhall des Regens; das Wasser rollte und glitt von den Ästen, Wasserfäden, die wie abgerissene Perlen einer Kette schmatzend zu Boden stürzten.

Dann hatte sie das Grab ihrer Eltern gefunden.

Luka bewegte sich nicht. Es wäre einfach, den Hebel durchzuziehen und die Sache zu Ende zu bringen.

Er sah wieder durch den Sucher. Ihr Gesicht. So nah, so vertraut. Sie war seine Schwester. Seine Familie.

Nein. Nein, sie war nicht seine Familie! Er atmete aus,

um seine Hand zu beruhigen und umfasste den Griff des Gewehrs fester. Sie war weitergegangen und sah auf die Grabsteine, las die Inschriften, noch 50 Meter von den Cohens entfernt. Ihm lief der Schweiß salzig in die Augen.

Siehst du, Romy, jetzt weißt du, wie es ist, dachte er und spürte, wie der Krampf über die Wade wuchs und sich in seine Oberschenkel fraß.

Jetzt weißt du, wie es ist, ohne Heimat zu leben. Jetzt weißt du wie es ist, niemals seinen Vater anfassen zu können, niemals den Geruch der Mutter aufsaugen zu können, niemals in die Gesichter zu sehen, aus denen sich das deinige zusammensetzt.

Hunderttausend Kindern geht es jetzt wie dir, Romy, und wie mir, Romy. Hunderttausende Kinder, die ihren Vater nie kennen. Hunderttausende, denen alles fehlt, was sie zu Menschen macht: Wurzeln. Du fragt dich wohl, Romy, Wo komme ich her? Wer bin ich, welche Menschen trage ich in mir? Und wozu bin ich?

„Wozu bin ich?", flüsterte Luka.

Seine feuchten Finger rutschten wieder vom Hebel. Er schmeckte das Salz der Tränen auf seinen Lippen.

Er legte erneut auf Romy an.

## 28
**Nach der Liebe**

Sie war aufgewacht mit einer rasenden Sehnsucht nach ihm.
Im selben Augenblick, als Gretchen die Augen aufschlug,
eingewickelt in die Bettdecke, die andere zu einer Rolle
geformt und an ihren Rücken geschmiegt, schlug die Sehnsucht nach ihm ein wie eine Wasserbombe. Völlig unge-
schützt riss sie sie aus dem Tiefschlaf und überrollte sie.
Johannes. Die Leere neben ihr tat so weh. Sie umarmte die
zusammengerollte Decke und schrie hinein. Wind drückte
Regen an die Scheiben.

Der Anfall verging so schnell wie er gekommen war. Sie
stand auf und holte das Telefon, ging ins Bad und auf die
Toilette, und wählte seine Nummer während sie pinkelte.
Wie oft hatte sie das getan, zwischendurch, nachts, wenn
sie telefonierten, und so vertraut waren, dass sie ihn mitgenommen hatte aufs Klo. „Ich finde pinkelnde Frauen erotisch", hatte er behauptet.

Ob die andere es auch tat? Die, mit seinem Kind?

Als es einmal geklingelt hatte, legte sie rasch wieder auf.
Ihre Nummer war unterdrückt, CLIR sei Dank, und vielleicht ... vielleicht fiel es ihm gar nicht auf.

In ihrem Unterleib ballte sich ein Krampf zusammen.
Das Ziehen, kurz vor einem Eisprung. Es war bald soweit,
und sie stand auf, wusch sich die Hände, und schluckte ihre
morgendliche Hormondosis Glumofin. Ein Superei würde
es werden, ein wahrer Maiglöckchen-Wald. Und das Sperma eines fremden Mannes würde sich in sie hinein wühlen,
aufwärts streben, suchend, dem Maiglöckchenparfüm hinterher. Sie würde keinen Orgasmus haben und niemand,
der sie küsst; sie würde nicht den schweißnassen Film auf

der Haut fühlen, der sich einstellt, während man vergisst wo man ist, und einfach nur rasender, kreisender, fühlender Unterleib ist. Niemand, der ihr in die Augen sah, während er kam, niemand, dessen nasses Haar im Nacken sie anfassen konnte, niemand, dessen warmer Bauch an ihren drückte. Bis man sich nach der Verschmelzung trennte, „war das jetzt richtig, war es schön?", und in der Trennung das Ich wieder fand.

Sie riss sich das löchrige, fadenscheinige Nachthemd herunter und zog sich so schnell sie konnte ihren grauen Jogginganzug über, band das Haar zurück, spülte kurz mit Zahnpasta direkt aus der Tube in den Mund, und zog die Schnürsenkel der Laufschuhe fest. Laufen. Sie musste rennen, dringend, sie musste durchatmen und auf vier einatmen, auf drei aus, und so lange laufen bis es nicht mehr wehtat. Sie nahm immer zwei Stufen treppab und rannte dem Wasser entgegen, der Elbe und dem Tag. Johannes.

Es regnete, es war nach drei Uhr nachmittags, sie hatte die Nacht verschlafen, erschöpft von den Gedanken, die seit Johannes Anruf in der Nacht alles in Frage stellten, was sie je entschieden hatte. Und vor allem auch das, was sie nicht entschieden hatte.

Gretchen lief.

29
**Fremde Freunde**

Als Romy in den Taschenspiegel sah, um ihr Gesicht mit jenen der Cohens zu vergleichen, sah sie ihm direkt in die Augen.

Zwei kühle, frische Seen mit einer schwarzen Insel aus Stahl darin. Die Farben des Meeres waren zu glasigen Blau geronnen.

Ben.

„Ben", sagte sie.

„Was tust du hier, Romy". Seine Stimme, ein Raunen.

Sie warf den Bildern ihrer Eltern einen Blick zu. Dann beugte sie sich vor und tauchte ihre vernarbten Finger tief in die nasse Erde zwischen dem zarten Unkraut und verblühten Schneeglöckchen, und stellte sich vor, wie ihre Eltern ihre Hände nach oben reckten. Doch niemand streichelte ihre hungrigen Hände.

Sie weinte, doch es kamen keine Tränen.

Ben Martin konnte nicht wegschauen, er sah ihr beim Weinen zu. Er erhob nicht die Hand, um sie trösten. Sie weinte allein, und in ihr war größere Einsamkeit, als wenn sie ohne den Mann im Rollstuhl neben ihr geweint hätte, der es nicht wagte, ihr seine Hand auf den Hinterkopf zu legen und sie mit einem Streicheln zurück zu holen aus ihrem Abgrund.

Als er es doch tat, schlug sie nach ihm. Schlug nach seiner störrischen Depression, und er ließ sich schlagen, er ließ es zu, dass ihre Hände ohne hinzusehen alles trafen, was sie treffen wollen. Sie schluchzte immer noch, und als sie aufstand und ausholte, um nach seinem Gesicht zu schlagen, doch dann mitten in der Bewegung hielt sie inne.

„Es tut mir Leid", sagte Romy Cohen.

„Was tut dir Leid. Dass du mich schlägst? Vergiss es. Du meinst nicht mich."

*Doch, ich meine dich. Als aufrichtiger Gegner, nicht als fremder Freund.*

Romy Cohen griff sich an den Bauch. „Es ist wie ein Riss", begann sie, und hob die Augen zum Himmel, in den Regen, Tropfen rannen in ihre Augen, „hier, durch den der Wahnsinn ein- und austritt, die ganze Zeit, eindringt, aus mir herausquillt. Ich sehe wie ich lebe … und dass ich nicht so leben will."

Sie wand sich wie unter einem Stich in den Bauch.

Dann stürzte sie auf ihn zu, griff nach seinen Händen, und legte sie sich an den Hals.

„Bring mich um, Ben. Wenn du mein Freund bist – bring mich um." Sie presste seine Daumen fester auf ihre Kehle.

Er sah auf den weißen Hals zwischen seinen Fingern. Er spürte das Pochen ihres Pulses. Er sah in ihre Augen, und dahinter sieht er die Müdigkeit und das Bitten ihrer Seele. Wie sie das Leben immer wieder ausgetrickst hatte, um es zu ertragen; all die Lügen, all die Ironie, sie hatte sich das Leben erfunden. Sie lebte mit einer schamlosen, amoralischen Hingabe, die sonst nur Männer für sich beanspruchten; neurotisch nach Liebe suchend, manisch ihr aus dem Weg gehend, und all das, was sie für das Netz hielt, was ihre Tage zusammen hielt, war zerrissen.

Romy Cohen hatte sich selbst gesehen, ihre wahre Natur.

Er beneidete sie nicht darum.

„Du bist kein Freund", stöhnte sie. „Du drückst nicht mal zu."

Er erinnerte sich an das, was sein Vater ihm mal über

schwache Männer und starke Frauen gesagt hatte. Schwache Männer können starke Frauen nur dann besitzen, wenn sie sie vom Leben fern halten. Ihr mit Eifersucht alles verbieten, was ohne ihn geschieht, und es nicht dulden, dass er nicht der Mittelpunkt ihrer Gespräche und Gedanken ist. Er beschäftigt sie ständig damit, dass sie ihm antworten, sich rechtfertigen, ihn trösten, ihn begehren, ihn beruhigen, ihn lieben, ihm ihre Treue beweisen muss. Damit lassen sich viele Frauen vom Leben abhalten, weil sie als Stärkere sich immer verpflichtet fühlen werden, sich um den Schwachen zu kümmern, der sie so tyrannisiert mit seiner Schwäche.

„Soll ich dich töten, Romaine Cohen? Ich tue es."

Und er drückte zu.

Sie wurde ganz schlaff in seinen Armen, aber ließ die Augen nicht von ihm.

Irgendwann war es vorbei.

Sie stand auf, wischte sich mit dem Handrücken über die Augen.

„Gehen wir", sagte sie.


Luka lehnte sich an die Mauer der schlichten Kapelle, die in die Mauer zur Elbchaussee eingelassen war. Romy.

Sie sah wunderbar aus. Ihr Gesicht, durchscheinend, zerflossen, er hatte sie zerstört und neu zusammen gesetzt, er, Luka!

Sein Schmetterling, sein schöner schwarzer Schmetterling.

Er war mit dem Mann im Rollstuhl weggeflogen.

# 30
**Was vom Träumen übrig blieb**

Der Wahnsinn wartete in ihrer Wohnung. Der Wahnsinn, der kommt, wenn man die eigene Stimme hört und nicht erkennt.

Sie hielt sich an dem Ampelpfosten fest, und starrte über die Palmaille hinweg, über den *Altonaer Balkon.* In der Ferne sah sie die Köhlbrandbrücke, sie sah wie sich LKW auf ihr bewegten, Zwergenparade. Sie registrierte wie der Wind den Regen auf sie zu trieb, und wie die Tropfen auf den Windschutzscheiben der vorbeifahrenden Autos verliefen. Sie fühlte, wie sich ihre Zehen rhythmisch in den Stiefeln zusammenzogen, sie roch nasse Mauern und ihren Schweiß. Sie roch das Rasierwasser Ben Martins neben ihr. Sie nahm alles wahr, als besäßen die Dinge scharfzackige Silhouetten, die sich in ihre Pupillen frästen, die Gerüche gebündelt, die Geräusche überdeutlich wie Kristallglas.

Sie registrierte mit einer schmerzhaften Wachheit alles, was um sie herum war, sie registrierte die Grenzen ihres Körpers. Und doch war sie nicht dabei. Sie war aus dieser Welt heraus gefallen. Als ob das Leben um sie herum weiterging, nur ohne sie.

*Es ist ein Leben ohne mich. Ich bin tot, und nur ich weiß es.*

Schuld wallte in ihr empor, ein diffuses, schmerzhaftes Drücken von Schuld und Scham. Sie wollte nach Hause.

Nach Hause? Diese Wohnung ... sie kam ihr vor wie eine Maske. Ein Alibi. Unpersönlich, heuchlerisch. Wie die Wohnung einer Kurtisane, die davon lebt, geliebt zu werden, Mittwochs und Freitags 20 bis 23 Uhr, manchmal am Sonntagvormittag, wenn er mit dem Hund raus ging und zu ihr, und danach panisch an seinen Fingern roch.

Romy brauchte Ben. Jetzt. Oder irgendwen. Sie brauchte ein Gesicht, dass sie ansah, ein Körper, der nah genug war, damit sie seine Wärme spüren konnte. Und sie brauchte etwas zu trinken.

„Hast du etwas zu trinken bei dir?", fragte sie Ben.

„Natürlich."

Sie schwiegen den ganzen Weg, den das Taxi zu seinem Schuppen im Freihafen brauchte, sie schwiegen, als der Fahrer ihn über die provisorische Rampe aus zwei Brettern bis an seine Haustür schob, und sie schwiegen immer noch, als er ihr einen doppelten Whiskey einschenkte und ihr reichte.

Sie nahm einen tiefen Schluck und zog dann den Mantel aus.

„Willst du mit mir schlafen?", fragte sie.

Ja, Romy. Ja.

„Ich kann nicht."

„Ich fragte, ob du es willst."

„Sieh mich an, Romy Cohen. Ich bin kein Mann. Ich werde nie wieder eine Frau vögeln. Was nutzt es mir, es zu wollen?"

Sie trank das Glas aus.

„Zeig mir, was du tust", verlangte sie dann. „Zeig mir alles, was wir getan haben, bevor …"

Bevor du aus der Zeit heraus gefallen bist, mon amour?

Ben Martin wendete den Rollstuhl, lockerte den Krawattenknoten, eine Geste, die die alte Romy erkannt hätte als Auftakt seiner absoluten Konzentration. Als sein inneres Umschalten; wenn er keine Gefühle hatte, so erschien es Ben Martin, war er intelligenter, schneller, alles war klarer. Ohne Gefühle war er klüger. Er verstand alles, Philosophie und Religion, das Leben und Romy, nur fühlen durfte man dafür nicht.

Er knöpfte den Kragenknopf auf, tippte auf die Leertaste der Tastatur, und die sieben Bildschirme flammten gleichzeitig auf.

Er öffnete einen Ordner, eine endlose Reihe an Dateien in ihm. Er klickte auf die Datei, in der er seine Reportage für den Spiegel angelegt hatte. „Schneeflocken werden sie genannt …" begann Ben Martin vorzulesen, „Die namenlosen Embryonen, die zu Hunderttausenden in ihrem kalten Bett aus Flüssigstickstoff ruhen, in den Kühlschränken der Reproduktionslabore. Schlafende Seelen. Die Überreste eines Traums, dem Traum vom Wunschkind."

Er erzählte ihr alles, was er wusste über das, was die einen Reproduktionsmedizin und Himmelsheil nannten, und die anderen das Werk von Gottes größenwahnsinnigen Lehrlingen.

Seine Stimme blieb ruhig dabei. Auffällig unbeteiligt.

Romy spürte einen großen Zorn in sich aufsteigen, je länger er ihr erzählte, über die *Snowflakes*, die Jahrzehnte in Eis ruhten, über die Gesetze, die den Spender-Kindern verbat, ihre Väter zu ermitteln. Über die Macht, Leben zu erschaffen, die sich jene heraus nahmen, wenn sie über die Gene eines Menschen entschieden, noch bevor er gezeugt wurde. Ihr Zorn verschonte nichts, er füllte ihre Zellen aus und schob der Nachsicht einen mystischen Riegel vor.

Und auch dieser Riegel war es, der ihren Zorn auf Ben Martin lenkte. Sie sah den Mann an, der sie an Al Pacino und Charles Bronson erinnerte, deren Gesichter ihr bekannter waren als ihr eigenes. Ein leichter Schweißfilm lag auf seiner Stirn.

„Und was hältst du davon?"

„Was ich davon halte?"

„Ja. Von dieser Sorte öffentlicher Vergewaltigung."

„Du weißt nicht, was du redest, Romy."

„Ich rede hier nicht von einem Antischnupfenmittel. Es geht um Menschen, Ben Martin, um Menschen! Die im Reagenzglas gekreuzt und implantiert werden wie … eine neue Rosensorte!"

„Diese Zellen sind keine Menschen, und keine Rosen."

„Jetzt weißt du nicht, von was du redest."

„Das ist Humangenetik, Romy! Wenn wir die Chancen haben, gesundes Leben zu erschaffen, und wenn wir die Chance haben, gesundes Leben zu fördern – warum sollten wir es nicht tun? Wünschst du dir Pest und Cholera auch zurück, damit alles so schön natürlich bleibt, und um bloß nicht zu sehr einzugreifen in die göttliche Geschicklichkeit und die angeblich so vorteilhafte Natur? Wünschst du dir Totgeburten, und Mütter, die ihr Leben aufgeben, um ein behindertes Kind zu pflegen?"

„Es geht nicht um die Heilkraft der Medizin, Ben Martin", zischte Romy. Er hasste sie für einen Moment, dass sie so stolz war, so klar, so rigide, dass sie immer noch wusste, was falsch und was richtig war. Er hasste sie für diese Chuzpe, und ihn damit lächerlich und schwach aussehen zu lassen.

„Wir reden hier von Eugenik, Doktor Seltsam. Von Auslese, die weit über die vorgeburtliche Gesundheits-Diagnostik hinausgeht." Ihre Stimme wurde lauter. „Von Konsum-Eugenik! Von Rassenhygiene, die den Deckmantel Wunschkind hat, die Geister aus der Flasche, passend gemacht, abrufbar, verkäuflich! Wir reden von der Massenproduktion an menschlicher Ware! Mal abgesehen davon, was mit den Embryonen passiert, die in den Kühlschränken rumliegen! Stammzellenforschung, ungenutzte Föten als Laborware, nichts weiter als Versuchsratten!"

„Das ist nur deine verdammte Wahrheit. Du willst es so sehen."

„Natürlich will ich es so sehen! Wie kannst du es nicht so sehen wollen? Wie kannst du so tun, als sei es völlig in Ordnung, dass eine Eizelle unter dem Mikroskop vergewaltigt wird, wenn ihm ein Spermium aufoktroyiert wird! Das Spermium hat schon Stress, als es in einen Becher gewichst wurde, die Eizelle hat Stress, als sie durch Medikamente hoch gezüchtet wurde wie eine verdammte Anabolika-Kuh, und die ganze Befruchtungs-Zeremonie ist nackter Terror! Die Zellen haben ein Gedächtnis, und ich bin sicher, dass die Gameten die Information aus der Urzelle weitergeben an jede, die noch entsteht – ob es Liebe, Lust, Gier, Nähe, oder wenigstens Zuneigung war, die zwei Menschen zusammen führte. Was bleibt denn bei Pipette und Laserskalpell?"

„Ich bitte Dich, die meisten Kinder werden auch nicht in leidenschaftlichen Lustnächten gezeugt, sondern es passiert nebenbei! Sonntagmorgen, Halbschlaf, One-Night-Stand, in Gedanken beim Einkaufszettel – glaubst, da wäre Magie mit im Spiel? Seit wann ist Liebe notwendig, um das bessere Leben zu zeugen?"

„Wer redet denn hier von Liebe, Ben Martin."

„Du. Das ist es doch, was du sagen willst."

Sie hatte sich während seiner Rede an den Mund gefasst. Wie um zu verhindern, dass nicht etwas hervor drang, was ihn überrollen würde wie ein Blutbad. „Liebe. Liebe ist genauso eine Vergewaltigung. Du kannst dich nicht gegen sie wehren. Du kannst lieben obgleich du es nie gelernt hast. Sie nimmt dich, wie sie es will. Ist das so, Ben?"

„Ich habe keine Ahnung von dieser Sorte Liebe."

Romy atmete tief ein. Als ob sie einen Entschluss gefasst hätte.

„Dürfen wir alles tun, nur weil wir es können, Ben Martin? Dürfen wir wirklich mit Leben so umgehen?"

„Es hilft Frauen, Romy. Es hilft, sich ihren Lebenstraum zu erfüllen. Bitte, Romy. So kann man es doch auch sehen."

„Kann man. Muss man aber nicht. Lebenstraum! Wer denkt an die Kinder? Und hast du dir schon mal vorgestellt, man könnte all diese Zellen schreien hören, wenn sie unter dem Mikroskop eingefroren, aufbereitet und durch einen Plastikpimmel in den Bauch geschossen werden?"

„Nein. Es ist Unsinn. Sie fühlen nichts."

Sie hörte ein Papier in ihren Fingern knistern, das er ihr in die Hand geschoben hatte.

„Frag mal deine Freundin Gretchen, was sie von deiner selbstgerechten Einstellung hält. Und dann frag dich, ob du nicht eine größere Menschenhasserin bist, als du ahnst."

Schamesröte flutete ihr Gesicht. Sie nahm das Papier und ging, ohne ihn noch mal anzusehen.

Sonst hätte sie gemerkt, dass sich in Ben Martins Augen ein bittendes Flehen materialisiert hatte; das Flehen eines Menschen, der ihr nicht gestehen wollte, dass er es anders sehen musste.

Du hast es ihr nicht gesagt, Feigling. Dass du dein Weißes Gold auch verkauft hast, aufgewogen in einem Honda-Motorrad, Freiheit, Abenteuer, Dollars.

Ich habe dafür bezahlt, dachte Ben Martin. Er hob seine Faust und schlug immer wieder auf seine Beine ein, doch er fühlte nichts.

# 31
**Mutter ist, wer liebt**

Sieben Monate und siebzehn Tage, nach dem ein Kriminal-
polizist und ein Seelsorger vor ihrer Tür gestanden hatten,
um ihr den gewaltsamen Tod ihrer Tochter Lucia mitzutei-
len, war es wieder soweit. Dasselbe Klingeln an der Tür.
Einmal lang und noch mal kurz hinterher. Katja Teixera
verschüttete ihren Tee.
Sie drückte auf den Türsummer, ohne zu fragen, wer da sei.
Es war eine Polizistin, diesmal, und sie hatte einen Kollegen
dabei der seine Sonnenbrille nicht absetzte. Er stellte sich
nicht vor, trug rote Hosenträger und gegelte Haare, als
hielte er sich für einen Börsenmakler. Sie erinnerte sich an
ihn. Er hieß Heller, wie Pfennig.
„Was ist mit meinem Mann?", fragte Katja, und griff sich an
den Hals. „Ist er …"
  „Machen Sie sich keine Sorgen, Frau Teixera", sagte die
Beamtin, die sich als Ines Luer vorstellte. „Es geht zwar auch
um Ihren Mann, aber es ist kein Grund zur Besorgnis."
  Die Details entglitten ihr. Luer war von der Sitte, ihr Kollege Heller nun vom Staatsschutz, und es gab da eine Hure
auf St. Pauli und einen Jungen Namens Nils Pihl, und alle
hatten irgendetwas miteinander zu tun, aber was, Katja ver-
stand es nicht.
  „Hat Ihr Mann ein Verhältnis gehabt mit der Mutter von
Nils Pihl, Annika Pihl aus Kopenhagen?"
  „Kopenhagen …?" Sie musste sich setzen. „Nein. Mein
Mann ist Kaffeehändler. Aber er war noch nie in Kopenhagen!"
  „Er könnte jedoch der Vater von Nils Pihl sein. Es sei
denn, Sie haben mit Annikas Pihls Mann, John, vor knapp

36 Jahren ein Verhältnis gehabt, aus dem ihre Tochter Lucia hervor ging."

„Was!?" Katja Teixera war auf die Kante eines der Stühle im Esszimmer gesunken. Sie benutzen es längst nicht mehr als Esszimmer, seit Lucia tot war und sie nie wieder besuchen käme; sie aßen in der Küche, sie, und ihr Mann Alessandro. Der schöne Alessandro. Ein Verhältnis. Ein Kind?

„Niemals", flüsterte Katja.

„Männer sind nicht immer treu", sagte Ines Luer sanft.

„Die einzigen Frauen die sich sicher sein können, dass ihr Mann sie nicht betrügt, sind Witwen", sagte der Polizist mit der Sonnenbrille. Ines ließ sich nicht anmerken, wie sehr ihr dieser Einwurf missfiel. Katja Teixera rang ihre Hände.

„Sie verstehen nicht. Es muss ein Missverständnis sein, wieso …"

Sie gaben ihr die Kopien des Laborberichts. Lucia hatte demnach einen Halbbruder. Nils Pihl. Auf dem Foto sah er tot aus.

Er hatte diese Augen, ein bisschen wie poliertes Kupfer. Seine Augen. Katja war, als schaue sie auf Lucias Augen.

„Mein Mann ist unfruchtbar. Und ich hatte niemals einen anderen Mann als ihn geliebt. Ich habe ihn nicht betrogen. Niemals. Keinmal. Weder mit einem John Pihl noch … mit sonst irgendwem. Er war mein einziger Mann. In jeder Hinsicht. Und er hat mich niemals …"

Ines unterbrach sie. „Aber, Frau Teixera … wenn ihr Mann keine Kinder zeugen kann, und Sie ihn nicht betrogen haben – wie ist dann Lucia geboren worden? Haben Sie sie adoptiert?"

Und da war sie. Die Frage. Die Frage, die Katja Teixera gefürchtet hatte, seit Lucia geboren worden war.

„Wieso ist das jetzt so wichtig?!", fuhr sie auf. „Erst kommen Ihre Leute zu mir und sagen, mein Kind ist tot. Jetzt kommen Sie zu mir und sagen: Das geht nicht, ich solle mich erklären! Aber ich will mich nicht erklären, ich bin dazu nicht verpflichtet! Ich rufe jetzt meinen Mann an."

Sie stand auf und ging rasch zum Telefon. Wählte die ersten Ziffern. Und hielt inne. Was sollte sie Alessandro denn sagen? Hier sind zwei, die fragen mich etwas, was wir nicht mal unserer Tochter gesagt haben. Hier sind zwei, die vermuten, dass es etwas damit zu tun hat, dass wir es unserer Tochter nicht gesagt haben, dass du nicht ihr leiblicher Vater bist.

Ihre Tränen kamen unvermittelt und heftig. Ihr Kind. Ihre Lucia. Es war ihre gemeinsame Entscheidung gewesen, und sie hatten den Arzt damals darum gebeten, jemanden auszusuchen, der ihr ein südländisches Aussehen geben konnte, damit das Kind Alessandro ähnlich sieht. Er hatte ihnen gesagt, er würde sich darum kümmern, und sie hatten ihn gebeten, die Unterlagen nach zehn Jahren zu vernichten. „Es wird keine Unterlagen geben, wenn sie es nicht wollen", hatte er versprochen, damals.

Lucia. Es war so ungerecht. Sie hatte nie jemanden irgendetwas getan. Sie war ein guter Mensch gewesen, sie flog anderen zu und sie ihr.

„Lucia ist ein Spenderkind", stieß Katja trocken würgend hervor.

„Sie ist ein Samen-Spenderkind, und ich weiß nicht, wer ihr biologischer Vater ist. Alessandro war ihr Vater, mehr als jeder andere es gewesen wäre. Er ist nachts aufgestanden wenn sie weinte, er fuhr sie zur Schule, er ging mir ihr zelten, er las ihr vor, er war da, wenn sie ihn brauchte. Sie war eine Vatertochter, und er ein Töchtervater. Ich bitte Sie, nehmen Sie uns das nicht. Lucia war immer unser Kind. Wir sind ihr Vater und Mutter ... gewesen."

Samenspender. Das erklärte, wie Nils Pihl an die übereinstimmenden Gene gekommen war. Aber nicht, wer sie ihm und Lucia und dem Nuttenquäler auf Pauli vererbt hatte. Oder, vielleicht war der Nuttenquäler der edle Spender? Nein, die Hure hatte ihn auf Anfang 30 geschätzt, mit alten Augen. Sehr alten, kalten Augen.

„Wie hieß der behandelnde Arzt, damals?"

„Dr. Schalck", flüsterte Katja Teixera, „Aber er lebt nicht mehr. Seine Praxis war in einer Bäderstadt in Niedersachsen. Seine Nachfolger ... es wird keine Unterlagen geben. Er hat all die Namen seiner Spender mit ins Grab genommen."

Sie hob ihr tränenfeuchtes Gesicht. „Aber es gab einen Assistenten, damals. Ich weiß nicht mehr, wie er hieß. Etwas Amerikanisches, glaube ich. Er war sehr jung, vielleicht Mitte 20. Vielleicht weiß er, wer Lucias ... Erzeuger ist. Sein Vater war er jedenfalls nicht. Das war immer Alessandro."

Ines Luer reichte der trauernden Frau die Hand zum Abschied.

„Meinen Sie, wir sind schuld, weil wir es ihr nicht gesagt haben, dass sie ein Spenderkind ist? Hätten wir sie schützen können? „

„Nein", sagte Ines, ein wenig zu schnell. „Natürlich nicht."

Die Tatsache war aber, dass sie nicht beurteilen konnte, ob Lucia es irgendetwas genutzt hätte wenn sie gewusst hätte, dass es da draußen noch einen Bruder gab, mit dem sie jetzt erst im Tod vereint wurde.

## 32
**Unter den Steinen**

Der Silbersack in einer Seitenstraße von Reeperbahn und Hans-Albers-Platz hatte bereits geöffnet. Oder, immer noch, so wie es nach altem Rauch und schalem Bier roch. Romy setzte sich an den Tresen, die kleingelockte falsche Blondine mit den hundert Jahren Kiez im Gesicht schob ihr die Karte näher.

„Tangueray Gin", verlangte Romy. Erst mit Tonic. Dann ohne. Neben ihr saß ein müder Transvestit. Die Barfrau beschwerte sich bei ihm über ihre Stromrechnung. Sie führe doch kein Hotel, das bisschen Licht und Kühlung, aber diese Menge Geld!

Nach dem dritten Gin wurde es besser. Der vierte tat schon weh. Gut so. Romy klopfte ungeduldig mit dem Glas auf das Holz.

„Lohnt sich nicht", sagte die Transe neben ihr. „Ist kein Mann wert." Er, sie, es schlug die Beine in den roten Netzstrümpfen übereinander. Seine Fersen sahen gequetscht und halbtot aus in den hohen Lack-Riemchenschuhen.

„Und eine Frau? Ist die es wert?", fragte Romy.

„Frauen sind alles wert", sagte die Transe. „Dass du trinkst und dich umbringst und wegen einer Frau mit anderen Männern schläfst, und dir dabei mehr weh tust als ihr." Die Transe sah Romy an. „Du bist keine Frauenfrau. Du bist ne Männerfrau durch und durch. Wie du schon sitzt. Du lebst für Männer, nicht für Freundschaft. Schaff dir ne Freundin an. Brauchste auch ma. Sonst biste nur noch ne schicke Satin-Matratze mit nem Carpaccio zwischen den Beinen. Freundinnen haste auch, wennde nich lieb bist."

Freundin. Romy zog den Zettel hervor, den ihr Ben aufgedrängt hatte. Gretchen Butterbrood, eine Straße, eine Telefonnummer.

Was sollte sie damit tun? Diese Frau anrufen und sagen: Hey, ich bin's, wer immer ich auch bin, und wer bist du?

Sie trank das Glas in zwei Zügen aus.

Romy war so gern betrunken. Freundin. Ihre einzige Freundin war hochprozentig. Gin Tonic. Genannt, Ginny Tonic. Wenn man sich so gut kannte, durfte man den Vornamen benutzen.

Romy spürte ihr Becken. Sie wollte vögeln. Ben sah gut aus, er hatte nur vergessen, dass es so war, er war krank an den Beinen und im Herz. *Und er lügt sich selber an.*

Sie liebte es, angetrunken und geil zu sein, und fragte sich, ob es immer schon so war. Schmeckte es deshalb so gut, erst einen eiskalten Gin zu trinken, und noch einen, obgleich der Hals brannte, und noch einen, um sich dann in Gedanken einen zu suchen von den Männern an der Bar, die so taten, als ob die Welt sie nichts anginge?

Romy wollte ihr Leben nur noch betrunken verbringen. Die Schwere in den Beinen. Die Wärme in den Füßen. Die Lust. So vieles, was egal war. Die Transe spielte mit einem Feuerzeug.

Romy legte einen der Fünfhunderteuro-Scheine auf den Tresen. „Wechsel ich nich", sagte der blonde Schrumpfapfel.

Romy deutete auf die restlichen Ginflaschen. „Und eine Tüte. Dann stimmt es so."

Die Barfrau zog die Mundwinkel nach unten und die wie mit Filzstift gemalten Augenbrauen nach oben, stellte Romy sechs Ginflaschen hin, ein Einkaufsnetz dazu, das sie aus dem fleckigen Schränkchen unter dem Zapfhahn zog. Dazu packte sie noch eine Flasche Tonic und ein Streifen Aspirin, drei fehlten bereits. „Danke", sagte Romy, stellte das leere Glas auf den rosa Schein, und Schrumpfapfel packte ihr die Flaschen ins Netz.

„Das sieht nach einer Menge Kummer aus, den du ersaufen willst, Mädchen", sagte die Barfrau.

„Kummer ist wie Fett", murmelte die Transe. „Kann schwimmen."

„Ich werd's mir merken", antwortet Romy und griff nach der Tüte, die Flaschen stießen klirrend aneinander. Als sie fast die Tür erreicht hatte, drehte sie sich noch mal zu der Bardame um. „War ich schon mal hier?", fragte sie.

Schrumpfapfel zuckte mit den Schultern, den rosa Schein zwischen ihren faltigen Finger. „Wenn du willst, dass du nicht hier warst, warstes eben nicht."

Romy lief mit gesenktem Kopf das Kopfsteinpflaster der Silbersacktwiete bis zum Hans-Albers-Platz. Die ersten jungen Nutten nahmen ihre Aufstellung am Bug des Platzes ein, jeweils knapp zwei Meter auseinander, um Männer auf Streifzug mit einem kleinen Seitwärtsschritt zu erlegen, „Hey, gehste mit?"

Aber jetzt war noch keiner zum Mitgehen da.

Romy ging die Stufen zur S-Bahn herab.

Auf den Treppen zum Steig hinab kamen ihr die fünf Männer entgegen; solche, die nicht mehr als Jugendliche durchgehen, aber bestimmt nicht als erwachsen. Bierdosen in der Hand, Halbliter, Holsten. Einer rempelte Romy an, er hatte das Haar kurz geschoren, vorne zu einem schrägen Pony. „Pass doch auf, blöde Fotze", sagte er und schubste Romy. Er war betrunken.

„Nicht anfassen", warnte sie leise.

„Hey, du blöde Kuh, mach meinen Kumpel nich an sonst fängste eine", mischte sich der andere ein, ein gestauchter

Schweineäugiger mit hellblonden, kaum sichtbaren Wimpern.

Sie ging weiter, die Stiefelabsätze klickerten auf den Stufen.

„Hey, ich red mir dir, Schlampe!"

Niemand war auf dem Bahnsteig, die Anzeigentafel verriet nur, dass die S1 Richtung Altona in sechs Minuten abfahren würde.

Sie lehnte sich an eine der kühlen Säulen und schloss die Augen.

Romy spürte sie mehr, als dass sie sie hörte; sie roch sie, noch bevor sie sie sah. Die fünf Männer hatten einen Halbkreis um sie gebildet. „Das trinkst du doch nicht alleine", sagte der, der sie geschubst hatte, „Gib halt was ab", forderte der Dicke, „Oder brauchste das noch heut Abend? Wo könna wa dich denn heut Abend besuchen, sag mal, alle fünf, gibt's Rabatt?" wagte sich einer vor, und sie schlossen den Kreis enger.

„Halt die Klappe, du Häschen", sagte Romy zu ihm, ein Blonder mit Oberlippenbärtchen und billiger Lederjacke, sie konnte sein Rasierwasser riechen. Nivea.

„Sie hat dich Häschen, genannt, Alter", lachte das Schweinsauge, und das Menjou-Bärtchen fing an zu zittern, als der Beleidigte einen Schmollmund zog. Er holte aus, um sie zu schlagen.

Romys Finger öffneten sich und ließen die Schlaufen des Einkaufsnetzes heraus gleiten, ihre rechte Hand griff nach dem Unterarm des Angreifers, zog ihn mit seiner Bewegung weiter, und als er nach vorne sackte und sich auf ihren Unterarm abstützte, legte sie ihre linke Hand auf ihre rechte an seinem Arm, winkelte ihren rechten Ellenbogen an, hebelte ihn nach unten, um dem Jungen mit der Ellenbogenspitze die Unterarmspeichen zu brechen. Das kleine Knacken, als ob die winzigen Knochen eines Vogels splittern, das Zerschellen der Flaschen kurz danach, elektrisierten die vier anderen Männer. Sie gingen zugleich auf Romy los, greifend, schlagend, tretend; langten nach ihrem Mantel und ihrem Haar, und formten die Fäuste zu menschlichen Hämmern, um sie Romy in den Bauch zu rammen, unter die Nase, auf die Brüste, zwischen die Beine.

Ihr Körper reagierte. Ihre Zeige- und Mittelfinger zu Dolchen aus Haut, Knochen, Knorpel und Sehnen geformt, stießen zu. Einem am Hals, am Übergang zwischen Schlüsselbein und Nacken; er ging zu Boden, halb gelähmt und benommen. Zwei, die hinter ihr standen und ihre Arme um sie schlingen wollte, trieb sie auseinander, in dem sie ihnen erst mit einem Rückwärtsschritt den Fuß mit ihrem Absatz an den Boden nagelte, und ihnen mit zwei Rückwärtsstößen die Spitzen ihrer Ellenbogen unters Kinn und an den Kehlkopf rammte.

Der letzte ging voll roter Wut auf sie los, es war der Dicke, der sie Schlampe genannt hatte, und als er nah genug an ihr dran war, griff sie ihm mit den Fingern schnell in den Mund. Seine Pupillen weiteten sich vor Schmerz, die Augäpfel quollen hervor, er fuchtelte mit den Händen, versuchte ihren Arm zu lösen, doch er hatte keine Chance. Sie zog ihn an seiner Zunge mit sich, und ließ erst los, als er gurgelnd vor ihr kniete. Sie schlug ihm mit den ausgestreckten Fingern links und rechts gleichzeitig an die Schläfen. Er kippte ohne einen Laut vornüber auf den Beton. Der erste, der sie angerempelt hatte, und sich jetzt das Kinn von ihrem Ellenbogenkick hielt, kam auf sie zu gewankt.

„Hab ich gesagt, du sollst mich anfassen?"

„Du dumme Fot ..." Weiter kam er nicht. Romy hatte

ihm mit einem Fingertipp auf die Fontanelle zum Schweigen gebracht. Er sackte zusammen wie angeschossen.

Die fünf jungen Männer lagen schwer grunzend vor Schmerzen, im Halbkreis um sie herum. Romy hockte sich zu dem Dicken.

„Wenn ihr noch einmal eine Frau als Fotze beschimpft, komme ich zu euch nach Hause, und reiße jedem von euch die Zunge raus, dreh sie durch den Fleischwolf und trink sie mit Gin."

Seine Zunge voller Blut. Seine helle Hose färbte sich im Schritt dunkel. Aus seinen Augenwinkeln tropften Tränen.

„Häschen", flüsterte Romy. Dann erhob sie sich und fischte die letzte heil gebliebene Ginflasche heraus und betrachtete sie.

Sie ging auf der anderen Seite der Station die Treppen hoch. Erst jetzt begann ihr Körper zu zittern. Angst vibrierte durch ihre Nerven. Sie knickte um, als ihre Schuhsohle von der Treppenkante abglitt. Der Schmerz in ihrem Knöchel schoss bis unter den Scheitel. U-Bahnfahren in Großstädten ist gefährlich für junge Frauen, dachte sie, und starrte auf ihre rechte Hand, mit der sie gekämpft hatte. Ihr Handgelenk schmerzte.

*Was habe ich getan?*

Sie hinkte die Reeperbahn, dann die Königsstraße hoch, immer weiter, und sah nicht, wo sie hinging, und auch nicht, dass die Autofahrer sie anstarrten. Eine Frau im Mantel, mit nassem Pelzkragen und Flasche in der Hand, humpelnd wie eine amoklaufende Säuferin ohne Zuhause. Sie zerdrückte zwei der Aspirin zwischen den Zähnen. Sie musste sich dringend was zu trinken besorgen.

## 33
**Der Damals-Park**

Gretchen lief. Der Schweiß unter ihrem dünnen Sweatshirt vermischte sich mit dem Regen. Sie lief an der Elbe entlang, hatte den Museumshafen und die Övelgönne mit ihren possierlichen Kapitänshäuschen weit hinter sich gelassen, ihre Füße trommelten über den Asphalt der Promenade. Davorn war der Anleger Teufelsbrück. Ihr kam es so vor, als ob es niemals ausreichen würde, egal wie weit sie lief, und wenn sie weiter die Elbe hinunter lief, aus Hamburg hinaus, bis nach Glückstadt, und immer weiter, bis zur Nordsee, die Nordsee, zum Eismeer.

Ihre Füße entschieden sich für einen anderen Weg, sie lief auf den Zebrastreifen zu, der die Promenade mit dem Jenischpark verband, ein grüner Park mit alten Bäumen, der sich in den Hang über die Elbchaussee schmiegte. Sie konnte nicht aufhören zu laufen. Sie durfte nicht. Würde sie stehen bleiben, dann würde es sie einholen, was hinter ihr heran rollte, es würde sie von hinten anfallen und niederstrecken. Würde sie jetzt fallen, dann würde sie nie wieder aufstehen, also lief sie. Ohne nach links oder rechts zu sehen, lief sie auf den Zebrastreifen zu, rechts eine hohe Hecke, eine Kurve. Weiter. Bleib nicht stehen. Lauf.

Sie lief. Sie hatte den Bürgersteig erreicht, zwei Schritte, die Straßenkante, ein Schritt, den Zebrastreifen.

Ein Schatten von Rechts, groß und laut und viel zu dicht.

Quietschende Reifen, für drei, vier Atemzüge, wo war er, der Knall, wenn Metall auf Metall trifft, das Knirschen, wenn ein Auto ein anderes vorwärts schiebt? Nichts. Ein lang gezogenes Hupen, eine Männerstimme, die hinter ihr her schreit, kein Knall, kein Knirschen. *Lauf. Weiter, vier*

*Schritte ein, drei Schritte aus, sieh vor dir auf den Boden,* Herzschlag im Kopf, Zahnschmerzen, der Puls rast im Gaumen, *lauf, lauf, la…*

Zwei Arme, die sie festhalten, der Geschmack von Blut im Mund und der Geruch einer feuchten Lederjacke, „Gretchen! Gretchen, um Gottes Willen", Johannes.

Regen und Johannes und die Frau und der Kinderwagen.

„Du bist über die Straße gelaufen, ohne nach links oder … verdammt! Weißt du was hätte … wolltest du … ?" Johannes.

Die Woge schlug von hinten über ihr zusammen. Seine Augen. Sein liebes, geliebtes Gesicht.

Wie es ihr fehlte. Sie musste träumen. Das war nicht er, und sie nicht hier.

„Ich liebe dich", sagte sie atemlos, zwischen jedem Wort ein Atemzug, und ging zwei Schritte zurück, aus dem schützenden Mantel seiner Arme. „Immer noch. Immer wieder. Immer."

Sie wusste, sie sah erbärmlich aus, Schlammspritzer auf der Jogginghose, im Gesicht, ihr Herz eine Schlickgrube, in der sie feststeckte und versank.

Das Baby in der Karre fing an zu schluchzen, und als es begann laut zu greinen, lief Gretchen los. *Sieh nicht zurück.*

Sie wollte nicht weinen. Sie verbot es sich. Sie lief.

Sie schnappte heftig nach Luft, als sie in den Waldweg zum Jenischhaus einbog und in der Senke stehen blieb. Seitenstechen. Sie krümmte sich zusammen, um den Schmerz zu lindern. In ihrem Kopf eine helle Stimme eines ungeborenen Kindes.

Wer ist mein Vater? Hast du ihn geliebt? Warum kennst du ihn nicht? Wieso ist kein Mann bei dir geblieben? Was willst du mir sagen? Was? Wenn ich jemals fragen werde, wer, wer, wer, wer, wer … was wirst du mir sagen?

„Gretchen!"

Er hatte sie eingeholt. Schwer atmend, seine Lederschuhe dreckig, er musste hingefallen sein, denn seine Hose war schmutziggrün. Er stützte die Hände auf die Knie und keuchte.

„Was willst du", fragte sie. „Geh zurück und geh nach Hause, liebt euch, lass mich, es ist nichts, ich liebe dich nicht, ich war nur erschrocken, okay? Vergiss es!"

Sie ließ sich auf einen nassen, moosigen Stamm sinken. Johannes setzte sich neben sie. Es war nichts weiter zu hören als der leise Regen, und ihr beider Atem, der sich synchronisierte.

„Du warst schon immer eine beschissene Lügnerin, Gretchen".

„Was ist, glaubst du etwa, du bist meine große Liebe?"

„Ich glaube es nicht nur. Ich weiß es."

Sie wandte sich ihm zu. Dann gab sie ihm eine Ohrfeige. Er hatte nicht mal mit der Wimper gezuckt.

„Ich habe dich gestern Nacht angerufen, Gretchen."

„Ich war bei einem anderen."

Warst du nicht, sang sein Blick. „Wir werden heiraten."

Für einen Moment hoben sich die grau gewordenen Schwingen ihres Herzens hoch und höher. Ja, dachte sie, Ja, ja, Johannes … aber dann verstand sie.

Sie war nicht der andere Teil des Wir, das heiraten würde.

„Das war es, was ich dir sagen wollte."

„Morgens um Drei."

„Ich muss dauernd an dich denken."

„Verschwinde."

Johannes stand auf. „Ich muss dauernd an dich denken,

weil ich nicht mehr weiß, ob es das Richtige ist, Gretchen. Ich dachte die ganze Zeit, es wäre das, was ich will. Eine Frau finden, ein Kind haben, heiraten, glücklich werden. Du hattest andere Pläne."

„Irgendeine Frau, irgendeinen Sohn, irgendeine Ehe – du hast vergessen, den Baum zu pflanzen und eine Straße nach dir benennen zu lassen. Dein Lebensplan ist unvollständig."

„Es gab mal einen Plan, der dich darin vorsah. Und der alle anderen Pläne nichtig gemacht hat.

Ich hatte etwas vergessen. Und als du eben … vor das Auto gelaufen bist, als ob es dir egal ist, ob du stirbst oder nicht, ist es mir eingefallen." Er kam wieder einen Schritt näher.

Gretchen sah in den Himmel, der begann, seine Wolkenfelder aufzureißen. Das einzige, was nun zu hören war, war eine Stimme, die sang. Die betrunkene Stimme näherte sich, und mit ihr eine schwankende Frau. „Du bist so komisch anzusehen, denkst du vielleicht das find ich schön? Wenn du mich gar nicht mehr verstehst und mir nur auf die Nerven gehst, ich trinke schon die halbe Nacht und hab mir dadurch Mut gemacht …"

Gretchen stand auf. Johannes drehte sie zu sich herum. Sie spähte über seine Schulter zu der singenden Betrunkenen.

„Gretchen. Ich habe vergessen, dass …"

„Jo. Was immer du sagen willst, warte."

„Aber ich heirate morgen, ich kann nicht warten, bis …"

Gretchen stieß den Mann den sie aus tiefstem Herzen liebte, zurück; „Romy", schrie sie, laut, Romy Cohen hielt inne mit dem Taumeln wie auf hoher See. „Nur dein Geschwätz so leer und dumm – Ich habe Angst das bringt mich um. Ja, früher warst du lieb und schön. Du lässt dich geh'n! Du lässt dich geh'n!"

Dann sah sie Gretchen und Johannes an. „Na? Krach?"

„Gretchen, du musst …" Johannes, flehend.

„Romy?"

Romy Cohen nahm einen Schluck aus der Ginflasche. Dann blies sie in den Flaschenhals. „Der Mann da will was von Ihnen."

Sie schwenkte herum. „Dann heirate doch!"

Gretchens Herz klopfte bis unter ihren Scheitel. Romy besaß die trüben Augen eines frisch geborenen Babys, das seinen Blick kaum fokussieren kann. Er glitt immer wieder ab. Gretchen spürte, wie ihr Schweiß zu Eisbächen gerann. Was war mit Romy los? Sie sah sie an, als ob sie sie nicht erkannte.

„Der liebt Sie. Jeder liebt irgendwen, erstaunlich, nicht?" Romy hob die Hand. „Also. Ich habe nichts mehr zu trinken. Und was machen Sie beide hier?"

„Nichts," sagte Gretchen. „Wir tun nichts."

„Und wieso kennen Sie meinen Namen? Was wissen Sie sonst noch – zum Beispiel darüber, ob ich verlobt bin?"

Sie ist verrückt geworden, schoss es durch Gretchens Gedanken wie ein Schwert. „Verlobt?! Eher würdest du deine Gedärme aus dem Bauch ziehen und sie als Wäscheleine benutzen."

Das waren die Worte gewesen, die Romy benutzt hatte, als Gretchen sie fragte, was sie mit den Heiratsanträgen anfing, von Männern, die sich gern für eine Frau aufgeben, von der sie nicht geliebt werden.

Romy blies wieder in den Flaschenhals.

# 34
## Das Geheimnis der Väter

„Die Kollegen aus Kopenhagen haben dasselbe", sagte Cord Heller zu Ines, die sich auf die Kante seines Schreibtisches im LKA gesetzt hatte. „Nils Pihl, Samenspenderkind, er wusste es nicht, das Ehepaar Pihl beschwört uns, niemandem etwas zu sagen, denn weder ihre eigenen Verwandten noch Freunde noch irgendwer weiß es. Unterlagen: Keine. Woher der Arzt das Material hat, wissen sie nicht und wollten es auch nie wissen."

Er schob ihr einen Zettel hin. „Aber die Pihls wussten wenigstens eins: Den Namen des Assistenten damals, von Schalck aus Bad Nöten. Malcolm Slomann, damals Mitte 20, müsste jetzt so um die 60 sein. Slomann hat heute auf der Rothenbaumchaussee eine eigene Fertilisations-Praxis: Die *Bona-Dea-Klinik*. Die Pihls haben es totgeschwiegen, wie die Eltern von Lucia Teixera, und wenn wir auf die Idee kommen, es Pihls jüngerer Tochter Ingrid zu erzählen, verklagen sie uns. Die ist mit dem selben Sperma gezeugt worden, wusstest du, dass man das Jahrzehntelang einfrieren kann? Unser Samenspender hat also schon mal zwei bis drei Kinder, bestimmt mehr. Und sitzt auf Barbados in seiner Finca, die er sich fröhlich zusammen gewichst hat."

„Soviel bekommt man da auch nicht, glaube ich."

„Also kein Nebenjob für gesunde Polizisten?"

„Der Lebenswandel wird geprüft, Cord."

„In Deutschland werden unterhaltspflichtige Väter härter verfolgt als Totschläger, aber wenn Frauen sich im Labor ein Kind machen lassen, zahlt der Staat und der Steuerzahler Unterstützung, und die Spender bekommen eine Spendenquittung in Euro ausgestellt. Wo ist da der Sinn?"

Er hatte seit Stunden keinen Kick mehr gehabt. Er fühlte sich wie zerfasert.

„Frag mich lieber was der Sinn ist, dass wir zwei Halbgeschwister in der Pathologie haben, Kollege."

„Zufall."

„Und wenn es ein Muster ist?"

„Haben wir einen Halbgeschwisterkiller."

„Scheiße. Wie kriegen wir Slomann dazu, sich an Samenspender von vor 36 Jahren zu erinnern?"

„Gar nicht. Das ist ja das Problem."

„Wieviel kann ein Mann so zeugen, mit seinen … guten Gaben?"

„Über die Jahre? Hunderte. Weiß ich nicht. Zehn, Zwanzig. Gibt's dafür kein Gesetz? Sowas wie: Nicht mehr als Zwölf?"

„Das Gesetz verpflichtete bis vor kurzem ja nicht mal, die Kinder über ihre biologische Herkunft aufzuklären, und wenn sie heute volljährig sind, und den Anspruch auch gegen den Willen ihrer Eltern haben, sind die Unterlagen längst perdü, weil sie nur zehn Jahre aufgehoben werden müssen! Die meisten Samenspender sind Nein-Spender, sie wollen nicht, dass eines Tages ein verkokster Teenie vor der Tür steht mit einem schreienden Baby und sagt: Hi, Paps, wie siehst aus mit Kohle oder kann ich gleich bei dir einziehen, du bist jetzt nämlich dran mit Kümmern." Ines redete sich in Rage. „Was denken sich die Kerle dabei eigentlich! Für zwei Minuten Spaß gehabt, und was daraus wird, ist ihnen egal! Habt ihr es gottverdammtnochmal so nötig, euren Samen in die ganze Welt zu streuen? Reicht dir eine Frau nicht, musst du gleich so viele wie möglich schwängern?!"

„Wieso bin ich jetzt Schuld?"

„Weil du ein Mann bist, die sind per se an allem Schuld, deswegen bleibt ihr ja bei Schiffsunglücken an Bord."

„Also, ein richtiger Mann will allerdings ein bisschen mehr Spaß haben, wenn er seinen Samen streut, und am liebsten nicht nur mit seiner rechten Hand und einem Pornoheft. Wir wollen euch schwängern, damit ihr unbeweglich und unsexy für andere seid."

„Das ist mehr als ich je über eure Innung wissen wollte."

„Du hattest gefragt, Ines."

„Frag mich doch auch mal was."

„Gehen wir ins Bett?"

„Nein."

„Dann nicht."

„Dein Schreibtisch ist genauso gut."

Ines schloss die Tür ab, ließ die Jalousetten herunter, drehte sich um, knöpfte ihre Bluse auf, die Hose, ließ beides fallen, und kam auf ihn zu. Im Gehen zog sie die Unterwäsche aus.

„Hast du davon geträumt, Kollege?", fragte sie. „Hast du davon geträumt, dass ich so geil auf dich bin, dass ich mich ausziehe und dich bitte, mich zu nehmen, gleich hier, im Stehen, oder auf dem Tisch, und dass du mein Keuchen im Ohr hast, weil ich komme, und du es spüren kannst, weil du tief in mir steckst und stößt, bis ich nass und wund bin?"

Er konnte nur noch nicken, und stieß den Stuhl vom Tisch ab, um ihr Platz machen, damit sie sich mit gespreizten Beinen auf seinen Schoß sinken lassen konnte.

„Dann fick mich, Kollege", sagte Ines und ließ sich auf ihn herab. Sie war wütend, sie war nass, und so hatte er es geträumt.

## 35
### Das verschwundene Zimmer

Das Rad drehte sich. Romy Cohen hatte sämtliche Stecker aller elektrischen Geräte gezogen, die Lichter gelöscht, und leuchtete mit der Taschenlampe auf den Sicherungskasten im Flur. „Hab ich ein Hotel?", wiederholte sie die Worte der Barfrau im Silbersack. Denn der Stromzähler drehte sich gleichmäßig weiter. Sie nahm die Taschenlampe zwischen die Zähne, und befühlte die Rückseite des Sicherungskastens.

Sie dachte an die Frau, die Gretchen Butterbrood hieß, so wie der Name auf dem Zettel.

Sie waren aus dem Park zur S-Bahn Klein Flottbek gelaufen, und Romy hatte Gretchen von der Seite aus beobachtet. Polizistin.

„Wer war der Mann?"

„Johannes will eine andere heiraten."

„Wozu?"

„Romy, wo warst du?"

„In einer Kneipe."

„Warum?"

„Warum Kneipe, oder warum Johannes eine Andere heiratet?"

Nirgends gab es Antworten. Sie lief jetzt geräuschlos durch das Wohnzimmer auf die Terrasse. Nasser Stein.

Sie ging um die Ecke des Hauses herum, und zählte ihre Schritte. Zurück im Garten vor der Terrasse, duckte sie sich unter der herannahenden Nacht hinweg, und ging bis zum Ufer des Kanals. Dünnes Gras unter ihren Füßen. Auf der anderen Seite lachende Stimmen, sie quollen aus der Bar des *Goldfisch*; eine Party, es sah aus wie ein Aquarium. Drei

Frauen auf dem Holzsteg, sie sahen unglücklich aus. Zwei Männer in weißen Hosen und Strickpullovern in den Penthousewohnungen darüber. Rauchend, über nichts sich beklagend.

Der Grundriss ihrer Wohnung bemaß 109,38 Quadratmeter. Es mussten aber 118 sein. Auch wenn sie die Maße jetzt aus der Entfernung schätzte. Romy rechnete noch einmal. Dann war sie sicher. Ein Zimmer fehlte.

Wie in Gretchen.

Wie es aus der Polizistin heraus geflossen war; sie musste unendlich unglücklich sein, so hatten sich ihre Sätze angehört, die sie stoßweise aus ihrem Herzen gepresst hatte.

„Ich vermisse dich", hatte sie Romy gesagt. „Ich habe dich vermisst, als es dich noch nicht gab. Ich habe dich vermisst, als du die letzten fünf Wochen verschwunden warst. Ich kann mir mein Leben nicht ohne dich als Freundin vorstellen."

„Waren wir Geliebte?!"

„Nein. Nein! Um Himmels Willen, eine Beziehung, in der kein Schwanz vorkommt, können weder ich noch du uns vorstellen."

Gretchen. Romy probierte den Namen aus, während sie über den feuchten Rasen zurück zu ihrer Terrasse und der Wohnung lief. Gretchen. Opferschutz. Beziehungssachbearbeiterin. Wenn jemand seine Frau schlägt, sein Kind quält, seinen Nachbarn mit Klingelstörern traktiert, seine Exliebe verfolgt. Stalking, häusliche Gewalt, dann kam Gretchen. Und half.

*Ich fehle mir auch, Gretchen. Hilf mir.*

Romy begann, die Wand neben dem Stromzähler mit einem Stemmeisen aufzuhebeln.

Sie hatte Gretchen nicht gefragt, warum.

Warum.

Als die Opferschützerin ihr sagte: „Ein Kind. Du wolltest mitkommen, wenn ich mir ein Kind machen lasse. Bei einem Arzt. In-vitro."

„Vögeln mit Schlauch?"

„Du hattest es mir ausreden wollen."

„Ist es mir gelungen?"

„Du hast mich verstanden. Du hast verstanden, warum. Und dass es jetzt sein muss. Denn wenn nicht jetzt – wann dann?"

Warum. Morgen früh? Wann sonst.

„Ich frag dich jetzt nicht nach diesem Mann, der das Wann sonst klären könnte."

„Welcher Mann?", hatte Gretchen gesagt, und Romy hatte eine völlig neue Emotion an sich verspürt. Mitgefühl.

Sie fühlte mit, was die Sehnsucht anrichten konnte, und obgleich sie sich nicht an diese Frau erinnerte, so war sie ihr doch so nah. Es musste ein Echo jener Wärme gewesen sein, die eine Freundschaft zu der geduldigsten aller Menschenlieben macht.

Ben Martin hatte gewusst, dass Romy Gretchen verstanden hatte. Dass sie auf ihrer Seite war.

Jetzt schlug sie sich zur anderen Seite der Wand durch. Als sie eine halbe Stunde später, staubig und verschwitzt, vor dem zerstörten Putz stand, hatte sie ihn. Ein zweiter Kabelbaum! Sie stemmte die Wand weiter in Richtung Flurdecke auf, riss sich die Narben an den Fingerkuppen wund und schmeckte Steinstaub auf der Zunge. Sie wischte sich über die Stirn, an ihrer schwarzen Kleidung pudrige Stellen, wie Rauchkringel.

Doch oben war nichts. Sie riss die Wand der Länge nach unten auf, stieß und prügelte auf sie ein wie eine Besessene.

Es klopfte schüchtern an der Tür, Romys Herz zuckte.

„Fräulein Cohen? Hier ist Fabienne. Alles in Ordnung?"

Eine alte Stimme, knisternd wie Pergament.

*Fabienne?!*

„Ich schraube ein Buchregal zusammen, bin gleich fertig!"

„Sicher, und wenn Sie mögen, kommen Sie nachher hoch, und wir essen eine Suppe. Ich habe doch noch Ihre Post für Sie."

Die schlurfenden Schritte entfernten sich. Romy nahm einen neuen Anlauf. Der Putz splitterte, und endlich sah sie es: Der Kabelbaum machte einen Knick. Sie folgte ihm und fand einen zweiten Knick, der hinter den Fußleisten in den Flur verlief. Sie riss die Fußleisten heraus, bis ins Schlafzimmer, bis zu ihrem Bett und dem Spiegel daneben.

Er war über zwei Meter hoch, über ein Meter breit. Langsam fuhr sie den schwarzen Rahmen mit den Fingern ab.

*Lächel doch mal. Siehst gleich viel hübscher aus.*

Hirnloses Stück Fleisch. Sie sollte diesen Therapeuten aufsuchen, den ihr Christer Älgen so warm empfohlen hatte. Wie hieß der? Liebling. Lieber Liebling anstatt Wände aufstemmen. Dr. Schmusi würde ihr Psychopharmaka verschreiben und ihren Vaterkomplex aufdecken. Sie wäre die nächsten Jahre beschäftigt und müsste sich nicht um fehlende Warums kümmern.

Sie stützte sich mit beiden Händen links und rechts an den Spiegel, ließ den Kopf hängen, und stieß sich erschöpft ab.

Sanft kam ihr der Spiegel entgegen und schwang auf.

Romy Cohen hatte eine Tür gefunden.

## 36
### Die guten Gründe

Mittags aßen im *Portofino* die gestopften Anwälte, deren
Vorstellung von Risiko war, in der Dusche zu onanieren;
dort aßen französische Grande Dames in gebügeltem Woll-
weiß und violettgrauem Haar. An den rot übergemalten
Wänden hingen belanglose Fotos von der italienischen
Amalfiküste, und einsame Endvierzigerinnen versuchten
sich einen lombardischen Kellner als Liebhaber anzutrin-
ken. Abends gab man sich mehr Mühe und verzichtete auf
Tomatensuppe aus der Bertollitüte.

Cord Heller beobachtete die drei Kellner, wie sie Til
Schweiger und Jette Joop verarzteten. Die Dorade hatte ihn
vorwurfsvoll angestarrt, als er ihr die Haut abzog, anstatt
sie mitzuessen.

Er dachte an Ines. Sie bumste als gäbe es kein Morgen. Es
machte ihm Angst, und es ärgerte ihn, dass es ihm Angst
machte. Nichts war mehr so, wie es war; Männer die einsa-
men Cowboys, Frauen die hoffenden Zufluchtsstätten für
gepeinigte Männerseelen. Mütterlich und verfügbar, welche Frau war das noch?

Ines nicht. Und Romy? Wohl kaum. Romy Cohen, die
die Grenze zwischen Gut und Böse verwischte, bis man
selbst nicht mehr sicher war, auf welcher Seite man eigentlich stand.

Romy Cohen, die wusste, dass er jene verriet, für die er
arbeitete. Manchmal hatte er sich gefragt, ob es nicht doch
besser wäre. Dass sie ihn anzeigte. Damit alles vorbei war.
Damit es nicht mehr länger seine Sache war, seinen ver-
blendeten Vater zu schützen, dessen Leben so von brauner
Nazi-Scheiße ausgekleidet war wie ein verstopfter Enddarm.

Aber er konnte nicht. Er war doch sein Vater.

Nach dem Essen gönnte Cord sich einen Espresso, heiß, sehr süß, und Cynar. Der Artischockenbitter nahm ihm den Magendruck.

Zeit. Er fragte sich, warum er seine Zeit hier vertat. Wollte er sie anhalten? Wollte er, dass sie schneller verging?

Als er wieder ins *Sahlgrenska* gegangen war, war Romy Cohen fort. Niemand hatte ihm Auskunft geben wollen. Erst als er sich als Angehöriger des Staatsschutzes auswies, sagte man, sie sei nach Hause gefahren. Nach Hause. Er hatte ihr Haus observiert, vor der Dorade. Licht war regelmäßig an- und ausgegangen. Zeitschaltuhr. Keine Romy. Was hatte er sich nur dabei gedacht, sich als Verlobter auszugeben. Das Koks musste aus ihm gesprochen haben. Er musste damit aufhören. Nur, wie?

Er sah seinen Vater nicht an, als sich der Notar mit dem schlohweißen Haar und der gegerbten Haut eines Seefahrers sich ihm gegenüber in den Stuhl sinken ließ. Cord würde sich heute erneut von ihm dazu drängen lassen, zum Verfassungsschutz zu wechseln; dort wäre er als Joker noch effektiver für die „Kameraden". Cord würde ablehnen, wie immer, und sein Vater wäre nicht zufrieden mit ihm, wie immer.

Was wollte er, was er noch aufgab? Es war nichts mehr übrig.

„Haben Sie deutschen Wein?", fragte sein Vater den Kellner, forderte seinen Sohn dann mit einer Handbewegung auf, alles über die nächsten Angriffe, wie er es nannte, gegen die Kameradschaft zu berichten; so als ob Cord allein damit den Makel beseitigen konnte, dass er seinen Vater in ein italienisches Lokal bestellt hatte.

## 37
### Die Blumen des Bösen

Als die Tür aufschwang, kamen die Bilder. Schwarzweiß, grob gekörnt, und Romys Gesicht wurde heiß. Aber sie konnte die Konturen der Bilder nicht scharf stellen.

Romy trat in den Schacht, und ließ ihre Finger an den unverputzten Wänden entlang gleiten, bis sie den Lichtschalter fand. Als die Helligkeit aufflammte, blickte sie nach oben. Hier verlief der Kabelbaum weiter aufwärts.

Eine Stahlwendeltreppe, in der Mitte etwas, was sie an Feuerwehrstangen erinnerte.

*Das verschwundene Zimmer ist kein Zimmer.*

Die Treppe war so stabil, dass sie unter ihren Schritten nicht vibrierte. Stockwerk um Stockwerk stieg sie an türenlosen Wänden vorbei.

Fünf Stockwerke später, die Treppe führte weiter zu einer Dachluke, war eine Wand mit einer Tür. Sie drückte dagegen, an den Rahmen, und ließ wieder los. Lautlos schwang die Tür auf.

Und Romy betrat ihre richtige Wohnung, über den Dächern von Hamburg, durch den Spiegel an der Wand eines Kleiderzimmers.

Sie trat über die Schwelle, schritt durch das Kleiderzimmer, das an ein großes Schlafzimmer grenzte, das Bett direkt an der Terrassentür.

Sie legte sich auf das Bett. Weiße Baumwolle, unordentlich zerwühlt, als wäre sie an diesem Morgen erst aufgestanden. Romy sog ihren Geruch ein. Jasmin. Mandelkekse. Apfelsaft.

*So rieche ich?*

Das Schlafzimmer ging in ein Arbeitszimmer über. Zwei

Computer, Drucker, Scanner saugten jenen teuren Strom, den sie bis hierher verfolgt hatte. Die Wände rundherum mit Bücherregalen bis unter die Decke, eine mit rotem Leder bezogene Ottomane in der Ecke. Gelebte Unordnung, Zeitschriften, Zeitungsausrisse, eine Pinnwand, Aktenordner. Sie zog einen aus der Mitte heraus. „Scientology Hamburg" war auf den Rücken geschrieben. Sie öffnete den nächsten. „Bahnhof Melle". Den übernächsten. „Neofaschisten Guben."

„Ich weiß nichts, das können sie mir glauben Herr Kommissar", flüsterte sie in den Raum hinein, in dem es an Bildern nur Blumengemälde gab, und etwas, was sie als einen echten Matisse identifizierte.

Im Wohnzimmer ein langer Tisch mit acht Stühlen, verschimmelte Früchte in einer Schale, teilweise zu bittergrünem Staub zerfallen. Sie trug die Schale in die Küche. Sie öffnete den Kühlschrank. Senf, Käse, alte Eier, Käse, der sich an den Ecken schwitzend hochgebogen und dann zusammen gezogen hatte. Sie schaute ins Eisfach. Fünf Flaschen Gin.

Sie trat wieder an die Pinnwand und musterte die Zettel und Bilder. Berührte sie. Roch an ihnen. Unter den Fotos, die so aussahen, als seien es Vergrößerungen, standen Namen. „Sieger, Ackermann, Slomann, Pihl, Teixera" las sie leise vor, doch keiner dieser Namen sagte ihr etwas. „Jane Sjögran, Dr. Rust." Wer waren diese Leute? Sie nahm die Fotos ab und schaute auf die Rückseite. Nichts. Luka Larsson. Ein Gesicht im Schatten. Aber diese Augen … kalte Augen. Kalt und alt. Kupferaugen.

Eine Adressenliste hing zusammen geheftet an der Pinnwand. Als sie die Adressen durchging stellte sie fest, dass es alles gynäkologische Praxen oder Kliniken waren, die sich mit In-Vitro-Schwangerschaften beschäftigten.

Ihr fiel Gretchen ein, die blonde Wüstenkönigin.

Romy fuhr den Computer hoch. Im Verlauf des Webbrowsers würde angezeigt sein, welche Seiten sie vor fünf Wochen besucht hatte. Doch sie scheiterte bereits daran, dass auf dem Monitor ein Fenster erschien, was sie aufforderte, ein Passwort einzugeben.

Natürlich wusste sie es nicht.

Nicht ein Spalt ihrer Erinnerungen öffnete sich.

*Hier lebe ich. Lebe ich? Bin ich hier? Und was ist, wenn alle nur sagen, ich sei Romy Cohen, aber vielleicht bin ich eine andere, und Cohen längst tot. Vielleicht bin ich ganz woanders.*

Sie entdeckte den Laptop. Doch als sie ihn einschaltete, war es nach einigen Sekunden genauso: Passwort.

Das taube Gefühl in ihrem Kopf strömte durch ihre Arme, durch ihren Bauch, schmiedete ihre Füße an den Boden. Sie sah den Wolkenbergen zu, die einer wuchtigen Armada gleich über den Himmel zogen. Wie die letzten Lichtstreifen auf den Häusern verblassten, und die Farben von der Nacht verschlungen wurden.

Sie sprang von dem durchgesessene Lederstuhl auf, und riss alle Schubladen auf, fand Quittungen und Notizbücher, alte Kalender, einen Waffenbesitzschein, der auf eine Walther PK ausgestellt war, Aufnahmegeräte, Peilsender, Fotobatterien, Speicherkarten, USB-Sticks, und ein Fotoalbum. Ein abgeschabter, rauer roter Ledereinband. Sie kniete sich auf den Boden und öffnete ihn.

Es war kein Bilderalbum. Es war das Tagebuch der Romy Cohen, und es endete an dem Tag, als ihre Eltern gestorben waren. Sie las die Einträge, und gab nach drei Seiten auf, als die junge Romy davon schrieb, wie es war als sie mit 15 das erste Mal mit einem Mann geschlafen hatte: *„Wie viel noch von der Lust übrig bleibt, wenn es schon vorbei ist. Wie wenig*

*Liebe in der Luft liegt, wenn er mich ansieht, und ich liebe ihn auch nicht, ich will, dass er mich liebt, oder wenigstens so tut, sagte er nicht, er kenne sich damit aus? Und sind Hass und Lust nicht ein kompatibleres Paar, als die Liebe, die vergeht, danach?"*

Sie kam sich wie eine Spionin vor, die fremde Post las.

Aus dem Augenwinkel nahm sie etwas Totes wahr, das einst lebendig gewesen sein musste.

Ein vertrockneter Strauß Blumen in einer Glasvase. Sie erkannte an den Samenkapseln, neben den zu Staub gewordenen Blüten, dass es Mohn gewesen sein musste.

Die Blumen des Bösen, am Rand eines Schlachtfeldes.

Ein ohrenbetäubendes Klingeln drang durch die Räume.

Romy hastete in den Flur, fixierte den Monitor, dessen Kamera einen Mann im Smoking aufnahm. Nur ein Impuls, der Daumen auf dem Türsummer. Er hatte Mohnblumen dabei.

Sie lief durch das Kleiderzimmer, durch die Spiegeltür, umarmte die Stahlstange mit Armen und Beinen, kreuzte die Knöchel, und ließ sich ohne zu zögern fünf Stockwerke an ihr herab gleiten.

Dann lief sie zur Tür, riss sie auf, zog den Mann am Kragen seines Mantels hinein, presste ihn an die Wand und drückte an zwei Vitalpunkten gleichzeitig; an seiner Halsschlagader und in seinem Nacken. Er rutschte bewusstlos an der Wand herab.

Dann schloss sie leise die Tür. Die Blumen mussten ins Wasser.

## 38
## Die Schuld

Eine Samstagnacht, mild, Luft wie ein Streicheln. Teenager in Pickups auf den Straßen und Plätzen vor den Supermärkten und Malls, Lichter, die sich auf dem Asphalt spiegelten, ein Date mit einer schönen Frau, und dann … Der Sommer 1993.

Sehr junge Teenager in einem dunkelroten Pickup, die aus einer Ausfahrt auf die Straße gekullert waren, erschrocken vom Motorradfahrer, der von links kam, den Motor abwürgten und stehen blieben. Quer über der Fahrbahn. Er war ausgewichen, das Motorrad kippte, und sein Rücken traf auf einen Leitplankenfuß. Ben Martin hatte die Rücklichter des Pickups kleiner werden sehen, als sie davon fuhren, und gewusst, er würde nie wieder tanzen. Es war sein letzter Sommer gewesen. Sie hatten rasch gearbeitet, und einen Bruch unter seinem Lendenwirbel lokalisiert. Ein Titankörbchen überbrückte die zertrümmerten Wirbel. Der spinale Schock hatte sechs Wochen gedauert. Dann waren sie sich sicher: Er würde seine Beine mit 88-prozentiger Sicherheit nie mehr von selbst bewegen können.

Er hatte in dieser Zeit alles gehasst. Die Pfleger, die ihn wendeten, damit er keine Druckgeschwüre bekam. Die Schwestern, die seinen Katheder setzten. Die Ärzte, die ihm kaum in die Augen sahen wenn sie ihren Assistenten diktieren, wie sie „In diesem Fall" weiter vorgehen sollten.

In diesem Fall.

Dr. Benjamin Martin, Doktor der Inneren Medizin, war ein Ehemaliger geworden. Ehemaliger Internist, ehemaliger Motorradfahrer, ehemaliger Liebhaber, ehemaliger Tänzer. Ehemaliger Mann.

Zu seinem Date an diesem Abend kam es nie mehr. Er sah Louise, genannt Lulu, erst wieder, als sie bereits mit Ian Macmillan verheiratet war. Ein Doktor.

Sein Freund.

Louise fiel es, obgleich sie dachte, Ben Martin zu lieben, schwer, bei ihm zu bleiben.

Wie sie ihn geliebt hatte. So sehr. So gern hätte sie ein Kind von ihm gehabt. Aber da war Ian, und sein Trost, seine Kraft, seine Klugheit. Und er hatte ihr all das gegeben, wovon eine junge Frau träumt. Geschenke, ein Haus, eine Zukunft.

Und er konnte aufrecht gehen.

Ben Martin sah wieder auf den Brief, den er an Romy schrieb. Ob er ihn abschickte, war eine Frage, die er nicht beantworten mochte.

„Ja, ich hab mir das Motorrad von den Samenspenden gekauft. Ja. Mit der Maschine, mit der ich mir die Beine abgefahren habe.

Ist dir das nicht Strafe genug?

Es war doch allen geholfen gewesen, so hatte es sich angefühlt. Ich bekam Geld, Frauen bekamen eine Familie.

Was soll ich deiner Meinung nach tun – soll ich mich auf die Suche nach meinen Kindern machen? Es sind nicht meine Kinder! Es sind die Kinder dieser Frauen! Ich habe kein Recht …"

Als er dieses Wort getippt hatte, hielt er inne.

Was wäre, wenn. Wenn er Söhne und Töchter hätte, die so aussahen wie er. Die gehen und springen und lachen könnten. Sie wären jetzt … wie alt? 14, 15, vollpubertär, anstrengend.

Ben Martin dachte daran, wie er gewesen war, in dem

Alter. Er hatte heimlich geraucht und sich in eine 20 Jahre ältere Französin verliebt, die ihn „mon bon sauvage" genannt hatte, mein edler Wilder. Weil er so wild nach ihr war, und weil er ihre strenge Erziehung genossen hatte, der er sich unterwarf. Wie ein Mann sich anzog, wie ein Mann sich bildete, wie ein Mann tanzte, rauchte, und vor allem, wie er liebte. Sie verlangte von ihm, dass er sich bilde, mit Kultur und Musik, in Politik und dem edlen Wissen um die schönen Dinge des Lebens.

Als er 18 geworden war, hatte sie ihre Erziehung und ihre Affäre beendet.

Ben Martin wünschte sich, für seine imaginären Söhne, dass sie ebenfalls eine ältere Geliebte hatten und dies zu schätzen wussten.

Hätte er doch wirklich einen Sohn. Seinen.

Er schloss die Augen und stellte sich vor, dass es da draußen einen Jungen gab, der so aussah wie er. Was liest er? Worüber hat er gelacht? Mag er Fische? Will er Motorradfahren lernen? Was träumt er, hat er Freunde, mögen sie ihn?

Als es klingelte, wusste er, dass sein Besuch aus Boston da war.

Ian Macmillan und seine Frau. Luise.

Er wusste, noch bevor er die Tür öffnete, dass es schwer werden würde, Louise anzuschauen und dabei nicht daran zu denken, dass der letzte Sommer seines Lebens 16 Jahre her war.

39
**Ein Engel fällt**

Romy zog dem bewusstlosen Mann den Mantel aus, die
Schuhe, Strümpfe, die Smokingjacke, die Fliege und be-
gann, sein gestärktes weißes Hemd aufzuknöpfen. Zart ge-
bräunte Haut, Muskeln und eine Tätowierung, die die linke
Brustseite wie schwarze Flammen bedeckte. Unbekannt.
Sie roch an ihm. Er roch gut. Nur etwas nach Farbe.
*Dieser Körper gehört in ein Bett.*
Sie schleifte ihn an den Füßen über die Bohlen, seine
Smokinghose bekam weiße Staubflecken. Als sie ihn aufs
Bett rollte, fiel ihr Blick auf die immer noch geöffnete Truhe
mit den Sexspielzeugen. Sie hob die Handschellen mit Sva-
rowskisteinen hoch. Und entschied sich doch für die Le-
dermanschetten mit den Karabinern, um seine Hände an
das Kopfende zu fesseln, die Füße umschlang sie mit den
Seilen, und verknotete die Enden mit den Füßen des Betts,
bis seine Beine gespreizt waren. Zum Schluss schob sie ihm
den roten Gummiball mit dem Loch zum Atmen zwischen
die Lippen, schloss den kleinen Gürtel hinter seinem Kopf.
Zog fest zu.
Romy ging in die Küche, um ein Messer zu holen. Sie
setzte die Spitze über seinem linken Auge an, und begann
zu warten.

Die Zehen des Mannes begannen zu zucken. Sein Körper
bereitete das Erwachen vor. Muskeln warteten auf Befehle.
Seine Lider vibrierten. Dann schlug er die Augen auf.
„Ruhig", raunte Romy. „Ganz ruhig. Du bist gefesselt.
Ich werde dir das Wasser aus der Toilette durch das Loch in
dem Gummiball gießen, wenn du nicht still bist. Du weißt,

wie viel Flüssigkeit ein Mensch aufnehmen kann, ohne dabei umzukommen? Nein? Erstmal fünf Liter. Dann wirst du dich übergeben. Falls du nicht an ihrem Erbrochenem erstickst, werde ich nachladen, bis dein Bauch aufquillt, die Nieren kollabieren, deine Blase platzt und der Magen sich soweit ausweitet, dass er die Milz zerdrückt. Du wirst nicht mal Zeit haben, Mama zu rufen. Also. Ruhig. Bitte. Sei nett zu einer Lady.“

Der Mann sah aus blauen Augen zu ihr auf, sie verrieten Intelligenz, Wachheit. Er zwinkerte mit beiden Augen um ihr zu verstehen zu geben, dass er einverstanden sei.

„Drei Spielregeln“, sagte sie. „Keine Fragen, nur Antworten. Keine Schreierei. Und wenn ich dich beim Lügen erwische, schneide ich dir die Augen raus. Einverstanden?“ Romy nahm dem Mann den Gummiball aus dem Mund.

„Das war eine Frage, sag: Ja, ich will.“

„Ja, ich will.“

Romy verlagerte ihr Gewicht nach hinten, sie saß breitbeinig auf seinem Becken und schaute auf ihn herab. Sie sahen sich an, die Sekunden streckten sich aus, sie forschten im Gegenüber, sie las in seinen Augen ein Leben, in dem viel passiert war, was weh tat, und vieles, was er überlebt hatte, weil nichts ihn brechen würde.

„Name?“

„Gabriel.“

„Funktion?“

„Frag dein Gewissen, mon pavot.“

Sie schnitt ihn in sein Tattoo. Er stöhnte auf.

„Schlechter Zeitpunkt für eine Predigt, Engelchen. Beruf?“

„Maler.“

„Obst und Gemüse?“

„Porträts, Akte, Blumen."

„Die Mohnblumen sind von dir? Nett. Du liebst das Malen?"

Sie führte seinen kleinen Finger über die Messerscheide.

„Ich brauche es."

„Wie sehr?"

„Mehr als alles andere."

„Und was ist das andere?"

„Du."

Sie schnitt ihn. Seine Pupillen zogen sich zusammen.

„In welcher Beziehung stehen wir?", fragte sie.

Er überlegte. „Konkurrenten, die miteinander schlafen wollten."

„Wollten? Weil wir uns lieben?"

„Weil wir uns respektieren." Sein Blick, offen, sein Mund hatte sich zu einem Lächeln verzogen, in dem ein Hauch Spott lag.

„Romy, Romy, mon petit pavot, ich weiß nicht, was sie mit deinem Kopf gemacht haben, aber mir war es lieber, als du wusstest, dass wir aus demselben Holz geschnitzt sind."

*Faules Holz. Hohles Holz. Holz mit Würmern.*

Gabriel beobachtete sie. „Deine *Dim Maks* funktionieren wenigstens noch", stellte er fest. Er zog leicht an den Fesseln.

In ihrem Kopf schaltete sich eine flirrende Synapse des Verstands ein. Der rationale Teil ihres Gedächtnisses öffnete seine Ablagen so zuverlässig wie ein Lexikon. *Dim Mak*, die indisch-chinesische Kampfform, die auch *Kyoshu-Jiutsu* genannt wurde, und mit *Tai Chi Chuan*, und *Chin Na*, dem Angriff von Gelenken, einherging. Eine tödliche Akupressur mit Fingern, Ellenbogen, Fäusten, Handkanten, auf die 108 Vitalpunkte des menschlichen Körpers, unter denen sich Nervenzentren und zentrale Blutgefäße befanden. Akupunktur auf diese Punkte konnten heilen. Ein punktgenauer Stoß Töten. Lähmen. Fontanelle, Schläfen, Augenbrauen, Nasenwurzel, Waden, Kinn, Schilddrüse, Leisten, sogar ein bestimmter Griff in die Achselhöhle war tödlich. Die japanischen Ninja nannten es *Atemi* te, der leise Tod, mit dem jeder Angreifer lautlos bewegungsunfähig gemacht werden konnte. Und das sogar von Frauen.

Romy sah auf ihre Hände. Sie sahen so nett aus. Die jungen Männer in der S-Bahn hatten Glück gehabt. Sie hätte sie töten können. Aber sie hatte es nicht gewollt.

„Ja", antwortete sie Gabriel mit Verspätung. „Mag ich eigentlich Hunde, oder Katzen?"

„Keine Ahnung. Was hat dir in Beirut besser geschmeckt?"

Beirut? Sie hatte doch studiert. Sagte Ben Martin. Was konnte man in Beirut studieren, außer den Tod und die Willkür?

*Je mehr Fragen ich ihm stelle, desto mehr wird er wissen, dass ich nichts weiß. Nicht gut. Nicht gut.*

Sie ging zu dem Mann, bestieg seinen Bauch und beugte sich vor. „Glaubst du an ein Leben nach dem Tod, Maler Gabriel?"

Ihr Atem streifte seinen Mund, seine Wange, seine Schläfen. Ihre Hand lag locker auf seinem Bauch, fuhr sanfte Kreise über seiner Gürtelschnalle. Sie sah seine Gänsehaut wachsen. „Nein."

„Ich glaube aber an ein Leben vor dem Tod", flüsterte sie und drückte den Punkt über seiner Halsschlagader.

# 40
## Eine Frauenhandschrift

Fabienne hatte die flache Suppenterrine mit einem ange-
schlagenen Teller abgedeckt. Wenn Fräulein Cohen sagte,
sie kommt, dann kommt sie. Nur wann, das sagte sie nicht
so oft, aber so waren sie eben, diese jungen Frauen.

Obgleich Fabienne spürte, dass ihre Nachbarin nicht so
war wie andere junge Frauen. Immer so ernst. Immer so
höflich. Aber wenigstens sprach sie ausgezeichnet Franzö-
sisch. Was Fabienne sonst nur mit ihrer Katze Lunette
sprach, eine schwarze Katze mit zwei weißen Ringen um
die violettblauen Augen.

Fabienne schob den Schuhkarton mit den Briefen, die
sie aus Romys Postkasten im Flur geholt hatte, hin und her.
Stellte ihn exakt auf Linie mit der Tischdecke mit dem alten
Bauernmuster der Auvergne, und schlang sich dann den
groben, rosa Fransenschal fester um die Schultern. Ihr Knie
schmerzte. Das Wetter würde sich ändern. Bald. Es war so
furchtbar kalt.

Das Klopfen an ihrer Tür klang zaudernd. Mit den vor-
sichtigen Schritten einer bald 83-jährigen Frau ging Fabienne über den abgeschabten Flurteppich und reckte sich
hoch zum Türspion.

Da war sie ja. Fabienne entfernte die Türkette, drehte
zweimal den Schlüssel nach links und öffnete Romy Cohen
die Tür.

Lunette lief lautlos zwischen ihren Beinen entlang und
schmiegte sich an Romys Beine, als wollte sie sich wie ein
Fellkragen um ihre Wade legen.

„Entschuldigen Sie, bitte …", begann Romy, aber Fabienne winkte ab „C'est bon. C'est une bonne heure, veri-

table, je m'aime la nuit." Romy sah sie an, als verstünde sie nicht.

„Was ist los, mein Kind?", fragte Fabienne jetzt auf singendem Deutsch.

„Ich weiß nicht, wer Sie sind", gestand Romy.

„Oh!"

„Ich habe mein Gedächtnis verloren."

„Ah?"

„Gibt es noch Suppe?"

„Oui, obligeé!"

Sie nahm Romy bei der Hand, zog sie hinein, schloss die Tür sorgfältig dreimal ab, und winkte sie in die Küche hinein. „Komm, ma petite, komm."

Während Fabienne die Suppe aus der Terrine in einen alten, tausendfach polierten Kupfertopf umfüllte, schob sie ihr den Karton näher. „Deine Post."

Romy nahm den Karton und zog die Briefe heraus. Öffnete sie. Las. Fabienne wartete schweigend, als Romy die Suppe löffelte, ihre Wärme inhalierte, und auf einen kurzen Brief starrte. Geschwungene Sätze auf Schwedisch. Eine Frauenhandschrift, befand Fabienne, und es musste etwas Schlimmes sein. Sonst hätte Romy nicht vergessen, Bon appetit zu sagen.

Romy Cohen las die wenigen Worte immer wieder durch: *„Sie hatten Recht. Es geschehen hier seltsame Dinge. Bitte melden Sie sich. Ich glaube, man weiß, dass ich es weiß. Ihre Jane Sjögran."* Das Problem war nur, dass der Brief vier Wochen alt war, und ohne Absender.

Daneben lagen Briefe von einer ganz anderen Frau. Der letzte war fünf Wochen alt, der älteste acht Wochen, Landesstempel aus Boston, Göteborg, Oxford, Barcelona und – Hamburg.

Es waren Briefe von Romy Cohen an Romy Cohen.

Es stimmte nicht, was Ben Martin gesagt hatte. Sie hatte nicht alles immer nur im Kopf. Sie schickte Briefe an sich selbst, an die Adresse von Fabienne. Jede Woche einen, über das, was sie erfahren, bewiesen, recherchiert, vermutet und gefunden hatte.

Aber was sie jetzt las, machte sie stumm. Wie hatte Ben Martin es genannt – das Geschäft mit der Verzweiflung? Sie hatte ein zweites Lebensborn-Projekt aufgedeckt. Sie hatte systematisch alle möglichen Spuren von Spendersperma zurückverfolgt, und einige hatten den Umweg über Moholm und den Nordischen Kreis und seiner Freunde genommen.

Und Cord Heller war beim Staatsschutz. Doch er verriet den Rechten zuviel. Linke Ratte.

Nur über die letzte Woche, die entscheidende Woche, kurz vor dem ersten Mal, als sie starb ohne zu wissen, wer sie ist; kein Brief aus dieser Woche. Nur diese Worte: *Blut ist dicker als Wasser. Luka Larsson. Er vertraut mir. Wieso? Und wieso vertraue ich ihm – wenn ich ihn ansehe, sehe ich mich, die schlechteste Version meines Ich, meinen Schatten. Nur kleiner. Ich habe Angst, dass er mich tötet, damit ich ihm ganz gehöre.*

Sie sah auf und begegnete den grauen Augen der Französin, die in Schönheit gealtert war. Unzählige Lachfältchen. Romy wollte auch solche Fältchen haben, und sie wollte alt werden. Alt und vielleicht sogar irgendwann glücklich.

„Habe ich je erzählt, was ich arbeite?", fragte sie Fabienne.

Die Französin nickte. „Du bist Assistentin dieses bekannten Journalisten, Liebes", sagte sie.

„Beim BND hattest du keine Zukunft mehr gehabt, sagtest du."

# 41
**Pandoras Herz**

Nachdem sie die Fesseln kontrolliert und Gabriel ein Seidentuch zweimal gefaltet über sein Gesicht gelegt hatte, drückte Romy gegen den Spiegel, ging durch die gefundene Tür, diesmal nach unten. Sie gelangte in eine Garage, und schaltete das Licht ein.

Der Wagen war niedrig, schwarz, und sah schnell aus. Ein Jaguar XJS12, über 15 Jahre alt. Sie sah ins Innere. Der Schlüssel steckte. Sie zog die Tür auf und glitt hinein. Der Geruch von Leder und Holz umfing sie, sie schloss für einen Moment die Augen. Dann langte sie vom Fahrersitz rüber und öffnete das Handschuhfach. Zwei Handys fielen ihr entgegen, und mehrere Prepaidkarten. Sie ließ die Hand tiefer in das Fach gleiten. Taschenlampe, Handschellen. Sie öffnete die Mittelkonsole. Lakritz und eine Fernbedienung, für das Garagentor. Sie entdeckte den falschen Boden in der Konsole, und schob ihn beiseite.

Ein Totschläger, den sie über die Faust ziehen konnte. Ein Fernglas. Stift, Papier, Digitalkamera, Klebeband, eine Packung Kabelbinder, Schmerzmittel, Antidepressiva. Schon wieder. Sie drückte auf den Knopf für die Kofferraumklappe, und ging um den Wagen herum. Ein Koffer. Kleidergarnituren zum Wechseln, ein hautenger schwarzer Latexanzug, ein winziger Laptop, ein Bogen und sechs Stahlpfeile. Sie drückte auf die verstärkten Metallkanten des Koffers; sie öffneten sich. In der rechten Ecke fand sie ein Klappmesser, in der anderen einen Wurfstern.

Dann schob sie die Verkleidung zurück, fand nur das Reserverad und Werkzeuge, und fuhr mit den Fingerspitzen die Verkleidung ab, bis sie den Mechanismus gefunden hatte. Zwei flache Schubladen schoben sich heraus, beide gerade so tief, dass sie ein Schwert, und einen kurzen Kendostock aufnehmen konnten. Sie nahm das Schwert, das magnetisch in der Schublade vor dem Hin- und Herrutschen geschützt war. Dann zog Romy eine der Wechseltangas aus dem Koffer, warf ihn hoch, und ließ ihn über die Scheide des Schwerts fallen. Er zerfiel in zwei Stücke wie eine Rauchfahne, die vom Wind zerteilt wird.

Sie schwang das Schwert durch die Luft, steckte es zurück in die Scheide, und schloss den Kofferraum.

Sie hatte sich geduscht, den Dreck und die Angst aus den Poren gewaschen, und umgezogen. Nun saß sie vor ihm im Zwielicht auf einem Stuhl, ließ einen schwarzen Pump von ihren Zehen herab baumeln, und spielte mit einer Champagnerflasche.

Gabriel. Der Erzengel. Er war jener, der eine protestierende Seele aus dem Paradies abholte, um sie während der neunmonatigen Schwangerschaft zu erziehen. Vor allem unterwies er sie in Emotionen, in Angst und Freude. Er war der Herrscher der Gefühle, der Mondseite der Logik. Und er sorgte dafür, dass Babys vergaßen, dass es das Leben nach dem Tod gab.

„Was mache ich jetzt mit dir?", fragte sie ihn.

„Am besten wäre es, du würdest mich umbringen. Du weißt nicht, wer du bist, du weißt nicht, wer ich bin."

Nur seine Augen wurden von einem verirrten Licht bestrahlt. Sie durchdrangen die Dunkelheit wie das Feuer eines Leuchtturms.

Sie stand auf, und streifte sich die schwarzen Pumps ab. In der Hand hielt sie noch die Champagnerflasche. Sie stellte sie zwischen seine gespreizten Beine auf das Bett, schob sie bis an seine Hoden. Er konnte nur Romys sehnige Silhouette sehen. Graue Nacht. Aber das Geräusch, das dann folgte, kannte er. Unwillkürlich richteten sich die Härchen auf seinen Unterarmen auf. Es war der Klang einer geschmiedeten Klinge, die aus der Scheide gezogen wird.

„Wie sagtest du vorhin, Gabriel, Heiligster aller Geister, Herr über das Wasser, Verkünder von Gottes Sohn: Ich bin langsamer geworden?" Romy Cohen stellte sich neben das Bett, holte aus, die Klinge blitzte auf wie ein Sternenschweif, und er spürte, wie es in seinem Schritt kalt und nass wurde. Sie hatte den Korken der Flasche abgeschlagen! Der Schaumwein ergoss sich sprudelnd zwischen seine Hoden, die auf Murmelgröße geschrumpft waren. Er atmete stoßweise. „Gibt's keine Gläser mehr?" Er versuchte, ihr Gesicht zu erkennen. Doch er sah nur ein Teil ihrer Wange, den Mund, wie er jetzt eine Zigarette aufnahm, die Romy in Gabriels Manteltasche gefunden hatte, und in Brand setzte. Ihre eine Mundhälfte, die saugte. Ihre Augen blieben im Dunkeln. Rauchgeruch. Er begann zu schwitzen.

„Gabriel, ich hatte einen klugen Therapeuten in Göteborg. Er sagte, dass ich mit meinen gefühlten Erinnerungen auch meinen moralischen Kompass verloren habe. Das bedeutet, dass ich das Wort Gnade nicht kenne. Dass es mir gleich ist, wie du dich fühlst. Für mich zählt nur, ob du die Wahrheit sagst. Für alles andere gibt es meine kleine Freundin hier." Sie schob das Schwert wieder in die Scheide.

„Du hast sie Pandora genannt".

Sie konnte seinen Mund nicht sehen, nur seine Augen. Dieser Mann hatte keine Furcht vor dem Tod, als schiene er sich bereits arrangiert zu haben. Aber er fürchtete sich vor Schmerzen. Gut.

„Pandora, die Büchse, vor der immer gewarnt wurde. Du

hast vermutet, dass Pandoras Box deshalb gehütet werden musste, weil sie dort drin all das geschrieben hat, was Männer Frauen angetan haben, um sich ihrer zu bemächtigen."

„Weiter."

„Du hasst es, wenn man dich Rose nennt, so hat es dein Vater getan. Du hast ihn gehasst, denn er tötete deine Mutter."

Wieder das Geräusch, als ob Luft durchschnitten wurde. Er spürte den Zug über seinem Schenkel. Der Flaschenhals war ein Zentimeter kürzer. Das übernächste Mal würde sie ihm die Beine auftrennen und den Schwanz abschneiden.

„Eine Lüge."

„Es ist die Wahrheit. Warum er es tat, weiß ich nicht."

„Wann soll ich dir das erzählt haben. In Beirut, als wir beim Katzenabendessen saßen?"

„Nein. In der Totenkirche von Sedlec. Wir saßen dort in dieser böhmischen Kapelle, umringt von 40.000 Gebeinen, die dort als Dekoration der Innenausstattung dienten, und haben gesucht. Wir suchten einen Toten, von dem du dachtest, dass er unter den jahrhundertealten Gebeinen versteckt sein sollte, aus denen Kronleuchter und Kruzifixe, Taufbecken und Portale geschreinert wurden. Wir fanden ihn. Teilweise. Seine Beckenschaufel bei den Messbechern, seinen Kopf in einem Beichtstuhl."

„Was haben wir dort gemacht?"

„Ich bin ein Söldner. Ich mache, was man mir sagt. Ich kümmere mich um gute Menschen, böse Menschen, halbtote Menschen, völlig egal. Du machst dagegen Lebendbeute. Du willst, dass sie bestraft werden, und nicht mit dem Tod erlöst. So wie sich dein Vater aus der Verantwortung geschlichen hat. Du hasst es, wenn jemand stirbt und sich aus dem Staub macht."

„Du kennst mich, denkst du? Wer bist du, mein ausgelagertes Gehirn?"

Wieder wusch diese Schuld durch ihre Brust. BND. Was hatte sie dort getan? Legendenbildung, Tarnpapiere, Sekretärin? Übersetzerin? Sie konnte Russisch und Chinesisch.

„Du jagst die Bösen und sammelst Informationen, ich sammele hauptsächlich viel Geld."

„Du bist ein Killer."

„Wenn man es so sagen will."

„Du tötest für Geld."

„Für was sonst, Ruhm vielleicht?"

Romy Cohen beugte sich im Stuhl vor. Das Schwert ritzte über das Laken und hielt kurz vor seinem Schritt inne.

„Sollst du mich liquidieren?", fragte sie.

„Ja, meine Blume."

Sie hob das Schwert, ließ es auf den Mann niederkrachen, viermal. Dann warf sie das Schwert achtlos zur Seite und lehnte sich an die Wand.

„Dann tu es doch endlich."

Gabriel zog leicht Füße und Hände an. Sie hatte die Lederfesseln und Seile säuberlich durchtrennt. Seine Finger fühlten sich taub an, sein Nacken schmerzte, und doch gelang es ihm, sich aufzusetzen, zu ihr zu gehen, nur Millimeter vor ihrem Körper inne zu halten. Seine Hitze drang ihr bis unter die Haut.

„Irgendwann", sagte Gabriel. „Nicht heute."

Er nahm ihre Fingerspitzen in die Hand und küsste die vernarbten Kuppen. Dann küsste er sie auf die Stirn. Auf die Wange. Auf den Mund.

„Vielleicht nie."

„Du wirst es nicht schaffen", flüsterte sie, und legte ihre Hand auf sein Herz.

„Ich gebe dir einen Vorsprung. Wir hatten es so vereinbart. Wenn es eines Tages gegeneinander geht, wollten wir uns einen Vorsprung geben."

*Will ich sterben?*

*Ja. Und zwar endlich ganz.*

„Ein ehrenhaftes Versprechen."

„Ich habe es dir versprochen. Du hältst nichts von Versprechen, mon pavot."

Aus zwei Schatten an der Wand wurde einer, als sie sich ineinander klammerten.


Als sie sich Stunden später schweißnass voneinander lösten, war es Romy, als hätte sie sich an ihm satt getrunken.

Sie trieben an diesem späten Tag auseinander wie zwei Flöße in der Mitte eines Flusses, der nicht weiß, wohin die Reise geht, nur dass er sie machen muss.

Romy nahm die Briefe an sich selbst, und machte sich auf den Weg in den Freihafen, zum Argentinienkai.

## 42
### Des Menschen Nutzlosigkeit

Als es ein drittes Mal an dem Abend klingelte, wusste Ben, dass es Romy sein musste.

In ihrem Gesicht hatte sich ein anderer Ausdruck niedergelassen. Gefasst. Und doch fassungslos.

Elsa stellte für sie ein weiteres Gedeck auf den Tisch.

Sie hatte lange geschwiegen, und Ian Macmillan beobachtet. Luise, wie sie mal den Blick des einen Mannes, ihres, und dem von Ben aufzufangen suchte.

„Nach dem Glauben der griechischen Mythologie ist der Mensch jedenfalls völlig unnütz. Er hat nicht eine einzige Aufgabe, und vertreibt sich deshalb sein Leben mit Unsinn".

Ian MacMillan blinzelte zu Romy, und widmete sich dann wieder seinen Kartoffeln. „Golf, Malerei, Sex, Krieg, Wissenschaft."

„Und siehe, gib jedem Tier eine Aufgabe, sprach der Herr", antwortete Romy. „Katzen fangen Mäuse, Vögel essen Mücken, Fische reinigen das Meer. Jedes Tier und jede Pflanze hat seinen Platz im Kreislauf des Lebens. Zeus erfand den Mann, Hera die Frau. Männer ziehen in den Krieg, Frauen kriegen Kinder. Und sonst? Wozu sonst sind Menschen da, Doktor? Der Mensch fängt keine Mäuse, produziert keinen Sauerstoff, dient keinem als Futter und hält sich selbst zum Narren. Als Aufpasser der Welt haben wir versagt. Das überflüssige Spielzeug Mensch, ohne ersichtlichen Sinn existent, außer sich fortzupflanzen.

Aber selbst das ist inzwischen überflüssig. Inzwischen gibt es künstliche Gebärmutter-Nachbauten, damit man den schlanken Frauen das Zunehmen erspart, und künstliches Sperma, hacgbeaut im Labor wie Venedig in Vegas.

Was machen also eigentlich Leute wie Sie: Nehmen Sie uns nicht das letzte bisschen Aufgabe und Lebenssinn ab?"

Sie hatte die letzten Fragen gestellt, mit einem Seitenblick auf die behinderten Zwillingsmädchen von Elsa und Roman, die eine Intelligenzübergreifende Sprache aus Händen, Füßen, Grimassen und Lauten bildeten.

„Entschuldige Ian, Menschen mit emotionalem Gedächtnisverlust sind extrem unhöflich, sie erinnern sich nicht mehr an ihre Erziehung", sagte Ben Martin.

„Wenigstens hat Hera Zeus übertrumpft, als sie die Frau schuf", mischte sich Luise ein. Ihr Mann ignorierte sie.

Romy intervenierte mechanisch. „Wenn wir davon ausgehen, dass es einen Gott gibt und er den Menschen nach seinem Ebenbild schuf – nun, dann hat der Mensch natürlich nur eine Aufgabe: Schöpfen. Schöpfen und strafen. Und jetzt machen wir uns eben selbst, ersparen der Frau die Last der Zeugung, verpassen ihr eine künstliche Plazenta und eine künstliche Schwangerschaft, künstliche Männer und Freunde im Internet, und irgendwann wird Sex nur noch im Glasschüsselchen stattfinden. Und was machen wir dann? Womit beschäftigt sich der Mensch dann, außer sich umzubringen oder die Welt auf Null zu stellen?"

„Origami?", schlug Luise vor.

„Ich werde Sie nicht bekehren, Frau Cohen – aber wenn Sie zugeben, dass der Mensch sich fortpflanzen soll; nun, ich enthebe ihm nicht dieser Aufgabe. Ich sorge nur dort für Anschluss, wo es gerade nicht ganz funktioniert."

„Es ist noch Boeuf Strindberg da", erwähnte Ben Martin.

„Sehen Sie, Cohen, vor 20 Jahren war ich auf Cocktailpartys und musste mir anhören: Wo ist bei den Designerbabys die Seele? Heute gehe ich auf Cocktailpartys, wo die Hälfte der Gäste Kinder aus dem Reagenzglas haben. Alles ändert sich. Und Sie bewerten den natürlichen Vorgang viel zu hoch, Frau Cohen."

„Sie meinen Sex."

„Ich finde Sex auch wichtig", sagte Luise.

„Sicher, Darling", sagte Ian, „Ich finde das auch."

„Jemand Kaffee?" Ben Martin gefiel dieses Gespräch nicht.

„Ich hätte gern einen. Weiß, bitte", sagte Luise.

„Die Gefühle beim Sex haben Einfluss auf die Zeugung", begann Romy, „denn ... "

„Sie glauben diese Theorie von Magdalene Zernicka-Goetz, dieser verrückten Biologin aus England, die behauptet, dass wir eine," Ian musste lachen, „eine *Erinnerung* an die erste Zellteilung haben?!" Der Mediziner sah aus, als ob er auf ein Insekt gebissen hätte. „Nicht nur ein Geburtstrauma, sondern auch ein Zeugungstrauma? Ich bitte Sie!"

Romy sah auf die abgegriffene Ledertasche, in der sie die Briefe gestopft hatte. Magdalene. Ja. Mit ihr hatte sie auch geredet. Und alles aufgeschrieben. Und nicht nur mit ihr.

„Richard Gardner, Embryologe an der Universität Oxford, hat bewiesen, dass sich kurz nach der Empfängnis im Embryo eine Achse ausbildet und die Hemisphären aufteilt. Zeitgleich fand Zernicka-Goetz heraus, dass dieser Bauplan beibehalten wird, bis nach der Einnistung und darüber hinaus. Sie folgerte, dass die erste Zellteilung das Schicksal von jeder folgenden Zelle und vom gesamten Körpergewebe bestimmt. Und das es unseren Körper, unsere Seele traumatisiert, in verdammter Eiseskälte gezeugt, und abseits jeder menschlichen Regung in Schalen und Strohhalmen aufbewahrt zu werden!"

„Also, nein. Für eine Erinnerung brauchen wir ein Bewusstsein, und für das ein Nervensystem. Blastozyten haben das nicht."

„Und was ist, wenn Menschlichkeit mit den Emotionen bei der Zeugung beginnt, und nicht technisch-biologisch übersprungen wird? Die Seele mit der Urzelle beginnt?! Was für Sie Blasto-Irgendwas sind, sind Menschen!"

„Sie gehen da zu religiös ran", sagte Macmillan. „Zu existentiell! Diese Technologien erlauben Lebensqualität! Gesundheit! Glück für jene, die sich ein gesundes Kind wünschen!"

Die Zwillinge von Elsa und Roman hatten ein neues Spiel gefunden. Sie ahmten die Erwachsenen nach, und ihre Gesichtsausdrücke. Suse hatte besonders viel Erfolg mit Ben Martins zerfurchter Stirn, und der charakteristischen Wölbung seines Kinns, wenn er die Lippen zusammen drückte als wolle er sich einen zynischen Kommentar mit aller Macht verkneifen. Nane machten abwechselnd Romy und Luise nach.

„Wie bleiben sie eigentlich nur so dünn?", platzte es plötzlich aus Luise heraus. Romy löste sich widerwillig von der Faszination, die die Blicke zwischen Luise und Ben Martin auf sie ausübten; etwas war darin, dass erkennen ließ, dass die beiden sich näher kannten. Anders kannten.

„Französische Diät", sagte Ian Macmillan trocken. „Fräulein Cohen raucht, sie trinkt Weißwein und Wasser statt zu essen, erledigt alles zu Fuß auf hohen Hacken, und die Spezies Mann dient als Sportgerät, nicht wahr?"

„Sie unterschätzen die französischen Frauen und ihre Diät", erwiderte Romy, „Sie essen nur frische Produkte, lesen Bücher ihrer Heroinen George Sand, Colette oder Francoise Sagan, statt vor dem Fernseher zu hocken und Chips und Laborschokolade in sich hinein zu fressen – und nehmen sich den Ehemann UND den Liebhaber als Sportgerät. Oder zwei, oder drei. Sex hält schlank, klug, jung und reduziert Falten. Außerdem hält es vom Essen ab. Allerdings kommt es auch da auf die Abwechslung an."

„Abwechslung bei den Sportgeräten?", fragte Ben.

„Ach ja", sagte Macmillan. Luise strahlte.

„Sind Sie eine Feministin? So, wie Sie über all das reden … Ich meine, sehen Sie sich denn gar nicht als Mutter?"

Ben Martin hustete. Die Zwillinge kicherten.

„Feministinnen sind Frauen, die gegen Menschen sind, die gegen Frauen sind. Ich bin gegen Menschen, die gegen Menschen sind. Ich mache keinen Unterschied und finde Frauen, die Männer verachten, so lächerlich wie Männer, die Frauen verachten."

„Eine Humanistin also, idealistisch und naiv. Wenn Sie nicht gegen Menschen sind, wieso sind Sie dann gegen die Reproduktionsmedizin, die Menschen das Leben schenkt?"

„Ihr Mann ist übrigens kein Feminist, Luise", sagte Romy.

„Manchmal wünschte ich, ich wäre eine Feministin", träumte Luise laut. „Ich würde allein ins Theater gehen anstatt darauf zu warten, dass mein Mann mich einlädt, ich würde allein tanzen gehen und mir einfach einen jungen Tänzer aussuchen, und wenn ich Blumen haben wollte, würde ich zu Fuß in die Everglades gehen und mir welche pflücken."

„Das nennt sich Emanzipation, Darling", sagte Macmillan, und die Zwillinge intonierten „Daaarling" mit derselben spöttischen Usance. Ihre kleinen Gesichter, in denen sich der schiefe Ausdruck der leichten, geistigen Behinderung begann einzugraben, glühten vor Begeisterung.

Luise warf den beiden einen dankbaren Blick zu. Dann

seufzte sie. „Die armen Geschöpfe. Sowas wäre bei uns nicht möglich."

„Sowas? Was sowas?"

„Na ja … dieses … Sie wissen schon." Luise wurde rot.

„Lass doch, Lulu", sagte Macmillan. Romy bemerkte, dass er sein Haar von links nach rechts über die Glatze gekämmt hatte.

Luise wurde noch dunkler im Gesicht. „Bei uns würde man es keiner Frau zumuten, und auch keinem Kind, sein Leben so … so zu verbringen."

In Romy hakte etwas aus. „Sie reden hier von Selektion. Die Kinder sind nur leicht behindert! Was ist falsch an ihnen?"

„Ich rede hier von Güte und Ehrlichkeit. In Amerika dürfen Frauen ehrlich sagen: Nein, ich habe keine Kraft, ein behindertes Kind durchs Leben zu tragen. Und einem Kind kann man ein Leben ersparen, in dem es nur von anderen abhängig ist, und sich mit seiner Last abplagen muss."

„Nun, man erspart ihm allerdings gleich das ganze Leben."

„Was wäre es schon für eines?", fragte Luise wild.

„Ich glaube, das reicht jetzt", sagte Macmillan.

„Du kannst mich nicht dauernd stoppen, wenn ich darüber reden will, Ian", sagte Luise leise. „Du willst seit Jahren, dass ich schweige, und ich bin es müde, dir nachzugeben."

Bis auf das klickende Geräusch der Zungen der Zwillinge, die wieder begonnen hatten, sich mit ihrer Geheimsprache aus Klick- und Zischlauten zu unterhalten, war nichts zu hören.

„Sie waren schwanger mit behinderten Föten?", fragte Romy.

Ben Martin wagte nicht, sich zu bewegen.

„Ja. Ja, ja, ja! Und nicht nur einmal. Mehrmals! Als ob ich nicht anders konnte als ein missgebildetes Baby nach dem anderen zu produzieren! Ich war es so Leid, Romy, Sie können sich gar nicht vorstellen, wie Leid ich es war, immer wieder diese armen Geschöpfe aus mir heraus zu bluten, aber Sie sind jung und dünn und schön und werden Armadas von hübschen, dünnen, klugen, gesunden Kindern in die Welt pressen!" Luise schlug die Hände vor ihr hübsches Gesicht. Die Tränen liefen unter ihren Fingern hervor und zeichneten Schlieren in ihr Makeup. „Sie werden sich niemals überlegen, ob Sie einen Samenspender, eine Eizellenspenderin und auch noch eine Leihmutter haben müssen – nein, Sie haben einfach Sex und es passiert!"

Luise griff nach der Hand Ben Martins. Wie nach einem Schutzschild. Ian wurde blass, und dann sehr, sehr rot.

„Aber ich … es sind Frauen wie ich, Romy. Für die Männer wie mein Mann etwas bewegen. Und für die Kinder. Diese armen Kinder, die sterben, bevor sie geboren werden." Luise wischte sich die Tränen mit dem Rücken der Faust weg.

„Aber …", begann Romy.

„Was immer du jetzt sagen willst, lass es", sagte Ben Martin.

„Aber das ist Eugenik. Behinderte Föten: Weg damit. Genetische Fehlbildung: Ab in den Ausguss. Und welches Geschlecht hätten Sie gern? Ach, Sie wollen lieber ein Mädchen, um es in hübsche Kleider zu stecken, ja gerne! Wie banal! Wie …"

Sie sah Ben Martin an. „Wieso sollte ich das lassen. Wieso, Ben … was?"

Er stellte sich ihrem fragenden Blick. Sie war eine einzige Forderung, *los!*, schrieen ihre Augen, *sag's schon, Feigling.*

228

„Romy. Ich auch. All jene, die du meinst, hassen zu dürfen – dann mach bei mir auch nicht Halt. Ich habe vor 15 Jahren, als ich noch Arzt war und mir etwas dazu verdienen wollte, in Boston …"

Sie begriff sofort. Und wusste nicht mehr weiter. All das, was sie dachte, zu wissen, hörte auf, bedeutsam zu sein. Erst Gretchen. Jetzt Ben.

„Samen gespendet", ergänzte sie den Satz.

„Ja, Romy. Ja."

„Was …", begann sie wieder. Es gab nichts in ihr, was ein klares Urteil fällen konnte. Alles war falsch, und doch war es richtig, es kam nur darauf an, wer es tat.

*Es ist alles durcheinander. Moholm. Schneeflocken. Gretchen. Seele. Zeit. Ben. BND. Die Kinder. Oh Gott, die Kinder.*

„Warum macht ihr das alle nur", fragte sie dann niemanden bestimmten.

Ben sah Romy an.

Bitte, sagte sein Blick. Bitte.

„Ian", erhob Ben Martin jetzt seine Stimme, die erst bebte wie nach einer durchwachten Nacht, und dann bei jedem Wort fester wurde, wacher, bestimmter. „Ian, würdest du für mich heraus finden, was mit … ob ich Kinder habe?"

„Du hast keine Kinder", knurrte Macmillan.

„Rechtlich nicht. Genetisch ja. Ich will wissen, ob ich einen Sohn habe."

„Ich will wissen, ob ich einen Sohn habe", äffte Macmillan ihn nach. „Du hast sogar noch mehrere Kinder, Herrgott, dachtest du, wir gießen mit deinem Samen unsere Laborblumen? Dir muss doch damals klar gewesen sein, dass du Kinder zeugst!"

Ben Martin sah auf den Teller vor sich.

Macmillan stieß den Stuhl zurück, ging zur kleinen Bar und schenkte sich einen Cognac ein. Er beobachtete über den Rand des Schwenkers hinweg, wie Luise, seine Frau, und Ben Martin, sein ehemals bester Freund und Rivale um Luise, flüsterten. Wie der Lichtschein eine kleine Welt um sie herum webte, rund, warm, voller Licht, und er saß in der Nacht.

Elsa wusch schweigend das Geschirr. Roman war irgendwo da draußen in der Nacht, vielleicht saß er an der Hafenklappe und beobachtete das Leuchten der Stadt, die wie ein riesiger Organismus pulsierte.

Romy ging auf Ian zu.

„Wenn Sie einen Funken Mitgefühl und Ehre in sich haben, tun Sie ihm den Gefallen."

Ian Macmillan sah sie aus müden Augen an.

„Ich weiß es doch", sagte er dann, seine Stimme brüchig und trocken, als ob er zu lange mit offenem Mund geschlafen hatte.

„Zuletzt wurde im Mai 2004 ein Kind geboren, das zur Hälfte die Gene seines Vaters Ben Martin trägt."

Er wischte sich mit beiden Händen über das Gesicht.

„Sehen Sie, Romy … Liebe. Luise hat Ben Martin geliebt, vor langer Zeit. Dann kam der Unfall. Und dann erhörte sie mich. Ich stand zufällig im Weg, den sie gehen wollte, den leichteren Weg. Sonst hätte sie mich nicht mal bemerkt. Es ist immer Zufall, wenn eine Frau sich für einen Mann entscheidet; geht sie einen anderen Weg, bleibt uns nichts anderes übrig, als ihr stumm und mit ungeweinten Tränen nach zu schauen und dafür dankbar zu sein, wenigstens kurz im Weg gestanden zu haben."

„Bullshit, Ian. Sie kommen mir hier mit Ihren Liebestrauma. Was ist nun mit den Kindern?"

„Sie leben. Sie leben, Romy."

„Was ist das für ein Kind? Das letzte von Ben? Und warum wurde es erst 2004 geboren, elf Jahre, *nachdem* er den Unfall …?"

Noch bevor Romy es ganz ausgesprochen hatte, wusste sie die Antwort. Es musste eine Schneeflocke gewesen sein.

Ein ungewollter Embryo, an den niemand mehr dachte, und der letztlich verkauft wurde, ein Ladenhüter, ein Rest.

Gabriel, der erziehende Engel, hatte viel zu tun, wenn er all die kleinen Seele der Schneeflocken erziehen wollte, und er musste sich damit Zeit lassen, viel Zeit. Denn sie schliefen lange.

Elf Jahre! Elf Jahre war das kleine Ding im Eisschrank gewesen.

Romy fror.

„Wir hatten ihn David genannt", sagte Macmillan.

## 43
**Beim Kindermacher**

Die Scheibenwischer schlierten knatschend über die Windschutzscheibe. Romy hatte eine Lücke vor dem Haus in der Rothenbaumchaussee gefunden.

Sie hatte es immer noch nicht über sich gebracht, Gretchen die Wahrheit zu sagen. Wenn es die absolute Wahrheit war, die aus den Briefen sprach. Aber vielleicht war es nur ihre. Ihre, die Ben Martin so verurteilte.

Jetzt wusste sie allerdings auch, warum genau.

Würde sie dieser Frau, die eine Polizistin war, sagen, was sie vermutete – so gäbe es nur zwei Möglichkeiten. Gretchen würde sie für verrückt erklären und sie bezichtigen, dass Romy ihr mit Lügen den einzigen Herzenswunsch rauben würde. Oder sie würde den Staatsschutz rufen. Der aus Mangel an Beweisen scheitern würde. Denn Romy ahnte, die letzten Beweise ruhten in ihrem Kopf, in dem ungeschriebenen Brief an sich selbst, der alles über die letzte Woche verriet, als sie in Schweden war.

„Ich finde, wir sollten doch lieber Shoppen gehen", versuchte sie es erneut. „Oder zu diesem Mann fahren, Johannes. Wir haben noch eine halbe Stunde, um ihn vom Heiraten abzuhalten."

„Das sieht man nur in Filmen, dass die Liebenden auf den letzten Drücker zusammen finden. Es hat keinen Sinn. Er ist so ein Typ. Was er entschieden hat, zieht er durch, auch wenn sich die Bedingungen geändert haben. Er hat es versprochen, er tut es, fertig."

„Ich halte nichts von Versprechen", sagte Romy Cohen, und spürte, wie Gretchen sie von der Seite musterte.

„Alles scheinst du ja nicht vergessen zu haben", sagte sie.

„Also. Gehen wir da jetzt rein. Ich bin 38 und habe keine Zeit mehr, auf den Traumprinzen zu warten. Es ist die Zeit nach Mr. Right."

„Du solltest da nicht reingehen."

„Wir hatten das besprochen, Romy. Du fandest es nicht gut, aber hast meine Entscheidung respektiert."

„Ich würde sogar Butterkuchen backen lernen, wenn du ein Kind hast. Das ist es nicht. Es ist etwas anderes. Bitte."

Romys Herz klopfte wie das Herz eines flüchtenden Vogels.

Ihre alte, neue Freundin sah sie unendlich enttäuscht an.

„Willst du nicht lieber ein Kind mit Liebe zeugen? Eins, wo du dem Vater in die Augen gesehen hast und selbst entschieden hast, ob du ihn magst? Wer weiß, wen dieser Slomann für dich aussucht. Einen Mann, den du verabscheuen würdest. Der heimlich Kinderpornos sammelt."

„Willst du mir Angst machen, Romy Cohen?"

Ja. Genau das. Angst. Angst war gut.

Dann drehte Gretchen sich abrupt um. „Du musst ja nicht, wenn du nicht willst", und ging weiter auf die *Bona-Dea-Klinik* zu. Romy folgte ihr, bis sie an ihrer Seite war.

„Gretchen, bitte, kannst du es nicht um einen Monat …"

„Nein!" Gretchen drehte sich zu Romy um. „Ich kann nicht, und ich will nicht! Es ist mein Leben, und habe schon zuviel Zeit vergeudet! Nächsten Monat bin ich vielleicht schon tot!"

Sie betraten das Wartezimmer, und die Empfangsschwester sah freundlich zu Gretchen, und dann zu Romy. „Ah – Sie haben Ihre Freundin mitgebracht. Es tut mir so Leid, aber Sie können leider nicht mit bei der Behandlung anwesend sein, das werden Sie sicher verstehen.", sagte die Schwester noch und lächelte Gretchen begütigend zu.

„Guten Morgen", sagte die volltönende Stimme hinter ihnen. Sie drehten sich um.

Romy griff nach Gretchens Hand. Das war der Mann von einem der Fotos. Slomann.

Als er sie ansah, verriet nichts in seinem Gesicht, dass er sie erkannte. Es war, als fischte sie in einem leeren Gewässer, und alles was sie darin fand, waren die Luftblasen ihrer Einbildung.

Die Polizistin wand sich geschickt aus Romys überfesten Griff. Sie starrten sich in die Augen. „Bitte, Gretchen. Bitte, vertrau mir, und lass uns gehen". Romy sprach so leise wie es ihre Nervosität und Unruhe es erlaubten.

Romy sah es ihr an, dass sie sie verlor. Auch ihre Wahrheit würde jetzt nicht zählen.

„Sie sind Freundinnen?", fragte Dr. Slomann mild.

„Nein", sagte Gretchen Butterbrood. Und ging mit steif hochgehaltenem Kopf voran ins Behandlungszimmer. An der Tür drehte sie sich zu Romy um. Ihr Blick sagte nur Eins: *Verräterin.*

Slomann lächelte Romy an. Er sah so ... klug aus, dachte sie. Klug und weise und gütig und sauber und ehrlich. Dabei war er hochgradig gestört. Sagten die Briefe. Oder war sie gestört?

„Könnte ich einen Termin bekommen?" hörte sie sich fragen.

„Aber natürlich. Barbara wird den besten Zeitpunkt für Sie finden. Sobald wie möglich, nicht wahr, Barbara?"

„Aber Herr Doktor haben zu viele ..."

„Vielleicht Morgen?"

„Neun Uhr".

„Aber Herr Doktor ..."

„Neun Uhr. Ich freue mich auf Sie, Frau Cohen."

Ja. Sicher, dachte Romy, und schmeckte etwas, von dem sie nicht wusste, ob es sie schon öfter gekostet hatte. Blutdurst.

Frau Cohen. Er kannte ihren Namen. Sie hatte ihn nicht gesagt.

Er wusste genau, wer sie war.

Damit hatte er ihr etwas voraus.

Sie zwang sich, zu lächeln. Harmlos. Es gelang ihr nicht.

Der moralische Racheengel hatte keinen Stab mehr, an dem sie sich festhalten und ihn über andere brechen konnte.


Gretchen nahm mit einem wunden Gefühl im Hals auf dem Stuhl vor Slomanns Schreibtisch Platz. Romy mit ihrem Gerede über Kinderschänder und Liebe.

Sie hatte es Gretchen überlassen, sich dumm vorzukommen. Dumm und egoistisch.

Als Dr. Malcolm Slomann herein kam und bat, sich zu entkleiden und auf dem Behandlungsstuhl Platz zu nehmen, war Gretchen dankbar, dass sie sich ihre Tränen hinter dem Paravent wegwischen konnte.

Später, auf dem Ultraschallbild, sah sie es, ein wunderschönes, großes pralles Ei.

„Sie haben noch Zeit, es sich anders zu überlegen", sagte Dr. Slomann.

„Nein", stieß Gretchen hervor. „Machen Sie mir ein Kind."

Sie lehnte sich zurück und spreizte die Beine. Er streifte den Mundschutz über und zog sich sterile Handschuhe an.

Gretchen Hintern fühlte sich kalt an. Das einzig Warme war die entblendete Lampe, die zwischen ihre Schenkel leuchtete.

Er schloss den Katheterschlauch mit der Spülflüssigkeit

weit hinter dem Gebärmuttermund direkt im Uterus an, entnahm einem vorbereiteten Reagenzglashalter ein Fläschchen mit weißer Kappe, und erklärte Gretchen jeden Handgriff. „Wir werden wie besprochen eine intra-uterine Insemination durch Spendersamen, also eine donologe Insemination, vornehmen. Durch die geringere Peristaltik, also die Bewegungen von Vaginalschlauch und Gebärmuttermund, wird der vorbereitete Samen direkt dem Uterus zugeführt. Als ob wir einen Marathonläufer kurz vor dem Ziel absetzen. Damit erhöht sich die Chance auf eine Befruchtung. Bitte atmen Sie aus“, sagte er dann, und Gretchen tat es. Ihre Bauchmuskeln lockerten sich.

„Nach der Befruchtung wird sich in den nächsten 24 Stunden ein erhöhter Blutdurchfluss in der Gebärmutter bilden. Hitze und vielleicht sogar diffuse Schmerzen zeigen an, dass die Befruchtung bevorsteht. Dann kommt es nur noch darauf an, ob die Schwangerschaft positiv verläuft. In einem von fünf Fällen tut sie es.“ Er betrachtete die Frau zärtlich, seine Augen lächelten. „Es geht los“, murmelte er.

Sie verfolgte den Weg des aufgetauten Spermas durch den durchsichtigen, weichen Plastikschlauch, der in ihre Scheide führte. So ist das also, dachte Gretchen, als sie das Fluidum spürte, das in ihre Gebärmutter strömte, kein Liebesgeflüster, kein Orgasmus, es ist einfach … wie es ist. Sie wartete, bis die vier Milliliter angekommen waren. Und mit ihnen 115 Millionen Spermien. Wartete auf ein Brennen, ein Hallejulja, irgendetwas, was zeigte, das ihr Körper reagierte. Sie dachte an Johannes. Sie konzentrierte sich auf ihn, beschwor sein Bild herauf, mit all der Liebe, und Sehnsucht, die sie für ihn empfand. Sie hoffte, dass etwas von diesen Gefühlen durch ihre Adern pulsierte, auf dass es dem Sperma eines ihr völlig unbekannten Mannes zeigte: Du bist hier willkommen. Ich bin eine zur Liebe fähige Seele. Sie stellte sich vor, dass sie mit Johannes schlief, so wie sie es getan hatten. In dieser natürlichen Freude, nie war etwas voller Scham, es war zärtlich und wild, es war achtsam und manchmal albern gewesen, es war so selbstverständlich. Ihre Körper hatten gepasst, ihr Rhythmus, ihr Puls. Es hatte alles gepasst.

Nur, dass sie kein Kind wollte, noch nicht, und auch nicht den Beruf aussetzen, noch nicht, und darüber waren erst die Jahre ins Land gegangen, und dann er.

Slomann entfernte sanft den Katheder und setzte ein Käppchen vor ihren Muttermund. Dann erst nahm er seinen Mundschutz herunter. „So, Frau Butterbrood. Ich möchte Sie bitten, noch kurz liegen zu bleiben, und Ihr Herz zu öffnen, für das kleine Lebewesen, das sich in Ihnen wohlempfangen fühlen möchte." Er lächelte wieder, warm und gütig. „Ihr Follikel ist 48 Stunden befruchtungsfähig. Die beiden anderen Inseminationen werden wir in einer halben Stunde durchführen. Damit schließen wir aus, dass einer der Spendersamen abgestoßen wird, Sie wissen, die Eizelle wählt ja aus, und wenn die Chemie nicht stimmt …"

„Ja. Gibt es zwei auf der Reservebank", sagte Gretchen.

Die Spermaspenden ähnelten sich alle im Aussehen, und von wem das Kind genau sein würde, wüsste man nicht. Es sei denn, man ließe einen genetischen Test machen, und verlangte vom Arzt die Unterlagen. Das tat keiner. In Deutschland hatte jedes Kind das Recht zu erfahren, von wem es abstammt. Doch dieses „Recht" war niemals, bis heute, in ein Gesetz eingeflossen.

Vater unbekannt, so würde Gretchen also bei der Geburt nicht mal lügen. Slomann legte ihr eine weiche Decke über die nackten Schenkel, gab ihr einige Illustrierte in die Hand, und schaltete die Stereoanlage ein. Panflöten erklangen.

„Bis gleich", sagte er, und ging in einer der fünf weiteren Behandlungszimmer, um dort dasselbe zu tun, für Frauen wie Gretchen, und machte ihnen ein Kind.

Gretchen dachte an Kinderquäler, und an Romy Cohen, und dann wurde es elf Uhr, und der Mann den sie liebte, heiratete eine andere.

44
## Das Schicksal der Sterne

In der Dammtorstraße fand Romy, was sie suchte. Schrille, verschmuddelte Aufkleber an der Scheibe, neben einem verstaubt aussehenden Laden mit Spielfiguren aus Fantasy- und Horrorfilmen. Ein Internetcafé kombiniert mit einem Callcenter, wo junge Schwarzafrikaner in abgeteilten Telefonkabinen hockten und in Dialekten oder Elfenbeinküsten-Französisch in die Hörer brüllten. Sie war die einzige mit weißer Hautfarbe, wenn man von dem Berber absah, der ihr mit einer knappen Handbewegung einen PC zuwies.

Sie googelte die Namen, die sie auf den Fotos gefunden hatte, um es in Einklang mit ihren Notizen aus den Briefen zu bringen. Zu erst diesen Slomann. *Bona-Dea-Kliniken*, Kinderwunsch-Praxis. Beeindruckende Vita, ein Menschenfreund, Kunstsammler, Mäzen, kinderlos. Kunstsammler? Sie öffnete ein Foto einer Vernissage, es zeigte Slomann mit einer wunderschönen Frau. Seine Gattin. Ira. Sein liebender Blick auf sie.

Dann Sieger. Romy kniff die Augen zusammen, als als erstes die jährlich veröffentlichten Berichte des Verfassungsschutzes erschienen. Sie las sich seine Vita durch, ihr fror. Da war es auch wieder, die Stiftung des norddeutschen Nazis, zur Fertilisationsforschung. Die Versuche Siegers, in kleinen Städten Schleswig-Holsteins und Sachsen, Immobilien aufzukaufen, um dort Schulungsstätten einzurichten.

Dann klickte sie weiter, über die Gesellschaft für moderne Anthropologie, bis hin zum Nordischen Kreis. Brauner Wichser, dachte sie, und gab die nächsten Namen ein, Jochen Ackermann. Zu viele. Sie versuchte es simpler. Beschränkte sich aus einem Impuls heraus auf Skandinavien. Und fand einen Dr. J. Ackermann in der Fertilitätsklinik in Kopenhagen, Dänemark.

Sie beobachtete ihre Empfindungen genau. Sie reagierte nicht mit pathologischer Neugier, sondern mit Gefühlen. Sie hatte diese Leute vergessen, weil sie etwas in ihr berührt hatten. Und es jetzt wieder taten, obgleich sie sie nicht kannte. Fetzen von rationalem Wissen klomm in ihr empor. Wer die Schuld in der Gesellschaft sucht, steht vor sich selbst, und seiner jämmerlichen Mittäterschaft. Letztlich festzustellen, niemals schuldlos zu sein.

*Und was ist, wenn ich ein schlechter Mensch bin?*

Lucia Teixera. Ein Name nur, zu ihr hatte es keinen Brief an sie selbst gegeben. Lucia hatte einige wenige Spuren im Internet hinterlassen, im *Brigitte*-Forum, Thema „verliebt in einen vergebenen Mann – hilfe!", und in einem Selbsthilfeforum zu unerklärlichen Gefühlen der Identitätskrise: „Manchmal fühle ich mich wie adoptiert", war der Thread überschrieben.

Eine seltsame Welt, das Internet. Jeder wehrte sich gegen den gläsernen Menschen, aber machte sich freiwillig selbst zu einem.

Der nächste. Nils Pihl war Fechtmeister gewesen, und hatte sich in einem Forum für Jaguarliebhaber eingetragen. Er hatte in Hamburg studiert, war ursprünglich in Kopenhagen geboren. *Kopenhagen!*

Dann fand sie die Todesanzeige im Hamburger Abendblatt. *Lucia Teixera, geliebte Tochter, Schwester, Freundin.* Romy suchte die Namen der Eltern im Telefonbuch. Eine Adresse in Wellingsbüttel, Am Stühm-Süd. Tot? Ihr wurde übel. Aus Hunger, beschwor sie sich.

*Habe ich sie getötet?!*

Sie klickte noch mal auf Sieger. Schweden. Er war von Hetendorf nach Schweden gegangen. Mit vier jungen Hamburger Familien. Moholm. Nicht weit von einer Straße nach Töreboda und Göteborg entfernt, von einem Rastplatz. Auf dem man Romy wie Abfall ins Gebüsch geworfen hatte. *Moholm.*

Das war der Ort, am dem alles sein musste, was ihr fehlte.

Der Berber stellte ihr einen Kaffee in einem dünnwandigen braunen Plastikbecher hin. Sein Blick glitt über Romys zart bestrumpfte Beine unter dem engen schwarzen Kostümrock und den hohen schwarzen Lackpumps, und streichelte dann über den eng anliegenden schwarzen Rollkragenpullover.

„Ich möchte Sie zum Essen einladen. *Ins Saliba.* Wir genießen, wir trinken etwas, ich erzähle Ihnen, wie die Dünen in der Wüste singen." Seine Stimme wie dunkler Kakao.

„Und über die Sterne?"

„Auch über die. In ihnen steht unser Schicksal, unser Leben, und unser Leid", sagte er würdevoll.

„Kann ich darauf zurückkommen?", fragte Romy.

„Ich werde auf Sie warten, bis Sie all das hinter sich gebracht haben, was Sie glauben, tun zu müssen", sagte er und verbeugte sich. Sein Haar war teerschwarz, an den Seiten mit grauen Strähnen durchzogen. Ein stolzer Mann. Dann zog er sich hinter den Tresen seines Callcenters zurück und vermied es, Romy mit übertriebenen Blicken zu einer Flucht zu nötigen.

Die Sterne.

Sie zahlte ihre Online-Stunde, kaufte dem Berber einen gebrauchten Laptop mit drahtloser Internetverbindung ab, und machte sich auf den Weg nach Wellingsbüttel.

Sie drückte den Kickdown des Jaguar durch und schaffte es bei gelb über die Ampel am Hotel Atlantic, dem weißen Schloss von Hamburg. Auf der Alster wiegten sich die weißen Segel im Aprilwind, es hatte aufgehört zu regnen. Sie hielt die Hand durch das Schiebedach. Doch. Es wurde milder.

Katja Teixera schlug die Hand vor den Mund, als sie die Tür mit dem geflochtenen Strohblumenkranz öffnete, und Romy die Sonnenbrille abnahm.

„Katja Teixera? Entschuldigen Sie bitte. Ich muss Sie sprechen. Es geht um …"

„Lucia", flüsterte die kleine Frau langsam.

„Ja."

„Lucia!" Katja Teixera machte eine Bewegung, als wolle sie Romy streicheln, aber zog die Hand zurück, als fürchte sie, Romy würde sonst zerfallen wie dünnes Pergament.

„Sind Sie eine von denen?", fragte Katja Teixera leise und drehte sich nach innen um, trat dann auf die Schwelle und zog die Tür fast hinter sich zu.

„Denen? Den was?"

Die kleine Frau, die älter aussah als sie sein musste, hauchte etwas. „Den Halbgeschwistern! Sind Sie auch eine! Ich meine, Sie müssen, sonst sähen Sie nicht so aus, wie sie, wie Lucia, ach, meine kleine arme Lucia, ermordet …" Die Frau hielt sich jetzt beide Hände vor ihr zerstörtes Gesicht.

„Nein."

Katja nahm ihre Hände wieder herunter. Ihre Augen waren jetzt klein und böse. „Das müssen Sie aber! So wie Sie aussehen! Sie sind eine, wie der Pihljunge, der auch, und wenn Sie es sind … Sie sind in großer Gefahr!", sagte sie jetzt. „Sie werden sterben! Wie Ihr Bruder, wie Ihre Schwes-

ter! Auch sie wussten nicht … ach, sie wussten nicht …"
Katja schluchzte wild auf. Dann blinzelte sie durch die Finger hindurch, die sie über die Augen gepresst hatte. „Sie verraten doch nichts? Nicht meinem Mann! Niemandem!
Diese Schande, oh, diese Schande …"

Romy versuchte, ihre Hand begütigend auf den Oberarm der Frau zu legen, doch die zog sich zurück, drückte sich durch den schmalen Spalt der Tür, und verschwand im Inneren.

Romy klopfte noch mal. „Gehen Sie!" kam Teixeras Stimme dumpf von der anderen Seite. „Gehen Sie, wir wollen Sie nicht! Wir können nichts für Sie tun!"

„Wer leitet die Ermittlungen?" Romy wartete.

„Luer hieß sie, Ines Luer, und sie hat die Frage gestellt. Die Frage …" Teixera weinte und sagte dann nichts mehr. Es gab nichts, was sie noch hätte sagen wollen.

Romy ging durch den sauberen Vorgarten zurück zur Straße. Die Büsche trugen Knospen. Der Frühling war unterwegs in die Stadt, aber ob er bei Katja Teixera jemals den Winter vertreiben würde, war sie sich nicht sicher.

# 45
**Der Code der Seelen**

Männer. Sie lästerten, dass Frauen hormongesteuert waren. Aber der weibliche Zyklus war wenigstens berechenbar. Siebter Tag: Begeisterung. 14. Tag: Sex. 19. Tag: Launisch. 28. Tag: Fress- und kuschelsüchtig. 1. Tag: Weinerlich. Absolut vorhersehbar. Männer dagegen waren unberechenbar hormongesteuert – ein wogender Busen, ein duftendes Haar, ein zwitscherndes Stimmchen, und vor allem: das Geräusch klackernder Stilettos, und die Hormone übernahmen die Regie. Sie konnten gar nicht anders als hinsehen. Ines Luer weigerte sich, von dem Bericht aufzuschauen um zu sehen, wem diese hohen Hacken gehörten, die durch die Flure der Sitte stöckelten. Sie kamen näher, sie hielten inne. Sie gingen nicht weiter, und alle männlichen Augen klebten am Arsch ein Meter über den Stilettos; das konnte Luer durch die Fensterscheiben sehen, die sie statt Wände eingezogen hatten.

„Ines Luer?", fragte eine angenehme Altstimme, die gewohnt war, Fragen zu stellen und Antworten zu bekommen.

Sie sah auf. „Wer will das wissen?"

Die Frau sah anders aus als zuletzt, das Haar kürzer, die Wangen eingefallener, aber Ines ahnte, wer sie war.

„Romy Cohen", sagten beide Frauen gleichzeitig.

Ines spürte ein diffuses Gefühl von Neugier, Eifersucht und spontaner Sympathie. Es stimmte, man sollte sich seine Konkurrentinnen anschauen, sonst wurden sie in der Fantasie übergroß. Cord hatte zwar nur einmal über Romaine Cohen gesprochen. Aber in seiner Stimme schwang etwas mit, das Ines wachsam gemacht hatte. Er wollte sie, da war sich Ines sicher.

„Sie ermitteln im Fall Lucia Teixera?", fragte Romy Cohen. Ines bedeutete ihr mit einer Handbewegung, sich zu setzen. Die Kollegen reckten die Köpfe. Sie ließ die Jalousette herab sausen und schloss die Tür. „Kaffee?", fragte sie, Romy nickte.

„Nicht direkt. Nicht in dem Mordfall. Aber sie steht in Verbindung zu einer Sache, die mein Ressort betrifft."

„Das sittliche."

„Allerdings. Was ist mit Ihnen und Lucia Teixera?"

„Ihre Mutter erzählte etwas von Halbgeschwistern. Ich habe nicht verstanden, was sie damit sagen wollte. Sie hat mich Lucia genannt. Können Sie mir das erklären?"

Ines Luer sah Romy Cohen in die Augen, als sie ihr den Kaffee ungefragt schwarz und ohne Zucker hinschob.

„Können schon. Aber ob ich will?"

„Sind wir uns schon mal begegnet?"

„Nein. Nicht direkt."

„Dann scheint das indirekte ja zu reichen, dass Sie mich nicht mögen. Wieso?"

„Ich bin nicht ihre Quizkandidatin."

Romy atmete auf und nippte an dem Kaffee. „Gut. Wie heißt der Mann, weswegen Sie mich nicht mögen?"

„Wie kommen Sie darauf."

„Cord Heller?"

„Und Sie wollen Ihr Gedächtnis verloren haben?"

„Aber nicht meinen Verstand."

„Was hat die Teixera sonst noch gesagt."

„Dass ich eine von denen bin. Den Halbgeschwistern. Mehrere. Hat es noch mehr Tote gegeben, die denselben Vater haben?"

Ines Luer sah aus dem Fenster. Sah wieder auf ihren Schreibtisch. „Fühlten Sie sich in letzter Zeit bedroht?"

„Unwesentlich. Ich sollte weniger Kaffee trinken."

„Sind Sie ein Samenspenderkind?"

„Diese Halbgeschwister sind Spenderkinder?!"

Jetzt war es an Romy, aus dem Fenster zu schauen. In ihr stellten sich die Dominosteine auf. Im Hindergrund ihrer Gedanken arbeiteten die Synapsen und suchten nach dem Zufallsprinzip Verbindungen des Wissens. Spenderkinder. Slomann. Sieger. Moholm. Lucia. Ich. Vater. Keine Gleichung ging auf.

„Würden Sie einem Speicheltest zustimmen? Dann können wir uns sicher sein, ob Sie auch dazu gehören. Bei Europol wurde Ihre Kartei gelöscht, als die Anfrage nichts ergab."

„Nein. Ich mag es nicht, wenn meine Spucke abhanden kommt."

„Ich könnte Sie bei einer berechtigten Annahme des Verdachts auf Strafvereitelung dazu gerichtlich verpflichten."

„Netter Versuch. Nicht Ihr Fall, und auf reinen Verdacht hin – wozu? Bin ich schon verdächtig?"

„Behinderung der Ermittlungen geht auch."

„Sie behindern sich selbst mit Ihrer grundlosen Eifersucht. Cord Heller und ich – er ist nicht mein Typ, ich bin nicht sein Typ."

„Ihre Erinnerungen könnten anders aussehen."

„Und wenn schon. Der Status quo ist das Entscheidende. Oder?"

Romy wusste in dem Augenblick, dass sie sich selbst anlog. Nein, nicht die Gegenwart entschied. Manchmal war es auch die Vergangenheit, die alles bewegte, und man war in jeder Sekunde dabei, sich diese Vergangenheit zu erschaffen, die über Gegenwart und Zukunft richtete.

„Ich würde zu gern wissen, ob Sie was mit ihm hatten, und wenn ja, was", stellte Luer mit einem Grinsen fest.

„Besorgen Sie mir einen Arzt, der eine Natrium-Amytal-Abreaktion vornimmt, und ich sag's Ihnen. Als Zugabe bekommen Sie noch ein Fläschchen Blut oder meine Kaffeetasse hier, und können schauen, ob ich mit Lucia verwandt bin."

Ines Luer drehte sich zu ihrem Computer um, „Wie? Natrium-Amytal?", klipperte ein paar Mal mit der Tastatur. „Nein", stellte sie dann fest. „Illegal."

„Ich wusste, dass ich mit Ihrem Verein nichts anfangen kann", sagte Romy Cohen. „Keine Wahrheitsdroge, kein Blut, keine Auskünfte. Er wollte übrigens mit mir verlobt sein, Ihr Heller."

Ines Augen verengten sich zu Schießscharten. „Bis der sich verlobt muss er impotent sein und eine Pflegehilfe Stufe III suchen, die ihn zu Tode pflegt."

Romy begann zu lachen.

Widerwillig erschien auch ein Lächeln auf Ines' Gesicht. „Ja, ha, ha, ha, nun sagen Sie's schon, ich bin ein hoffnungsloser Fall, wackeln dann ein bisschen mit Ihrem kleinen Hintern und pflücken sich den nächsten, während ich weiter bei *Parship* surfe." Sie schnalzte. „Da wären wir also."

„Die Eine und die Andere, und in der Mitte ein Mann, der zu sehr von seiner Mutter geliebt wurde, um Frauen noch ordentlich zu behandeln", sagte Romy, „wobei die Eine nicht weiß, ob sie die Andere ist, und die Andere erst recht nichts weiß. Wir könnten was trinken gehen."

„Irgendwann, ja."

„Ein Heller-Irgendwann, also nie?"

„Ein Luer-Irgendwann, also nach Feierabend, die Tage."

„Vielleicht lebe ich dann nicht mehr."

„Das wäre ein billiger Abend", sagte Luer. „Entschuldigung."

Romy erzählte der Polizistin, was sie erzählen wollte, um zu bekommen, was sie brauchte. Dann bat sie um eine Anfrage bei Europol. Über die Blutprobe des Angreifers in Göteborg. Ines verdrehte die Augen. Und tat es doch.

„Hallejulja!", zischte Ines fünf Minuten später. Weitere fünf Minuten vergingen, in denen sie andere Dateien öffnete, Papiere ausdruckte, und sich ihr Lächeln immer weiter zu einem Ausdruck verwandelte, wie der einer Katze vor einer Schale gestohlener Sahne. Dann sah sie Romy an. „Ich glaube, ich mag Sie doch. Wissen Sie was? Bei Europol ist Ihre Anzeige gegen Unbekannt mit seiner DNA-Analyse gespeichert. Die typische 16-stellige Codierung seines Gen-Profils. Leider denkt der Computer nicht mit und hat uns Übereinstimmungen mit unserem System nicht gemeldet. Wie auch. Sind ja nicht verkoppelt, wir liefern die Daten an das BKA und da schmoren sie dann im Data-Warehouse-Nirwana. Wenn man es diesen Scheißrechnern nicht sagt, was sie tun sollen, tun sie nichts." Sie reichte Romy die Ausdrucke herüber. „Ich bin kein Biologe. Aber diese Auswertungen der genetischen Fingerabdrücke sind identisch, wenn Sie die Zahlenkolonne hier ansehen. 16 Ziffern, acht identische Gen-Ortungen. Ihr Angreifer in Göteborg. Es ist derselbe wie jener, der die Hure auf dem Kiez … egal. Es kann sein, dass er noch in Hamburg ist."

Romy hatte in ihrer Ansprache etwas bemerkt. Ines Luer hatte etwas ausgelassen.

„Und was noch?", fragte sie.

Ines Luer schüttelte den Kopf. „Das geht nicht. Wenn die Presse davon erfährt, ist hier die Hölle los. Cord und ich … wir ermitteln, mit den Kollegen von der MoKo, aber …"

„Was, Ines. Bitte. Sie möchten nicht eines Tages in den Spiegel sehen und sagen: Ich war grundlos eifersüchtig, aber habe diese Frau dennoch umbringen lassen. Das ist kein Mann wert."

„Das ist unfair."

„Verzeihung, ich vergaß meine Erziehung."

Ines Luer beugte sich vor und flüsterte es Romy ins Ohr. Langsam. Wort für Wort, und das, was sie sagte, tropfte in Romys Herz wie Säure. „Vielleicht ist er Ihr Mörder. Bestimmt aber, ist er ein Halbbruder von Lucia Teixera und Nils Pihl." Dann lehnte Ines sich zurück. „Und damit auch Ihr Halbbruder. Vielleicht! Sind Sie jetzt bereit für den Spucknapf?", fragte Ines Luer. „Bei Europol haben die nämlich nur Ihr Gesicht, Fingerabdrücke sind ja nicht möglich. Tut's übrigens noch weh?"

„Ja, tut es. Und wenn Sie meinen Namen für sich behalten, lecke ich auch mal an Ihrem Wattestäbchen."

„Sie trauen der Polizei nicht sonderlich, oder?"

„Ich kann sie nicht leiden. Das ist ein Unterschied."

„Warum sollte ich Ihnen den Gefallen tun?"

„Weil Sie dann einen gut haben. Zum Beispiel einen, der Cord Heller betrifft. Vielleicht brauchen Sie sogar zwei. Einen privaten. Und einen dienstlichen, der ihm seinen Job behält."

Die beiden Frauen sahen sich in die Augen. Dann atmete Ines Luer tief durch. „Ich hoffe für mich, dass er's wert ist."

Als Romy im Sanitärraum den Mund öffnete und sich mit einem speziellen Holzstäbchen einen Abstrich nach dem anderen nehmen ließ, schaute sie Ines in die Augen, als sie sagte: „Sex sollte man nur aus zwei Gründen miteinander haben. Entweder, weil man sich liebt. Oder, weil der andere beiden egal ist. Alles dazwischen, dass seine Liebe dir egal ist, oder deine Liebe ihm – das führt nur zu Problemen."

„War Ihnen Cord Heller jemals egal genug?"

„Männer wie ihn will ich nicht lieben. Reicht das?"

„Fürs erste", sagte Ines Luer, verschränkte die Arme und lächelte mit nur einem Mundwinkel. Liebe. Auch so etwas, über das alle redeten, und keiner tat etwas dagegen.

Ines Luer ordnete die Stäbchen ein, codierte sie ohne Namen und fragte sich, ob sie auch jemals einem Mann egal gewesen war, der mit ihr geschlafen und das Gegenteil behauptet hatte.

Romy Cohen dachte an Mohn und das Bild einer pavot in ihren Wohnungen.

Sie dachte an ihren Vater. War er ein Samenspender?

Und wenn ja: Warum?

„Sie wissen nicht zufällig, welcher Arzt genau den Samen für all diese Halbgeschwister vermittelt hat?"

„Zufällig doch", sagte Ines. „Möchten Sie es zufällig wissen?"

## 46
**Von der Liebe und vom Tod**

Luka konnte nicht fassen, was er von Sieger gehört hatte.

Jane Sjögran. Die Norlander Nanny. Sie hatte geredet. Sie hatte Sieger gesagt, dass Luka nach Hamburg gefahren war, und Sieger von dem Wachsfigurenkabinett der Toten erzählt. Die Rache der abgelehnten Frauen.

„Wir wissen, dass du in Hamburg bist. Du steigst doch nicht wieder Cohen nach? Du hast willentlich den Kreis gefährdet! Wir wissen, dass Du Lucia und Nils umgebracht hast – wie kannst du nur! Du hast dich selbst getötet, Luka. Ich befehle dir, dich sofort in die Wotan-Gemeinde zu begeben!"

Nein. Nur das nicht. Nicht diese seltsamen Germanen mit ihrem arroganten Lächeln. Seit der Heideverein und auch Hetendorf vom Verfassungsschutz in den 90er Jahren ausgesengt wurde, hatte Sieger sich auf die wohlwollende Kraft der kleiner organisierten, nationalfreundlichen Gruppierungen stützen können. Gruppen, die mal mit dem *Arischen Widerstand* sympathisierten, mal mit der *Artgemeinschaft*, dem *Bund der Goden*, oder schlicht Abonnenten der von Sieger ehemalig lang herausgegebenen Zeitschrift „Moderne Anthropologie" waren. Sogar die Deutsche Bundeswehr hatte er 1990 täuschen können, und eine Schießübung der Neo-Nazis auf Bundeswehrgelände durchgeführt, und sie als Treffen von Liebhabern militärischer Fahrzeuge deklariert. Man grillte zusammen, man trank zusammen, der Bund stellte Schreckschusspatronen und militärisches Arsenal zur Verfügung, man schlief gemeinsam in der Kaserne. Sieger konnte schneller jemanden beschwatzen als der Nein sagen mochte. Er war der Wind, der die braunen Wolken über Deutschland trieb und das Land verdunkelte.

„Sicher", sagte Luka und hoffte, dass der böse alte Mann ihm die Lüge abnehmen würde.

Siegers Stimme beruhigte sich. „Wir haben Slomann natürlich nichts gesagt, mein Sohn. Wir alle waren mal verblendet, aber es wird Zeit, dass du wieder zurück zu deiner Familie kommst. Du hast niemand anderen, vergiss das niemals."

Familie. Sieger wusste doch nicht, von was er redete. Familie war hier, es war Romy, und hier gehörte er hin. An ihre Seite. Und sie an die seine.

„Und ... Romy?", fragte Luka schüchtern.

„Das ist nicht mehr länger dein Problem, Luka, mein Freund."

Luka grauste. Er traute sich nicht zu fragen, was das bedeutete. Er wusste es. Sie würden Romy umbringen lassen.

Romy wusste zuviel, von allem. Nicht nur von der Spermabank, sondern sie wusste auch, wer alles zum Nordischen Kreis gehörte, von Sieger bis Slomann, von Guben bis nach Jamel, von Duisburg bis nach Dresden.

Er dachte an Romys Schwester. Lucia.

Sie hatte sich nicht gewehrt, und ihn nur aus diesen Augen angeschaut, die ihr gemeinsamer Vater ihnen allen hinterlassen hatte. Sie wollte wissen, warum sie, warum jetzt, denn sie liebte, sie wurde geliebt, das Leben war warm und gut. Ihre Augen waren voller Fragen, als sie starb, und sie hatte nicht verstanden. Sie hatte nicht verstehen wollen, dass er, Luka, ihr Halbbruder war, und dass es nur einen geben konnte. Ihn.

Die anderen waren doch nur Massenprodukte, Retortenwaisen, und träumten sie nicht alle von Geschwistern, die frieren, in ihren Särgen aus Stickstoff?

Nein. Ja. Nein. Das Denken tat so weh.

Vielleicht hatte Romy ja auch gar nicht vergessen. Gar nichts.

Luka atmete tief durch. Immer wenn er anfing darüber nachzudenken, was er tun sollte, pochte es so sehr hinter seinen Schläfen, dass er aufhörte, zu denken.

Er musste sie bewahren. Er musste aufpassen, dass ihm keiner seine Romy wegnahm.

Sie würde ihm dankbar sein. Ja. Sie würde verstehen. Sie würde ihn nicht bestrafen, wenn sie Antworten bekäme. Und die hatte er für sie.

Er würde auf sie achten.

Er würde mit dem Mann beginnen, der vorhin so lange vor ihrem Haus gewartet hatte, in einem Audi, und der später mit dem deutschen Kreishalter, dem Notar, aus dem italienischen Restaurant gekommen war.

Er hatte rote Hosenträger getragen.

# 47
**Tiefer Schmerz**

Ihr Unterleib schmerzte. Ein dumpfes, rotes Brennen, wie Kohlenglut in ihrem Uterus.

Gretchen schleppte sich mit gekrümmtem Leib ins Badezimmer und ließ das Wasser in die Wanne. Lass es aufhören, betete sie. In ihrem Schlüpfer fand sie herausgelaufene Reste von Sperma.

Ich hatte heute drei Männer in mir, dachte sie, soviel wie in 38 Jahren Leben. Sie legte ihre Hand schützend über ihren Schoß, es tat weh, als ob ihre Gebärmutter ihr übel nahm, was sie mit ihr gemacht hatte. Ihre Brüste angeschwollene Äpfel, ihre Haut, sie juckte, als ob sie sich heraus schälen wollte, aber nicht konnte. Schlangen, die sich nicht häuten, sterben, dachte Gretchen.

Wieder ein Schub. Als ob ihr die inneren Wände der Gebärmutter eingerissen wurden. Als ob ihr Ei kämpfte. Auswich. Sich in die Enge treiben ließ. Sich verschloss. Aussichtsloser Kampf, eines der über 300 Millionen Spermienfäden mit ihren wackelnden Köpfen und schlingernden Schwänzen würde es schaffen und ihre zarte Schutzhülle durchbrechen, und weiterdringen, bis zum Kern, ihn pfählen. Bis zur Kernschmelze.

Sie ließ sich in das heiße Wasser gleiten und lehnte den Kopf an. Johannes. Ich hab's versaut, Johannes.

Grellroter Schmerz. Eine Hitzewelle, die bis unter den Scheitel drang. Ich bin schwanger, dachte Gretchen, und weiß nicht, von wem.

## 48
### Am Ende eines Lebens

Die meisten Menschen sind der Auffassung, „Ich liebe dich"
könnte man nur auf zwei Arten sagen. Als Lüge, um etwas
zu bekommen, oder als Wahrheit – auch, um etwas zu bekommen.

Luka war sich sicher, dass er den dritten, den perfekten
Weg kannte, *Ich liebe dich* auszudrücken.

Er saß auf Cord Hellers Brustkorb und begann, dessen
Haare abzufackeln anstatt sie zu rasieren. Es roch ein bisschen wie nach verbrannten Staubflusen auf dem Boden
eines Friseursalons.

„Hatten Sie reproduktiven, relationalen oder rekreationa-
len Sex mit Romy Cohen?", fragte er den Mann unter sich,
den er mit seinen eigenen Handschellen an die Heizung gefesselt hatte.

„Sie sind doch wahnsinnig", stieß Cord Heller hervor.
Luka schnalzte missbilligend. „Ich bitte Sie. Haben Sie mit
Ihr zwecks Fortpflanzung, Pflege einer von Zuneigung ge-
prägten Beziehung, oder aus reiner Hedonie Kohabitation
ausgeübt?"

„Weder noch", keuchte Cord.

„Und Sie wollen Sie also umbringen, ja? Wieviel hat Sieger Ihnen dafür geboten?"

Angst griff nach Hellers Eingeweiden. Er spürte, wie sich
sein Darm kochendheiß entleeren wollte. Sieger!

„Ich bin Polizist!"

„Sicher. Und ich bin Priester." Luka legte eine Hand auf
das flach und schnell hämmernde Herz des Mannes. Polizist. Von wegen. Cord Heller hatte ein Gesicht wie jeder auf
den Straßen Hamburgs, irgendwie, ein wenig abweisend,

und vielleicht ein wenig kälter und verschwommener als die anderen.

„Sie sind bald tot." Luka ritzte das nächste Streichholz an und verbrannte die dunkelblonden Brusthaare des Mannes.

„Kinder sollten anonym aufwachsen", sagte er dann unvermittelt zu Cord Heller, der sich vor Schmerz wand. Es roch nach verschmurgelter Haut. „Sie sollten gar nichts mit ihren Eltern zu tun haben, sondern irgendwo an einem schönen Ort leben. Sie bräuchten sich nicht mit erdrückenden Müttern, emotionslosen Vätern, neidischem Geschwisterpack herumschlagen. Es gäbe keinen Ödipusschnödipus, keine Eifersucht, keine Streits auf dem Rücken der Kinder. Keiner, der sich über sein Fleisch und Blut verwirklichen will. Keiner, der sein Wunschkind verdächtigt, nur Mittelmaß zu sein. Ja, man sollte Familien abschaffen. Nicht wahr?"

Cord Heller wimmerte. Seine Haut warf Brandblasen.

„Es ist immer alles wegen der Kinder", sagte Luka. „Kinder sind das neue Gold des Westens."

„Ich bin beim Landeskriminalamt!" presste Cord hervor. „Ich bin seit acht Stunden nicht erschienen ohne mich abzumelden. Wenn Sie mich umbringen, kommen Sie nicht mehr lebend aus Hamburg raus! Die ganze Polizei wird hinter Ihnen her sein!"

„Ach, das LKA ... alles große Kinder." Luka kraulte Cord Heller durch die dünnen Locken, die an seinem konisch geformten Schädel klebten, Angstschweiß. Wie eine Straßenkatze.

Cord Heller spürte, wie auch sein Magen kollabierte.

„Waren Sie denn nie Kind?"

„Ich? Nein. Diesen Luxus gab es für mich nicht."

Luka schluchzte auf. „Jemand wie Du versteht das nicht."

„Doch, aber ja, ich ...!"

256

„Du verstehst es, weil ich auf dir sitze und dein Herz herausschneiden werde. Da verstehst du doch alles."

„Ich bin nicht der, für den Sie mich halten. Und wenn Romy Cohen in Gefahr ist, halten Sie sich mit mir nur auf. Wir könnten gemeinsam für sie kämpfen. Wie Brüder. Zusammen."

Cord Hellers Gedanken überschlugen sich. Scham stieg in ihm auf, wie dumpfer Matsch, wollte ihn begraben.

Er hatte sein Leben verwirkt. Er hatte nichts daraus gemacht. Er hatte nicht im Mindesten das getan, was gut war, er hatte alles falsch gemacht. Und jetzt war es zu spät. Es war vorbei.

Luka schlug ihm ins Gesicht. „Die psychologischen Krisen-Deeskalations-Phrasen kannst du dir sparen. Brüder. Also bitte. Mit dir möchte doch niemand verwandt sein."

Cord Heller hatte sich nie gewünscht, so zu verenden. Um genau zu sein hatte er es nie für möglich gehalten, überhaupt zu sterben. Er fühlte sich jung, kräftig, gesund. Er war Liebe und Geliebtwerden aus dem Weg gegangen, weil er immer geahnt hatte, dass Trennungen eine Art Vorwegnahme der endgültigen Endlichkeit sind. Ines kam ihm in den Sinn. Ein Kaffee mit Ines, und ihr den Mund verbieten, um ihr das zu sagen, für was sie ihm nie die Chance ließ. Vielleicht wären es nicht viele Worte, aber seine.

Er würde ihr auch sagen, dass er einen Fehler gemacht hatte. Dass er für Geld weggesehen hatte. Sie würde über ihn richten.

Über ihm klappte Luka zusammen und begann zu weinen. Cord weinte auch.

Dann setzte Luka sein Messer links von Hellers Brustbein an und atmete heftig ein.

## 49
### Der Graumaler

Der Mann, der sich Gabriel nannte und seinen richtigen Namen bereits vergessen hatte, begann Farben anzumischen. Er hatte einen liegenden Frauenakt begonnen. Als er Romy Cohen am gestrigen Nachmittag auf ihrem Bett liegen sah, ihr Gesicht gelöst, ihre Figur vom kalten April beleuchtet, musste er sie malen. Er musste. Sie war so schön nach der Liebe. Wie ein Gemälde, wie ein Vermeer.

Es war schwer, das richtige Grau anzumischen. Ein Hauch von Strahlkraft, eine Schwermütigkeit auch, und die Nuancen ihrer umschatteten Augen, die blasse Haut, das zerwühlte Bett.

Die Grautöne waren immer das Schwierigste. In allem.

Er bewegte sich in einer wunderbaren Grauzone, seitdem er den Auftrag angenommen hatte, Romy Cohen zu töten.

Nun, nicht dass sie ihn wirklich liebte. Dafür war sie nicht unbedingt geboren. Und er auch nicht. Sie taten das, was Menschen taten, nachdem sie getötet hatten oder gekämpft: Sie suchten Ausgleich. Nähe. Das Salz eines anderen Menschen, nackte Haut, an der sie sich solange reiben und wärmen konnten, bis sie sich selbst wieder spürten. Der doppelte Herzschlag, der die Schreie der Toten übertönt. Sie waren einander die Bojen in einem Meer aus Blut, Schweiß und Tränen gewesen, gestern.

Er war keiner von den Männern, an denen das Töten spurlos vorüber ging. Es fiel ihm schwer, bei Frauen, und Kinder tötete er nie. Auch als er Soldat gewesen war, hatte er sich nicht daran gewöhnt, egal was all diese Psychowichser sagten, dass die Schwelle immer niedriger wird, der Befehlsgehorsam greift, dass das Ich nicht mehr fähig ist, dem

Bruch zu widerstehen, den jede Leiche vertieft. Bis man völlig abgetrennt ist vom eigenen Willen, der angewidert ist.

Sie hatten sich gefunden als Außenseiter in einer Welt, die das Blutige, das Gewalttätige, das Böse nicht sehen sollte.

Sie hatte sich drei, viermal seiner Dienste versichert. Er hatte für sie und den BND Jobs erledigt, die selten in den Tätigkeitsberichten auftauchen.

Er begann, ihre Konturen auf der Leinwand zu schraffieren.

Sie besaß noch ihren Instinkt. Und schien mehr zu wissen, als sie zugeben mochte. Sie war immer noch gerissen.

Und doch wollte er sich an sein Versprechen halten. Diesen Dienst wollte er ihr erweisen, denn sie hatte auch ihn einmal geschützt, als es dafür keine Veranlassung gegeben hatte; sie hatte ihn mit einer Legende, Tarnpapieren und unüblichen Legitimationen ausgestattet. Quid pro quo.

Bis dahin würde er malen. Malen, bis sich seine Augen beruhigt hatten, und all das Schöne wieder sahen, aus dem die Welt gemacht war. Während seine Gedanken das Bild von Romy herauf beschworen, führten seine Finger den Kohlestift über die Leinwand, und als er nach dem Pinsel griff, um das Rot ihrer Lippen hin zu tupfen, wusste er, dass er nur glücklich war, wenn er malen durfte und sonst gar nichts.

## 50
**Das letzte Gesicht**

„Ich kann Ihnen helfen", flüsterte Cord, als ihn die Tränen des Mannes über ihm im Gesicht trafen. Runde, große, ehrliche Tränen. „Ich kann Ihnen helfen. Ich ... ich weiß, wie so etwas geht. Neue Identität, ein neues Leben. Sie sind ein Opfer. Sie sind ein Opfer der Verhältnisse. Emotional missbraucht und ... "

„Mich hat nie ein netter Onkel angefasst!" Lukas Stimme: schneidend. Doch die Messerspitze zitterte.

„ ...aber Sie wurden von Sieger missbraucht. Man opfert Sie. Sie wurden mit Absicht im Unklaren gelassen, damit Sie hierher kommen und Romy beseitigen ... "

„Sprich nicht so von ihr! Ich bin der einzige, der ihren Namen nennen darf!" Die Messerspitze entfernte sich.

„Ich wurde ausgebildet, um zu schützen. Ich kann Sie schützen. Sie gehen, wohin Sie wollen. Wohin wollen Sie? Berlin? London? Kapstadt? Irgendwas in Frankreich?"

Frankreich ... Luka war einmal in Frankreich gewesen. Es fühlte sich an, als ob er angekommen wäre. Die französischen Frauen ... sie hatten eine Art, Nein zu sagen, dass es sich wie Vielleicht anhörte, und es war stets Bedauern darin. Als ob sie bedauerten, treu zu sein, oder keusch, und ihr Blick war wie Honig über seine Gestalt geflossen, niemals machten sie ihn lächerlich. Ja. Vielleicht Frankreich.

Es war nur ein kleines Nicken, aber Cord wagte erstmals seit Minuten, zu zwinkern. Der Mann über ihm richtete sich auf.

Alles würde gut werden. Er würde diesen Mann überzeugen.

Er würde mit Ines leben. Er würde aufhören, Sieger Geheimnisse zu verkaufen. Er würde seinen Vater in den Arsch treten. Er würde anfangen, sein Leben zurück zu holen. Als einer von den Guten. Er würde sich Romy Cohen stellen. Er würde seine Schuld begleichen. Er würde …

Das Telefonklingeln war so laut wie eine Baustellensirene. Die Spitze von Lukas Messer hielt inne. Ein schmaler Streifen Blut sickerte aus der ein Zentimeter langen Wunde, die die obere Epidermis von Hellers Brust getrennt hatte.

Heller atmete jetzt flach und schnell. Er hatte die Augen in Lukas Blick gekrallt. Er konnte nur daran denken diesen Blick zu halten, denn wenn er ihn verlor, dann verlöre er auch sein Herz.

Endlich sprang der Anrufbeantworter an.

„Cord. Ines. Es wird dich vielleicht interessieren … ach, Scheiße, natürlich interessiert es dich. Romy Cohen. Sie hat dieselbe DNA wie Lucia Teixera und Nils Pihl. Und dieselbe, wie der Mann von der Herbertstraße. Und, jetzt halt dich fest – das ist derselbe, der versucht hat, Cohen im Krankenhaus umzubringen. Er ist hier. In Hamburg. Bitte, Cord. Ich brauche dich. Wir brauchen eine abteilungsübergreifende SOKO. Ruf mich an." Stille, aber Ines hatte nicht aufgelegt. „Cord?" fragte sie, und er atmete weiter flach und schnell durch die Zähne und verlor nicht den Blick des Mannes, der über ihm kniete.

„Cord, Romy Cohen hatte in Göteborg auch noch eine andere Gewebe-Probe abgegeben. Es ist deine, Cord. Haare. Bisher … bisher weiß nur ich es. Ich werde es für mich behalten. Und … ich würde gern einen Kaffee mit dir trinken gehen."

Sie hatte nochmals gewartet. „Cord? Ich vermisse dich."

Dann hatte sie aufgelegt.

In dem Augenblick durchdrang Heller die absolut tödliche Gewissheit, dass der Halbbruder Romy Cohens über ihm kniete. Der Mann, der Lucia Teixera und Nils Pihl getötet hatte. Seine Geschwister. Der Nuttenquäler.

Alles hing miteinander zusammen. Der Mann. Sieger. Die Halbgeschwister. Romy Cohen. Und er selbst. Sein doppeltes Spiel hatte ihn hierher gebracht. Er hätte Sieger längst hochgehen lassen können.

Ich werde jetzt sterben, dachte Cord. Und er dachte an Ines. Ihr Gesicht. Ihr verrücktes, liebes, weiches, zorniges, wunderbares Gesicht. Er schloss die Augen, um es noch besser zu sehen.

Luka begriff, dass der Mann unter ihm wusste, wer er war. Er hatte es in seinen Augen gelesen, die gefärbt waren von Schuld und Angst, von Gewissheit und Verachtung. Dann hatte der Mann die Augen geschlossen.

Doch ein Bulle! Der Polizist würde ihn wieder erkennen. Als einziger Zeuge. Ganz gleich, was er von Sieger wusste, oder von Romy, von Gott und der Welt: Er kannte nun Lukas Gesicht, das war das Einzige, was zählte, und dieses Wenige war zuviel.

Luka stützte sich mit beiden Händen auf den Messergriff und trieb es durch Hellers Brust, bis es auf den Dielenboden traf.

Das Herz sah aus wie eine etwas blutige, glatte Bulette mit Saugnäpfen wie Calamari. Luka schlug es in eine Gefriertüte ein, und suchte in den Schränken unter der Spüle von Hellers Wohnung nach etwas, womit er den süßlichen Kupfergeruch des Blutes in der Wohnung überdecken könnte. Dann schaltete er die Heizung aus, stellte ein Fenster zu dem tristen Hohenfelder Innenhof auf Kipp, zog sich Ein-

malhandschuhe über und begann, alles mit Glasreiniger ab-
zusprühen, was er berührt haben könnte. Später saugte er
noch um den entherzten Leichnam herum, und vermied, in
das Gesicht von Heller zu sehen.

Als er zur Tür ging, tat er es doch. Wie Menschen sich im
Tod veränderten. Sie bekamen ganz fremde Gesichter.
Oder, vielleicht doch erst ihre eigenen. Die sie nicht mehr
verstellen konnten. Cord Heller sah an seinem Endpunkt
im Leben wie ein verängstigtes Kind aus. Er erinnerte Luka
an Henning, den kleinen, zarten Henning, der sich von
Olav in die Sandförmchen pissen ließ. Ein Gestauchter,
einer, in dessen Leben zu viele Kompromisse waren, die den
Rest an kläglichen Wünschen aufgefressen hatten.

Er hatte Hunger. Eine türkische Pizza, eine *lahmacun*,
mit Spinat, das wäre schön. Oder ein Calamarisalat. Und
dann Romy suchen. Er zog die Tür hinter sich zu und ging
das dunkle, leere Treppenhaus in die Nacht über Hamburg
hinein.

## 51
**Die Venusfalle**

Endlich gab es genug junge Männer zum Mitgehen. Die jungen Nutten konnten sich aussuchen, für wen sie den kleinen Seitwärtsschritt aus der Phalanx der Verfügbarkeiten wagten, in der sie sich am Hans-Albers-Platz aufgestellt hatten.

Romy schlenderte zwischen ihnen hindurch, der schwarze Mantel mit dem weichen Nerzkragen offen, das schwarze Kleid darunter eng, kurz, und am Hals geschlossen. Sie fing einen prüfenden Blick einer der älteren Prostituierten auf, die sie mustere. Sie gab ihr einen gleichmütigen Blick zurück, der anzeigen sollte, dass sie nicht vorhatte, das Revier zu stören.

Sie wusste, er würde in einer dieser zahllosen Kneipen auf dem Kiez sein. Er fühlte sich wohl hier. So wie sie.

Sie kannte sein Gesicht nur als Schatten. Doch sie kannte seine Augen. Sie wusste, dass er sie geküsst hatte und ausgezogen, dass er sie versucht hatte zu töten, und dass sie ihm vertraut hatte. All das hatte sie sich selbst geschrieben, in wenigen hastig hingeworfenen Worten. Und sie würde sich nun von ihm finden lassen müssen.

In den Kneipen am Hans-Albers-Platz lachte sie laut und tanzte mit jedem, der sie tanzen lassen wollte. Sie ließ sich treiben wie eine, die nicht weiß, wohin sie gehört, und drückte sich an Männer, die sie nicht kannte. Doch in keinem glomm der Funken des Erkennens auf, des Hoffens, der Mordlust. In jeder Bar tat sie so, als ob sie trank; doch es war die Kunst, ein leeres Glas aus ihrer Manteltasche zu ziehen, auf den Tisch zu knallen und nach mehr zu rufen, und das volle dabei diskret auszugießen.

Sie tanzte auf dem Tresen des *Hans-Albers-Eck* und ließ sich auf die halterlosen Strümpfe schauen. Im *Molly Malone* versank sie in einer Ecke küssend mit einem jungen Türken, der ihr genau erzählte, was er mit ihr tun wolle, es hörte sich großartig an; und beobachtete über seine Schulter hinweg, ob jemand sie voller Hass und Sehnsucht beobachtete. In der *Blue Bar*, neben dem grell ausgeleuchteten Sexshop *Boutique Bizarre* auf der Reeperbahn, unweit des *Hotel Metropol*, flirtete sie mit dem Hengst, der lustlos eine gefärbte Blondine auf der Bühne bestieg, und der genau in dem Augenblick kam, als sie ihm in die Augen schaute, mit einem Blick, um den er solange gebettelt hatte. Sie bat auf der Reeperbahn vor dem *St. Pauli Theater* bei jeder Zigarette einen vorbei streifenden Mann um Feuer. Manchmal bekam sie mehr. Ein Angebot. Ein Kompliment. Eine Telefonnummer. Der Mai flirtete mit der Luft und versüßte sie.

Vier Stunden spielte sie das Spiel. Sie hatte Geduld, und war nüchtern. Sie inhalierte die Zigaretten nicht und spürte das beruhigende Gefühl der beiden Skalpellmesser links und rechts in der Innenhaut ihrer hochhackigen Stiefel.

Natürlich hatte sie Angst. Aber sie genoss sie.

Für diese Nacht war es noch nicht genug. Sie hatte noch zwei Stationen, in denen sie sich als Lockvogel darbieten würde. In *Angies Night Club*, und im *Silbersack*. Im Angies, in dem sich auf der Tanzfläche betrunkene Werber und Fotografen an ebenso betrunkene und gleichgültige Krankenschwestern mit Ambitionen auf den Traummann drückten, tanzte sie mit einem intensiv nach Kolanuss duftenden Schwarzen mit kurzen Rastalocken. Seine Hände, genau am richtigen Platz. Aber sie war weder betrunken noch bedürftig genug. Auch nicht, als er ihre Hand nahm und über seine Erektion führte, die unter der Hose wartete, als Geschenk, wenn sie wollte, nur für sie. Nein. Auch wenn er sich so göttlich bewegte. Hinter ihr. An ihr. Vor ihr. Sein Becken, eine einzige Versuchung. Nein. Nicht heute.

Kein Luka Larsson. Sie verabschiedete sich von den Kohleaugen des schönen Rastas, und ging in den *Silbersack* hinüber.

Rauchgeschwängerte Luft. Die Bardame nickte ihr zu und griff nach dem *Tangueray Gin*. Romy beugte sich über die Bar und bat sie, eine leere Flasche mit Wasser zu füllen und ihr daraus einzuschenken. Warum nicht. Die Transe saß wieder da, nur dass er sich heute für den männlichen Part entschieden hatte, Lederanzug, Nadelstreifen, Cowboystiefel mit Zehnzentimeterabsätzen.

„Darf ich bitten?", fragte Romy und ließ den Mantel achtlos nach hinten auf den Boden fallen. Der Mann, der sich nicht entscheiden konnte, was er sein wollte, rückte sie in eine Tangopose. Die Bardame drehte den *Libertango* lauter, der sich zwischen ihre Rockoldies geschmuggelt hatte, und goss aus einer anderen *Tangueray*-Flasche Wasser ein, das wie Gin aussah.

Als die Transe im Männeranzug Romy nach einer gekonnten Drehung nach hinten bog, und sie ein Bein um seinen Schenkel schlang, sah sie ihn. Nur aus dem Augenwinkel, er saß an dem Tisch gleich links neben der Tür. Versteckt, so dass er alle sehen konnte, die herein kamen, aber man ihn erst sah, wenn man neben der Bar zu den Toiletten ging. Die anderen Männer schauten mit glasigen Augen herüber, sie versuchten, Romy zu fixieren, doch sie entglitt ihnen, sie sahen sie doppelt, über den Rand ihres siebten Bierglases hinweg.

„Du hast einen Verehrer, Tangueray", hauchte die Transe

und genoss es, wie Romy ihr Bein mit Sechs-Achtel-Takt um seine Knie schlang, einen Ausfallschritt machte, und sich von ihm über den Boden schleifen ließ, hingegossen, sehnsüchtig.

„Sieht er her?"

„Ja, natürlich, wie zirka fünf Millionen andere Kerle auch."

„Sie sehen dich an, Herzblatt."

„Dein Verehrer sieht eifersüchtig her."

„Gut so."

„Ich denke, er hat dich auf seinem Tanzkärtchen."

„Ich leih ihn dir irgendwann mal."

„Erst, wenn ich ihn hab tanzen sehen. Ich werde dich mal diskret auf ihn fallen lassen, d'accord?"

„Sag ihm später, er soll mich mit einem Taxi nach Hause bringen."

„Willst du ihn so sehr?"

„Ja", log Romy. Die Transe drehte sie in Richtung des Mannes. Sie sah nicht hin. Sie formte ihre Gesichtszüge um, zu jenen einer Frau, die berauscht ist von der Nacht und dem Gin, und die nichts mehr besaß außer diesen Augenblick.

„Lassen Sie mich das machen", sagte der Mann, und fing Romy auf, als sie drohte zu fallen; sie wäre niemals gefallen, aber sie ließ es zu, sich gegen ihren Gleichgewichtssinn zu entscheiden. In seine Arme. „Verzeihung", nuschelte sie, und lächelte, ihre Augen fanden seine, Metall traf auf Metall in diesem Blick, und sie lehnte zart den Kopf an seine Schulter.

Luka dankte den Mächten der Nacht. Da war sie. In seinen Armen. Ihr Blick war durch ihn hindurch gegangen, wie auf dem Friedhof, ohne Scheu, ohne Misstrauen, und er hielt sie. Endlich hielt er sie, endlich wieder, und sie seufzte mit diesem kleinen Singen am Ende des Ausatmens.

„Tanzzu mit mir, Fremder?", fragte sie, und er zitterte, als er sich mit ihr wiegte, zu Nancy Sinatra, *You only live twice*.

Romy. Sie fühlte sich so unglaublich gut an. Überall war sie warm, und Luka wagte es kaum, sich näher an sie zu pressen, aus Furcht, sein Zittern würde ihn verraten.

Je länger sie ihm in die Augen sah, desto sicherer war er, dass sie ihn nicht erkannte. Nichts war darin, nur Nebel.

„Kennen wir uns nicht?", fragte er leise, und sie beugte ihren Kopf nach hinten, öffnete leicht die Lippen und ließ ihre Lider nach unten sinken.

„Ich weiß nicht. Küss mich, und wir werden sehen", flüsterte sie.

Er küsste sie, nur zart, und ihre Lippen waren nachgiebig.

„Jetzt kennen wir uns", sagte sie und öffnete die Augen wieder.

Sie hatte wirklich keine Ahnung. Und in seiner Manteltasche lag die Gefriertüte mit dem Herz eines Polizisten.

„Sie sollten ein Taxi rufen und Sie nach Hause bringen", sagte die Transe und hielt Luka Romys Mantel hin. Er nahm ihn, legte ihn sanft um ihre Schultern, und nahm zart ihre Arme von seinem Nacken, die sie so sehnsüchtig um ihn gelegt hatte.

## 52
### Der Schmetterling fliegt

Erst, als er sie mit bebenden Fingern ausgezogen hatte, und über die Haut seiner Halbschwester streifte, mit den Händen, dem Mund, seinen Haaren, seinem Körper, spürte er, was sich verändert hatte. Sie hatten kein Wort miteinander gesprochen, nicht in dem Taxi, nicht in dem dunklen Flur, in dem Geröll und Putz lag, nicht in dem Schlafzimmer.

Sie glühte. Ihr Körper glühte, und als er aus dem Trigon ihrer Schenkel auftauchte, das er gekostet hatte, sah er auch, dass ihre Augen glühten. Der Nebel darin war verschwunden.

„Luka Larsson. Du machst das sehr, sehr gut." Ihre Stimme klar, nicht im Mindesten so betrunken, wie sie sich noch vor einer halben Stunde angehört hatte, als er sie gefunden hatte.

Er sah zu ihr herauf. Sie stand über ihm, breitbeinig, in den hohen Stiefeln, nackt, und ihre Augen waren zu poliertem Bernstein geschmolzen.

„Romy. Du weißt, wer ich bin?"

„Ja."

„Und … es macht dir nichts?"

„Du hast alles richtig gemacht, Luka."

„Ich liebe dich. Ich habe dir mein Herz gebracht."

„Natürlich."

Dann spürte er nur einen kleinen Druck an seinem Nacken, und konnte nicht mehr zu Ende denken, dass er einen Fehler gemacht hatte. Er hatte ihr noch nicht das Herz zu Füßen gelegt.

Das Herz. Sein Herz.

Als Romy seine Taschen durchsuchte, fand sie es. Ein kaltes Herz, sie wog es in ihrer Hand. Nur ein reines Herz ist leicht wie eine Feder, so leicht wie das Herz der Göttin Maat, dachte sie, dies war schwerer. Und doch. Menschen sterben nicht immer aus gutem Grund, auch die bösen nicht.

Bedauern füllte ihren Kopf aus, ihren Leib, bis es jede Zelle erreicht hatte. Bedauern darüber, nichts dagegen getan zu haben, dass dieses Herz jetzt nicht mehr schlug. Sie wusste nicht, wem es gehörte. Sie drückte das Herz an ihre Brust, als ob sie es so wieder zum Schlagen bringen konnte; und bat um Verzeihung, voller Scham. Das tote Herz blieb stumm.

Aber jetzt hatte sie in ihrem Schlafzimmer das erste Pfand, was sie eintauschen wollte. Bei jemandem, der ungern auf Luka Larsson verzichten würde.

Sie vertäute ihn, knebelte ihn, und ging durch den Spiegel hinauf in ihre richtige Wohnung.

Sie brauchte etwas Schlaf. Sie würde in wenigen Stunden früh aufstehen müssen, um das zweite Pfand zu besorgen.

Das wäre nicht so einfach, wie sich einen Mann zu fangen.

Sie begann, die Briefe in das Fax zu schieben und tippte eine Nummer ein, die an ein Fax im Freihafen angeschlossen waren. Nur ein bestimmtes Fax schickte sie zu Ines Luer, und scannte dann alle ihre Briefe ein, bereitete an dem Callcenter-Laptop eine Email vor, ohne sie abzusenden, und ging wieder nach unten.

Sie wachte über den traumlosen Schlaf ihres Mörders, aufrecht sitzend auf einem Stuhl mit hoher Lehne, und schlief mit offenen Ohren und Sinnen den unruhigen Schlaf der Schuldigen.

# 53
**Vom Wegsehen**

Langsam schob sich das Thermopapier aus dem Faxgerät,
und rollte sich in dem Brotkörbchen darunter zusammen.
Die Absenderkennung war ausgeschaltet, die Verbindung
lief über einen Satelliten statt der Telekomkabel und Computer, die die Daten aufgezeichnet und gespeichert hätten;
aber das wusste in diesem Augenblick weder der Sender
noch die Empfängerin.

Ines Luer war die ganze Nacht wach gewesen. Im Osten
zeigte sich das dunkle Blau der Dämmerung, und schälte
die Umrisse der Häuser, langsam knospenden Bäume und
Autos aus der geduldigen Nacht heraus. Ihre Hände waren
kalt, daran änderte auch die heiße Kaffeetasse in ihren Fingern nichts. Trotzdem hinterließen die Kuppen feuchte Ab-
drücke auf dem dünnen Papier. Sie überflog die Zeilen, und
schluckte mehrmals. Der Kloß ging nicht weg. Ein Brief
von Romy Cohen.

„Scheiße, Cord, was hast du getan?"

Er war nicht nur in Schweden gewesen, bei Romy Cohen,
als „Verlobter". Er hatte sich kaufen lassen. Vom Nordischen
Kreis. Ines stöhnte auf. Nicht die. Nicht die, die sich so glitschig und unangreifbar wegduckten, wenn der Staats- und
Verfassungsschutz nach ihnen griff. Sieger war gut darin,
Prozesse zu verschleppen, bis man nahezu entnervt aufgab,
er fuhr durch Blankenese und gab sich unantastbar, er
drohte damit, dass sie viele waren, zu viele, mehr als jeder
ahnte, und dass man es merken würde, wenn der erste Re-
porter, der erste kleine Richter umgelegt sein würde.

Und Cord hatte nur ein halbes Auge zugedrückt, nicht
mal das, ein Zwinkern, und er hing mit drin. Wenn Ines es

nicht für sich behielt. Aber das würde sie tun. Natürlich. Natürlich nicht.

Das, was Romy Cohen in ihren Notizen anskizzierte, war ungeheuerlich. Und das Schlimmste daran: Es war nicht explizit verboten. Nirgends gab es ein Gesetz, das besagte, dass es Prominenten verboten sei, Sperma zu verkaufen. Nirgends dass es verboten ist, dieses Sperma zu benutzen, wenigstens im Rahmen der spärlichen Gesetzgebung. Es war ja auch nicht verboten, unter „seinesgleichen" zu heiraten, wie auch immer seinesgleichen aussah. Hauptsache es waren keine direkten Verwandten, und wenn welche meinten, sie legten Wert darauf, den Stammbaum bis in die Steinzeit zurück zu verfolgen, auf dass bloß kein allzu Dunkelblonder dazwischen sei – bitte. Die einen nannten das „aus gutem Hause", die anderen arisch. Ihr wurde übel.

Sie konnten Sieger kriegen. Verdacht auf Veruntreuung EU-Fördergelder. Und zurnot immer noch die Steuer.

Sie sah auf die Uhr. Sie wollte sich eine Stunde geben, um zu Cord zu fahren und sich zu überlegen, wie sie ihn daraus hielt. Dann musste sie das LKA, das BKA und die Abteilung Rechtsextremismus des Landesamts für Verfassungsschutz LfV informieren. Romy hatte ihr am Ende der Seite angekündigt, dass sie in wenigen Stunden, um zwölf Uhr Mittags, alle relevanten Informationen persönlich zur Verfügung stellen wollte.

„Falls ich bis 12:00 nicht auftauche: Jane Sjögran, Moholm/Schweden, Zeugenschutz empfohlen". Ines zitterte.

Sie verbrannte das Fax in der Spüle, wusch die Asche in den Ausguss und fuhr in den Morgen hinein, zu Cord Heller. Für ihn würde auch sie sich korrumpieren, und wegsehen. Sie hoffte stark genug zu sein, um keine Gegenleistung zu erwarten, nicht mal so etwas Dämliches wie Liebe.

Als sie zehn Minuten vergeblich geklopft, angerufen und geklingelt hatte, und nur das Läuten seines Handys hinter der verschlossenen Tür hörte, spürte sie es. Als ob sich ihr Hinterkopf nach unten neigte, erweiterte, aufblähte wie ein mit Wasser gefüllter Luftballon, und so begann es immer. Das Schlimme. Sie knackte die Tür und betrat ihren Alptraum, der sie ihr ganzes Leben lang begleiten würde.

Nicht mal die Rache, die Ines Luer für Cord Heller schwor, würde den Schmerz jemals lindern, niemals wieder auch nur eine Chance zu bekommen, dem Mann in die Augen zu sehen, für den sie als einzigen im Leben gelogen hätte.

Sie weinte über seinem Leichnam.

Sie hatte immer noch seinen Kopf in ihren Schoß gebettet, als die Beamten des LKA eintrafen. Ines hatte weniger als eine Stunde gebraucht, um sich zu entscheiden, wie sie den toten Cord Heller schützen würde, und gleichzeitig Sieger vernichten.

Noch vier Stunden bis zwölf Uhr.

## 54
**Der werfe den ersten Stein**

Sie weckte ihn mit einem Kuss auf seine Stirn. „Guten Morgen", hauchte sie, und Luka schnellte hoch. Sie hatte ihn vorher losgebunden, ohne dass er es gespürt hatte, während er noch davon träumte, ein Kater zu sein, der mit der Romykatze über Dachfirste lief, sich in duftenden Oleanderbüschen versteckte, und wie sie sich gegenseitig im Schatten eines Apfelbaumes an einem klaren, plätschernden Bach ins Gras schmiegten, und sich gegenseitig das Fell sauber leckten. Sie hatte geschnurrt.

„Wir haben in kurzer Zeit einen Termin, deswegen fasse ich mich kurz. Dir ist klar, dass Malcolm Slomann dich erschaffen hat, genauso wie deine restlichen Geschwister? A-Sperma, C-Eizelle, mit einer genetisch bedingten Krankheit – Schizophrenie unter anderem, eine Störung der Neurotransmitter im Gehirn, und noch die eine oder andere kleine genetische Disposition? Um zu schauen, was mehr bewirkt – die 50-prozentige Chance, dass der Charakter durch die Gene geformt wird, oder die Umwelt?"

Der Schock zerschnitt ihm die Gesichtszüge.

„Nein! Du lügst! Nicht Er … es war … Sieger! Er!"

„Sieger, mein kleiner Bruder, der hatte vor 35 Jahren noch etwas anderes zu tun. Du wurdest in Bad Nöten von einem Doktor Schalck mithilfe von Assistent Slomann gezeugt, in Schweden geboren, und der Kreis hatte keine Scheu, dich solchen herzlosen Typen wie deinen Erziehern zu verkaufen. Aber ich dachte, das wusstest du?"

Er. Nein. Nicht er war das, das hätte er ihm gesagt, er hätte …

„Die Larsson-Linie ist ein kleines, aber nettes Experiment. Die meisten der elf Kinder zeigen wenige Verhaltensauffälligkeiten, was aber daran liegen mag, dass sie in intakten, liebesfähigen Familien aufwuchsen. Bei den anderen – nun. Deine Linie sollte aufzeigen, dass man künftig nicht nur das genetische Material der Spender gründlich untersucht und sortiert. Sondern auch die Eltern, ihre Lebensweise, ihre Einstellung, ihre Psyche."

Romy beobachtete den Mann. „Luka, mein Schatz, du bist als experimentelles Wesen auf der Welt, was katalogisiert, beobachtet und eingestuft wurde. Ein Dienst für die Wissenschaft. Wie findest du das?"

Luka sprang auf und wollte Romy beiseite schubsen. Sie hielt ihn in einem eisernen Griff fest, und presste ihre Daumen in seine Achseln. „Nanana. Wo willst du denn hin?"

Luka sah sie mit dem wilden Augen eines kastrierten Tiers an.

„Willst du zu ihm?"

Er keuchte.

„Willst du ihn fertigmachen?"

Er stöhnte auf und heulte wie ein Wolf, dem man ein Bein abgeschossen hat.

„Soll ich dir helfen?", flüsterte Romy jetzt in sein Ohr.

„Wieso … wieso du?", keuchte er wieder auf.

„Wer sonst?", fragte sie. „Wir sind Geschwister. Blut ist dicker als Wasser. Ich will bei dir nachholen, was man immer versäumt hat, dir zu geben. Was man dir all die Jahre vorenthalten hat. Aber jetzt bin ich ja da."

„Liebst du mich?", fragte Luka auf einmal schüchtern und ihm rollten zwei Tränen links und rechts aus den Augen.

Romy sah den verletzten Jungen hinter diesen Tränen, der einsam und klein war, der geliebt werden wollte, auch als Mörder.

„Aber natürlich", sagte sie, und als er sich in ihrem Armen duckte und ganz klein machte, sank sie mit ihm auf den Boden, bis er sich in einer embryonalen Haltung zusammengerollt hatte, und seine Hände vor die Augen presste.

*Ich bin ein Unmensch.*

*Und was ist, wenn ich schon immer so war? Ein tückischer Lockspitzel, der Steine wirft, um andere dazu zu bringen, Steine zu werfen?*

Während Luka weinte und seine Geschichte hervor stieß, all das, was ihm im Leben getreten und verachtet hatte, hatte Romy nur Augen für die Kamera und das Richtmikrofon im schwarzen Herz der mittleren Mohnblume an der Wand.

## 55
## Die Gottbegnadete

Das konnte doch nicht normal sein! Ihr Körper schüttelte sich unter Krämpfen und Kopfschmerzen, ihr war, als hätte sich ein Fremdkörper ihres Bauches bemächtigt und triebe sie vor sich her.

Gretchen zog sich mit schmerzenden Schultergelenken den dünnen, viel zu weiten Parka über die Arme, und wählte mit klammen Fingern die Nummer der Taxizentrale 441011.

Als sie mit heißem, glühenden Bauch auf der Straße stand, versuchte sie, Johannes zu erreichen. Niemand nahm ab. Der Anrufbeantworter seines Mobiltelefons sprang an. Einmal noch. Seine Stimme hören.

„Jo", keuchte sie in den Hörer, „ich habe was Dummes gemacht. Was sehr, sehr Dummes. Wie du. Wir hätten ..." sie schnappte nach Luft. Diese Schmerzen! „Wir hätten ... reden sollen. Über alles. Wir hätten reden sollen."

Sie legte auf und gab dem sorgenvoll dreinschauenden Taxifahrer die Adresse der *Bona-Dea-Praxis* in der Rothenbaumchaussee.

„Sie wollen doch in meinem Wagen kein Kind kriegen?", fragte der Chauffeur mit wehem Gesicht.

„Oh nein. Alles andere als das", stöhnte Gretchen und bat ihn, schneller zu fahren und möglichst nicht zu bremsen.

In ihr quälte sich Johanna und konnte sich nicht entscheiden, zu gehen, oder zu bleiben.

## 56
**Zurück in die Zeit**

„Wieso glauben Sie, meine liebe Frau Cohen, dass ausgerechnet ich Ihnen bei diesem Problem helfen könnte?"

„Oh, ich glaube nicht, ich weiß es. Sie haben so etwas hier."

„Aber nein. Hier werden Kinder gezeugt, keine … Wahrheitsdrogen verabreicht."

„Von der Wahrheit rede ich nicht, Doktor Slomann. Sie verpassen renitenten Besuchern eine neue Erinnerung, und dafür eignet sich Natrium-Amytal besser als jedes andere Zeug. Also?"

„Ich muss Sie bitten zu gehen."

„Ich muss Sie bitten, sich diese Videoaufnahme anzusehen", sagte Romy Cohen und reichte dem Mann, von dem sie glaubte, dass er Gott spielte und mit Genen umging, als sei er der Schicksalsmacher, eine Kopie der Aufnahme von ihr und Luka.

„A-Sperma und C-Eizelle. Interessant, was daraus werden kann, Slomann. Schade nur, dass er nicht wusste, wer aus ihm ein Forschungsprojekt kreiert hat. War das eigentlich Dr. Schalcks Idee oder nur Ihre? Und haben Sie bei all diesen Gencocktail-Spielchen eigentlich an jene gedacht, die daraus entstehen? Was sie fühlen, was sie denken? Sie haben Leben erschaffen, aber was es für eins ist, das ist Ihnen egal. Sie sind ein grausamer Gott."

Der Mann vor ihr wurde zu Stein. Zu Marmor, der seinen Glanz verlor, und auf dessen steinerne Züge Staub und Puder fielen, als verharre er seit Jahrtausenden in dieser Starre, die Augen nur zwei glatte Flächen ohne Seele. „Nicht Luka", presste er aus verödeten, steinkalten Lippen hervor.

„Oh, nein, natürlich nicht nur Luka. Auch Ihre Frau, Ira, wird sicherlich erfreut sein zu erfahren, was Sie so alles Schönes machen. Wenn ich bis 11.30 Uhr nicht eine ganz bestimmte Nummer angerufen habe, wird sich ein Mann Namens Roman mit Ihrer Frau treffen, die um diese Zeit im Meridian in Eppendorf ihrem Hobby nachgeht, dem Indoor-Climbing. Er wird ihr einiges zu erzählen und zu zeigen haben. Nun?"

„Was wollen Sie? Sie haben doch schon alles", fragte Slomann nach einer Minute der absoluten, steinernden Stille.

„Nein. Mir fehlt etwas, und ich will es jetzt wiederhaben. Ich will, dass Sie mir Natrium-Amytal injizieren. Und dabei gut auf mich aufpassen. Tun Sie das nicht, fliegt ihr Lebenswerk in die Luft. Entweder wird Luka hier auftauchen und nicht auf Antworten warten, sondern Sie gleich umbringen. Oder morgen haben Sie einen wunderschönen *Bild*artikel, der Sie und Sieger zu gemeinsamen Gangstern macht, die das Geschäft mit der Verzweiflung von Kinderlosen treiben, und die Gelegenheit nutzen, en passent Rassenzucht zu betreiben und ihre ach so feine A-Linie unter die Menschheit zu bringen, Lebensborn 2.0."

„Damit habe ich nichts zu tun! Ich bin doch kein … Nazi!"

„Nun, das weiß ich leider nicht. Aber was ich weiß, dass es Ihrer Frau nicht gefallen wird."

„Sie sind eine Ausgeburt der Hölle, Romy Cohen!"

„Sie schauen nur in einen Spiegel, mein Herr."

„Und was ist, wenn ich es tue? Was bekomme ich dafür?"

„Frieden? Die Chance, Sieger loszuwerden, sich aufs Altenteil zurück zu ziehen und Ihr Können fortan einer anderen Wissenschaft zu widmen. Wie wäre es mit Schönheits-Ops?"

„Sie geben mir also eine Chance."

„Ja."

„Nur wegen Ihrer Erinnerung?"

„Weil ich will, dass Sie meine Freundin da raushalten. Dass Sie das Ding da raus holen, was Sie Gretchen einpflanzen wollten, Ihre A-Linie oder was auch immer."

„Ich habe nicht …sie wurde nicht … Gut. Ist das alles?"

„Nein. Ich will alle Namen. Meiner Geschwister. Und ich will wissen, warum mein Vater gespendet hat."

„Ach." Slomann lehnte sich zurück. „Also doch. Sie ziehen es vor, persönlichen Motiven zu folgen als der allgemeinen Gerechtigkeit."

„Was denn sonst?", fragte Romy, und wünschte sich zu wissen, ob sie immer schon so egoistisch gewesen war.

„Wie kann ich Ihnen vertrauen?", fragte Slomann.

„Ihr Problem."

Sie vermaßen sich mit Blicken. Dann stand er auf und öffnete einen kleinen Laborkühlschrank, und entnahm ein nicht gekennzeichnetes Röhrchen. Er wies auf den gynäkologischen Stuhl unter dem Marienbild.

„Ihr Vater brauchte Geld. Ganz einfach."

„Für was?"

„Ich weiß es nicht. Manchmal hatte ich fast den Eindruck, er tat es, damit Sie später nicht allein sind. Nach dem … Unfall."

Slomann genoss den Schmerz, der sich in dem Gesicht der Jägerin ausbreitete wie ein Sonnenbrand. Er schob das EEG-Gerät näher heran. „Wollen wir anfangen?"

## 57
### Das Schweigen der Frauen

„Nein!" Ines Luer hatte selten so ein hässliches Wort gehört wie das Nein ihres Vorgesetzten Conrad.

„Keine Beweise, kein dringender Tatverdacht, und dafür eine landesübergreifende Hauruck-Aktion? Aufgrund von … Briefchen?"

„Diese Briefchen, wie Sie sie nennen, sind das Ergebnis einer Ermittlung", stieß Ines Luer hervor.

„Ermittlung! Ich bitte Sie, von wem denn? Für wen hält sich diese Frau, ihre sogenannte Quelle denn? Für den BND? Wie will sie das denn alles ermittelt haben?"

„Auf anderen Wegen als wir es vielleicht gewohnt sind."

„Auch noch illegal. Na, ausgezeichnet! Wir brauchen Monate, um uns davon zu überzeugen, dass es nicht nur eine fantastische Geschichte ist. Samenspender, Kinderzucht, EU-Gelder veruntreuen, das große Geschäft, na, sicher."

„Es ist ethisch und moralisch ein Verbrechen", beharrte Luer.

„Und bis zwölf Uhr will diese Dame also Beweise liefern?"

„Sie will ein komplettes Bild des Falls liefern, ja. Namen, Zusammenhänge, Fakten."

„Uhuu, Fakten, welcher Arzt also welcher bedürftigen Alleinstehenden in Deutschland Samen verkauft hat, obgleich er damit gegen das Gesetz handelt? Na und, es ist eine Grauzone, von der wir wissen, und sie tolerieren. Glauben Sie, das geht spurlos an der Polizei vorbei? Natürlich nicht! Aber die Damen werden sich hüten und den freundlichen Herrn Doktor verraten, der Ihnen ein Kind gemacht hat."

„Nicht irgendein Kind. Ein Kind, was in einem Programm des Nordischen Kreises exakt herangezüchtet ist."

„Das glauben Sie doch selbst nicht. Wir schreiben das Jahr 2008, nicht 1938."

Leipmann, der Kommissionsleiter des LfV, hatte bisher nichts gesagt. Als er seine Stimme erhob, schwiegen alle Beamten in dem Konferenzzimmer, denn er sprach leise, damit jeder ihm zuhören musste.

„Mir gefällt diese Möglichkeit nicht, dass da etwas Wahres dran sein könnte. Ganz und gar nicht. Bevor der SPIEGEL oder die BILD uns vorwerfen, nicht genau genug hinzusehen, oder nur unsere V-Männer zu Straftaten anstiften, damit wir ermitteln können, müssen wir hinsehen. Ob Briefchen oder nicht. Ich will diese Frau sehen, die dort war. Wieso kommt sie erst um zwölf Uhr?"

„Sie muss bis dahin ihr verlorenes Gedächtnis wieder bekommen", sagte Ines Luer.

„Das ist ja ganz toll", stöhnte Conrad.

Leipmann begann, mit der Säpo in Schweden zu telefonieren und forderte vom Verfassungsschutz die Akte Sieger an und informierte das ZKA, das Zollkriminalamt, über den Verdacht des Suventionsbetrugs und des Schmuggels menschlicher Organe. Dann bat er Luer nochmals um alle Details, die sie wusste.

Die Namen Slomann oder Cord Heller fielen dabei nicht einmal.

## 58
## Die Rache des Sohnes

Die 20 feinen Magnetelektroden lagen dicht an ihrem Kopf. „Ihre Theta-3-Wellen und Alphawellen werden Ihre Gehirnaktivität anzeigen, wenn Sie sich wieder in Ihren Erinnerungen befinden und zwischen Wachträumen und Entspannung hin und her pendeln." Slomann tupfte eine Hautstelle über Romys linker Halsschlagader mit Desinfektionsspray ab und zog die Spritze mit dem Natrium-Amytal-Barbiturat auf. „Sie wissen, dass nicht alles sofort und gleich zurückkehren wird. Infantiles Wissen sowieso nicht, Ihr Leben als Kleinkind ist unrettbar verloren, wie bei allen. Wussten Sie, dass in den 80er und 90er Jahren, als es Mode war, sich an angeblichen Missbrauch in der Kleinkindzeit zu erinnern, Natrium-Amytal ständig eingesetzt wurde? Manche sehr feministischen Therapeutinnen haben ihren Patientinnen dann unter Hypnose einfach neue Erinnerungen eingeredet, bis die Armen davon überzeugt waren, ein sexuell misshandeltes Kind gewesen zu sein."

„Wie lang werde ich brauchen?"

„Bis sich ihr Hirnstoffwechsel vollständig erholt hat, kann es Jahre dauern, bis Sie alle Puzzles zusammengesetzt haben. Es ist gefährlich, was Sie wollen."

„Tun Sie es", verlangte Romy.

„Ich muss Sie mit schwacher Hypnose durch die Erinnerung leiten. Sonst erschlägt es Sie. Möchten Sie bei der Gelegenheit vielleicht eine neue Erinnerung? Ich glaube, ein wenig mehr Freude im Leben täte Ihnen gut. Ich bin ein guter Hypnotiseur."

Sie sah ihn nur an.

„Gut, dann nicht. Ich müsste Ihnen unter Hypnose sowieso einige Sitzungen lang eine neue Vergangenheit verpassen. Wir sind nicht Hollywood und unser Gehirn weiß sich zu schützen."

Slomann kam näher. „Sie wissen, dass Ihre rechte Körperhälfte gelähmt sein wird. Wir können Sie nicht länger als zehn Minuten in diesem Zustand halten. Sie würden wahnsinnig werden, wenn Ihre unterdrückten Erinnerungen zurückkehren, sobald wir die Triggerstrukturen überwunden haben, die bisher das episodische Gedächtnis im Schläfenlappen abgeschnitten haben."

„Sie sprechen von „wir", als ob Sie hier lägen", sagte Romy, und zog das schlanke Messer mit der linken Hand aus dem Stiefel.

„Das ist kein Gift, Romy Cohen."

„Und dieses Messer ist nicht zwingend für Sie gedacht, Doktor Slomann."

Er zog die Haut mit den Fingerspitzen seiner behandschuhten Hand glatt und trieb die Spritze mit der Droge in Romys pulsierende Karotisaterie.

„Warum haben Sie all das nur getan?", flüsterte sie.

„Für …" Für die Welt, hatte er sagen wollen. Für die Menschheit. Auf dass sie in Schönheit und Kraft leben sollte, gesund und in Frieden, für immer. Aber das stimmte nicht.

„Ich tue das hier für mich", sagte er leise.

Romy Cohen lächelte, ein bitteres Lächeln.

„Ja. Ich auch."

„Bitte beginnen Sie zu zählen. Wenn Sie nicht mehr können, beginne ich mit den Leitfragen." Er drückte die Droge in ihren Blutkreislauf.

Eins. Es war kalt. Zwei. Tiefe Traurigkeit durchspülte sie. Drei. Ihr Mund sammelte sich mit Speichel. Vier.

Drei Herzschläge später spürte sie ihren Körper nur noch zur Hälfte, ihr Gaumen verweigerte das Sprechen, und die Droge flutete ihr Gehirn. Sie war nicht mehr fähig, zu zwinkern, und musste mit offenen Augen zusehen, wie die Bilder auf sie zurollten. Romy Cohen fiel in ein Meer aus weißem Wachs.

In ihrem Kopf kristallisierte sich ein einziger Gedanke. Oh mein Gott. Bitte nicht.

Malcolm Slomann sah auf die Frau herab, deren linkes Auge vergeblich versuchte, sich auf ihn zu fixieren, während das rechte an die Decke starrte. Ihre Hand umfasste den Messergriff so stark, dass die Fingerknöchel blauweiß hervortraten. Schweiß sammelte sich an ihren Schläfen, gleichzeitig zum Ausschlag der Theta 2 und Alphawellen begannen die Betawellen. Stress. Angst. Ihr Körper, der durch Schmerzreize geritten wurde, als Gefühle und Emotionen ihre Seele und ihren Leib überfluteten. All die Male, als das sehnsüchtige Herz schmerzte, all die Angst, die sich in der Magengrube zusammenballte, all die Wut, die sich im Hals zu stauen schien, all die Lust, die die Nerven entzündeten, all der Hass, der den Kopf wie in einer Schraubzwinge zusammenpresste.

Slomann kannte das. Erinnerungen waren fühlbar, nicht nur in Gedanken auf einmal wieder sichtbar. Sie quälten den Körper, die Physis, wenn sie zurückkamen. Diese Frau litt. Aus ihren Augenwinken rannen Tränen, Speichel aus ihrem Mund, ihre Nasenflügel bebten und sie lallte verzweifelt. Sie war völlig willenlos, wehrlos, hilflos, er könnte sie töten, jetzt.

Oder einfach dabei zusehen, wie sie unter ihren Erinnerungen ertrank.

Aber wenn sie die Wahrheit gesagt hatte, konnten nur ihr Leben und ihre Erinnerung ihn davor bewahren, alles zu verlieren.

Und er wünschte sich nichts inständiger, als dass sie ihn verstand.

Er wollte nicht die perfekte Rasse, keine weiße oder grüne oder patriotische.

Er wollte den Menschen, wie er einst gedacht war, schön und klug.

Die Betawellen, die einen erhöhten Stressfaktor anzeigten, flackerten auf dem EEG-Monitor auf. Romy Cohen wand sich unter den Stößen ihrer ungefilterten Erinnerungen, und kein Beten, keine Verdrängung half, den Strom zu bändigen, der sie unter sich begrub.

„Was hast du mit ihr gemacht?", donnerte eine Stimme hinter ihm, und da stand er, viel größer als er in Slomanns Erinnerung gewesen war, eine H&K-Pistole in der Hand.

## 59
**Schläfst du noch?**

„Mach die Augen zu, Röschen. Gleich sind wir da."

Jacob Cohen schaltete einen Gang zurück und beschleunigte den blaugrauen Porsche 928, bis der Motor auf 7000 Umdrehungen dröhnte wie eine Flugzeugturbine. Erst dann schaltete er in den letzten Gang, und trat weiter aufs Gas, auch als die lang gezogene Kurve näher kam. Er sah zu seiner Tochter Romaine auf den Beifahrersitz. „Vertrau mir", sagte er. Dann schoss der Wagen durch die Leitplanken und stürzte ins Tal.

„Warum?", schrie seine Tochter. Er antwortete nicht. Seine Kupferaugen bereits grau. Zwei Herzschläge später war er tot, als sich der Porsche fünfmal überschlug, Jakob Cohen das Genick brach, und dann mit dem zerborstenen Dach zuerst in den Bach des Juragebirges sank. Die 16-jährige Romy wartete eine halbe Stunde neben der Leiche ihres Vaters im eiskalten Wasser auf Rettung.

Die Erinnerungen strömten, ungebremst, ungeordnet, auf sie ein, ihr innerer Monolog kollabierte. Der erste Kuss. Der Geruch des Haars ihrer Mutter. Der erste Sprung vom Zehnmeterturm. Der Fesselballon, aus dem sie sich abseilte. Der Streifschuss in Beirut, der ihren Nacken zeichnete, der heiße, brennende Schmerz der Kugel, das stundenlange Ohrenklingeln nach den Schießereien. Der ruhige Atemfluss, den sie aus der Nase ihres Tachichuanmeisters neben sich hörte. Lukas Hände auf ihren Schenkeln. Gabriels Mund an ihrem Ohr. Die Nacht in einem Lavendelfeld in Frankreich, der tiefe Frieden.

Mach die Augen zu, Rose. Gleich sind wir da. Vertrau mir.

Papa, wimmerte sie, doch kein Laut drang über ihre Lippen. Aus ihrem gelähmten Auge quollen Tränen, liefen an ihrem Hals herab, tropften auf den Stuhl. Ihre Mutter, tot in der Küche, ihr Vater, die Pistole in der Hand, das Klingeln im Ohr, der trockne Schuss, der den Nachmittag durchschnitten hatte, der ihr Leben in zwei Hälften teilte. Vor dem Schuss. Und nach dem Schuss. Sie hatten nichts mehr miteinander gemein, diese Leben, und doch standen sie nebeneinander, übereinander, in ihrem Kopf.

Erinnerst du dich an mich? Fragte Luka, doch sie konnte ihm nicht antworten. Ihr Blick aus dem einen Auge versuchte, ihn zu fixieren. War er in ihrem Kopf, oder stand er dort, neben Malcolm Slomann, der Pistolenlauf, der sich an dessen Schläfe drückte und eine kreisrunde rote Druckstelle hinterließ.

*Ich muss sie leiten. Es wird sonst schlimm. Lass mich mit ihr reden.* Slomann? Es hörte sich an wie eine zu langsam gespulte Kassette.

Jetzt war seine Stimme in ihrem Kopf. Begleitete Romy durch Schulzeit, noch mal, wieder die drei Sekunden, als sie mit ihrem Vater in dem Wagen durch die Luft flog, die Jahre danach, sie reihten sich in weniger als Sekunden aneinander, sie spürte, wie sich ihr Magen umstülpte und es in ihrem Körper nach oben drang.

Das war kein gutes Leben gewesen. Sie war nicht gut gewesen.

Romy Cohen fiel zuckend von dem Behandlungsstuhl, riss dass EEG-Gerät mit sich, ihr Bein sackte weg, sie vermochte sich nicht aufrecht zu halten, ihre gelähmten Finger glitten ab, und sie fiel ungebremst und schmerzhaft auf den Boden und übergab sich, ihr Gesicht nass vor Tränen und Erbrochenem.

Luka ließ sich zu ihr auf die Knie fallen, in der einen
Hand die Pistole, hinter sich Slomann, gefangen in einem
Augenblick der Unentschiedenheit, und es war immer noch
nicht vorbei, in Romys Kopf tobte der Sturm. Ihr Puls lag
bei 220, sie war nicht wach, nicht schlafend, „sprich mit
ihr!", forderte Slomann, und Luka tat es, während Romy
Stimmen und Gesichter vor sich sah, die alle zugleich mit
ihr redeten. Die Wahrsagerin in Paris, ihr Psychologie-
dozent, auf dem Rand seines Bettes, nackt, Gretchen wie
sie sang, Ben Martin, Sieger, Jane, Gabriel, sie wusste, sie
wusste, sie wusste. Es tat so weh. Sie war ein schlechter
Mensch. Sie hatte zu selten geliebt. Sie hatte solche Sehnsucht. Jede Zelle in ihr hatte Todesangst, ihr Herz raste
immer schneller, sie konnte nicht schlucken und nicht
reden.

Dann ließ die Wirkung abrupt nach und sie sah Luka
mit der Pistole über sich knien. Überdeutlich. Ihr Mörder.
Und sie hatte ihr Messer verloren und ihre Kraft, denn sie
wurde am Boden festgenagelt von einer Schwere, die zu
groß war, um sie allein zu tragen.

Sie hatte keine Dienstpistole bei sich. Sie war kurz vor dem
Kreislaufkollaps. Als sie den Mann über Romy knien sah,
die entsicherte Pistole im Anschlag, den Doktor daneben,
unfähig, sich zu bewegen, griff Gretchen nach dem schlanken Messer, das bis an die Türschwelle geschlittert war, als
Romy vom Stuhl gefallen war. Sie hob es auf und schrie
Worte, die sie tausendfach benutzt hatte, um einen Krimi-
nellen zu warnen, zum stehen bleiben, zum Aufgeben zu
zwingen, heraus.

Doch in Wahrheit rannte sie nur mit aufgerissenem
Mund mit vier Schritten durch den Raum und hackte das

Messer tief durch den Oberarm des Mannes, einmal, zweimal, in seine Schulter, in den Nacken. Er ließ die Pistole
fallen. Sie trat sie weg. Ihre Augen so weit aufgerissen, dass
das Weiße hervortrat.

Aus seinem Arm pumpte das Blut in rhythmischen Fon-
tänen. Gretchen hatte eine Schlagader getroffen. Aus seinem Gesicht wich alle Farbe. Doch er blieb still. Seltsam
still.

„Mama?", fragte er verwundert, und kippte auf die Knie.
Gretchen ließ das Messer fallen. Romy kroch, eine Körper-
seite immer noch halb gelähmt, darauf zu, wischte es an
ihrem Absatz ab und schob es still in die Halterung ihres
Stiefelschafts. Blieb liegen. Sie wollte nie mehr aufstehen.
Die beiden Frauen sahen sich an. Romy keuchte etwas.
Gretchen beugte sich zu ihr.

„Er wollte mir nichts tun", flüsterte Romy.

„Oh Gott", sagte Gretchen und sank gegen die Wand.

Endlich bewegte sich Slomann. Eilte zu Luka hinüber,
sah ihn an, wie der seinen Arm umklammerte und schwach
zu ihm empor sah. „Hilf mir", bat Luka. „Das ist nicht gut,
hier", und ihm den Arm entgegen hielt. Ihm wurde schlecht
bei Blut.

Slomann ignorierte ihn und half Romy, sich aufzusetzen.
Sie starrte ihn an, ohne ihn zu sehen. Ihr Blick in weiter
Ferne.

„Ich mag Katzen", sagte sie, und ihre Stimme ließ Slomann schaudern. Romy Cohen war weg. Oder da. Oder
dazwischen.

Gretchen sah auf Luka. Den Doktor. Romy. Was sollte
das. Sie wagte nicht, sich zu bewegen. Sie hatte einen Mann
von hinten erstochen, ohne ihn zu warnen.

„Sie sind ein Idealist", sagte Romy zu Slomann, mit dieser Roboterstimme. Sie drehte ihren Kopf mechanisch zu Gretchen. „Ich liebe dich. Alles wird gut."

Romy Cohen sah zu Luka neben ihr, der auf die Seite gefallen war und stoßweise keuchte. Der Boden hatte sich mit hellrotem Blut verfärbt. Sie legte ihre funktionierende linke Faust um seinen Arm und drückte zu. Fest. Noch fester. Sie wusste inzwischen, wie viel Kraft sie in ihren Fingern besaß, und warum sie dieses Schweißband aus Muskeln trug. Ihre Hände waren Waffen. Die Blutung ließ nach, aber nur ein wenig, es pumpte aus seinem Nacken, seinem Rücken.

„Gürtel", sagte sie schwach zu Gretchen, die zog ihn mechanisch aus ihrer Hose, kniete sich nieder, band ihn als Aderpresse um Lukas Arm. Doch sie ahnte, es würde zu spät sein.

„Fünf Minuten. Bitten Sie ihn um Verzeihung", flüsterte Romy.

Der Mann, der immer nur das Schöne in der Welt bewahren wollte, kniete sich zu seiner Schöpfung.

„Vater?", fragte Luka, seine Augen begannen, trüb zu werden.

„Ja, mein Sohn."

Und Malcolm Slomann bat um Verzeihung. Dafür, dass er getan hatte, was möglich war. Dafür, dass er nicht der Liebe oder dem Schicksal überlassen hatte, was für Kinder geboren wurden, sondern Gene zusammenbrachte, die ihn für die Forschung interessierten. Seine Forschung des Schönen, und für das Schlechte im Guten. Für die Blumen im Bösen.

In Gretchens Bauch wurde es kühl, je länger sie den flüsternden Worten des Mannes, der ihr ein Kind gemacht hatte, zuhörte. Dann kalt. Und etwas, das hätte Johanna werden können, starb.

Luka Larsson verblutete in den Armen seiner Halbschwester, und sah vor sich jene Gesichter, die er immer als letztes hatte sehen wollen, wenn es soweit war. Er liebte Slomann immer noch, und Romy war jetzt seine. Seine Familie.

Er kam endlich nach Hause.

Dann war er da. Es war 10 Uhr 55.

## 60
**Das Ende des Vorsprungs**

Es war eine der ersten milden Nächte im Juni 2008, als der Anruf kam, auf den er geduldig gewartet hatte.

„Ich bin soweit", sagte sie, und nannte ihm einen Ort.

Er schraubte die Farbentuben sorgfältig zu, tauchte die Pinsel in Lösungsmittel, und streichelte über die getrockneten Umrisse von Romy Cohen auf dem Gemälde. Sie wusste nun, wer sie war. Wer er war. Sie hatte sein Geschenk zu schätzen gewusst.

Als sich ihr Schatten aus der Nacht heraus schälte, und er gegen die Lichter des Hafens und den Landungsbrücken auf der anderen Seite der Elbe anblinzelte, hatte Gabriel ein neues Motiv. Neben ihnen war das gelbe Zelt des Musicals König der Löwen still, der Platz unter dem Tor zur Welt, wie die Firma Buss ihre Leuchtreklame nannte, verlassen, bis auf das leise Klatschen der Wellen. Es war großartig.

„Dein Auftrag gilt immer noch?"

„Ja."

„Wieviel habe ich gekostet?"

„Eine halbe Millionen."

„Das ist nicht viel." Sie kam näher, und alles an ihr war schwarz, bis auf ihr Gesicht, das auf dem schwarzen Rollkragen wie aufgesteckt aussah, und ihre Hände. „Du hättest handeln sollen."

„Du bist kein agent provocateur mehr", sagte Gabriel. Hamburg sah von dieser Seite des Flusses wirklich wunderschön aus.

Nein. Das war sie nicht mehr. Sie hatte sich geschämt, in den Tagen nach der Injektion, und immer noch gab es Monate, Tage, Stunden, an die sie sich nicht erinnern konnte.

Sie war schon während ihres Studiums von einem deutschen Geheimdienst als reisende Beobachterin angeworben worden, und später als agent provocateur eingesetzt: Der Anstiftung zu Straftaten, wenn Beweise für bereits begangene Verbrechen fehlten. Sie brachte die Bösen dazu, erneut etwas Böses zu tun, um sie zu überführen.

Sie erinnerte sich nicht mehr, wann es soweit gewesen war, dass sie aus dem Dienst ausschied. Als sie es nicht mehr ertragen konnte, diese Deals. Immer war es ein Tauschgeschäft gewesen, und viele konnten sich aus ihren Strafen mogeln, wenn sie bereit waren, künftig als V-Mann, Tippgeber, Beschaffungshelfer oder Informant zu arbeiten. Sie hatte ständig an der Grenze zur Illegalität gearbeitet, und sie oft genug übertreten. Was sie tat, war verboten und nicht mal im Rahmen des Bundesnachrichtendienst-Gesetz erlaubt. Anstiftung. Egal zu welchem Ziel, mochte es noch so ehrenhaft und hilfreich sein. Sie hatte sich schmutzig gefühlt, ebenso eine Verbrecherin mit der faden Lizenz zum Lügen.

Sie ging leicht in die Knie, ließ Gabriel nicht aus den Augen.

„Du willst vorher noch ein bisschen spielen?", fragte er.

„Halt die Klappe und mach deinen Job", zischte sie.

Keinen Herzschlag später hatte er einen Wurfstern nach ihr geschleudert und sie an der Schulter gestreift. Sie spürte den Luftzug durch den aufgetrennten Stoff auf ihrer nackten Haut, in dem Riss sammelte sich Blut.

Sie stieß sich mit beiden Füßen ab und sprang auf ihn zu.

Sie fielen zusammen auf den dürren, ausgekühlten Grasboden und rollten ineinander gekrallt auf den kleinen Abhang zu, der zu einem schmalen, schwersandigen Strand am Ufer führte.

Gabriel besaß einen festen, schweren Körper, der gewohnt war, Handkanten, Ellbogen, Fußleisten und Knien aus dem Weg zu gehen, deren Treffer ihn außer Gefecht setzen würden. Seine Stirn rammte ihre Schläfe, als sie nach seinem Hals greifen wollte, ihre Zähne stießen knirschend aufeinander. Sie stieß ihm ihren Ellenbogen unter das Herz, doch seine Brustmuskeln fingen den Stoß ab, der ihn sonst gelähmt oder sogar getötet hätte. Doch so bekam sie die wenigen Zentimeter freie Luft, die sie brauchte.

Romy schmeckte Sand, als sie sich halb zur Seite drehte, die Beine anzog und dem Auftragskiller die Ferse in die Leiste rammte, dort, wo einer der Hauptschlagadern saß. Gabriel kippte zurück, taumelte, und sie sprang auf und griff nach seinem Hals.

Mit geübtem Schwung seiner beiden Arme warf er sie von sich.

„Du hast abgenommen", keuchte er, als sie sich schwer atmend gegenüber standen. Der schwere, nachtfeuchte Sand schien Romy sämtliche Energie aus den Beinen zu saugen. In ihrem Kopf eine Kreissäge, hämmernde Schmerzen.

Sie kreisten umeinander, gebückt, und die Luft roch nach Öl, Meer und geröstetem Kaffee.

„Genug gespielt?", fragte er.

Er zog eine dünne Schnur aus einer Seiten-Hosentasche, machte einen Schritt nach vorn, ließ sich abrupt in die Hocke gleiten und brachte Romy zu Fall, als er sie mit einem Tritt in dem harten Springerstiefel gegen ihre Kniescheibe von den Beinen riss. Einen Augenblick später kniete er hinter ihr und Romy spürte die enge Schlinge um ihren Hals, seine Brust an ihrem Rücken, sein kosender Atem an ihrem Ohr, sein „Romy … oh, Romy".

„Ich habe dich so gern gemalt", hauchte er in ihre Ohr-
muschel, rieb sein Gesicht gierig durch ihr Haar, während
er fester zog.

Romy schob ihre Daumen unter das Band, versuchte vergeblich, es zu lockern, doch sie wusste, in diesem Winkel
hatte sie nicht die mindeste Chance. Er war stärker als sie
je sein würde.

Sie gab auf und warf sich nach vorne, er gab überrascht
nach, und sie griff nach hinten zwischen die Beine und
bekam das Messer im Stiefel zu fassen, zog es heraus und
stieß es bis zum Heft in seinen Oberschenkel. Sie kippten
zur Seite, doch der Druck auf ihren Hals ließ und ließ nicht
nach. „Miststück", keuchte Gabriel schmerzgepeinigt auf.
Sie stieß ihren Ellenbogen nach hinten, stemmte ihre Füße
in den Sand, doch vergeblich: Er ließ nicht locker. Es
musste also sein.

Sie formte Zeige- und Ringfinger zu einem V aus Stahl
und stieß hinter sich, bekam es zu fassen, und zog.

Schreiend ließ er von ihr ab.

Sie hatte ihm die Nase gebrochen.

Sie drehte sich schwer atmend um, riss sich das Seil vom
Hals, und beobachtete Gabriel. Er griff in seine Jacke.

„Jetzt bist du fällig", sagte er.

Ihre Stimme versagte. Sie schätzte, dass ihr Kehlkopf gequetscht war, und ihre Schulter schmerzte. Sand hatte sich
in die Wunde gerieben. Sie zwinkerte, um den Schweißfilm
zu entfernen.

Er zog die extrem kurzläufige Makarov hervor, schraubte
den zweiten Schalldämpfer auf.

„PB6P9", flüsterte Romy, die Stimme rau wie Schmir-
gel, „Wie nett, das leise Modell. Du hast acht Schuss frei."

Gabriel lud den kurzen Schlitten durch.

„So einfach machst du dir es?" fragte sie.

„Ich weiß, dass du keine Schusswaffen mehr trägst. Aber das ist deine Sache, nicht meine", sagte er, und drückte ab, ohne auf sie zu zielen. Romy hatte sich einen Wimpernschlag, bevor sein Finger den Abzug durchgezogen hatte, fallen lassen und rollte sich hart gegen seine Schienbeine.

Er schoss blindlings nach unten, er traf nur den Sand. Sie schloss eine Faust um die andere und ließ ihre Arme nach oben schleudern und zerschlug ihm die Hoden. Er schlug beide Hände vor sein malträtiertes Geschlecht und kippte zur Seite.

Sie griff nach der Pistole, stolperte, fiel hin, knickte um. Höllischer Schmerz im Knöchel.

Dann robbte sie auf ihn zu, setzte sich auf seine Brust und fixierte seine Arme mit dem vollen Gewicht ihres Körpers unter ihren Knien. „Sieh mich an", forderte sie.

Der Killer hob seinen Blick.

Sie schoss zweimal.

Romy ließ Gabriel schreiend auf dem Strand zurück, und verschmolz mit der Nacht. Der Killer würde nie wieder malen.

Sie hatte seine Hände zerschossen.

## 61
### Die Jägerin springt

Als Ira an diesem Tag, als Luka starb, in der Tür stand, wusste Malcolm Slomann, dass er Romy Cohen nicht hätte vertrauen dürfen. Und Ira, dass sie niemals wieder einer Frau vertrauen würde, die sie warnen wollte, dass ihr Mann eine Geliebte hätte. Das hier war schlimmer als jede Geliebte.

Es half ihm nicht, dass am kommenden Tag in der *Bild* als auch auf *Spiegel*-Online sein Name nicht auftauchte, als die Verhaftung von Sieger, Dr. Jochen Ackermann, Notar Josef Heller, 42 Ärzten sowie einer Gruppe um Sieger bekannt gegeben wurde. Die Hintergrundartikel stammten von Dr. Benjamin Martin. Er hatte mal wieder einen Scoop gelandet.

Keiner davon arbeitete beim BKA, LKA oder LfV, und Ines Luer hatte nicht die Absicht, ihr Wort gegenüber Romy Cohen zu brechen. Die hatte ihre Aussage gemacht, unterschrieben, und Ines' Vorgesetzten Conrad einen Pass zum Kopieren dagelassen, der auf Anna Cerna lautete, der Name eines Karpatengebirges.

Es war ihr Tarnname beim BND gewesen. Als sie noch als Lockspitzel gearbeitet hatte, als V-Frau. Als agent provocateur.

Der anstiftete, Verbrechen zu begehen, um zu überführen. Die Scheißetaucher, wurden sie genannt.

Der Bundestag rief eine Sondersitzung ein. Der EU-Rat gründete eine Kommission zur Vereinheitlichung des Embryonenschutzgesetzes. Bei der Staatsanwaltschaft Hamburg wurden die Anfragen von Familien und Spenderkindern gesammelt, die im Laufe der letzten vier Jahrzehnte einen der beteiligten Ärzte und Zentren aufgesucht hatten, um sich behandeln zu lassen. Es würde Monate und Jahre dauern, sie zu analysieren, zuzuordnen und sie von der Angst zu befreien, zu einem heimlichen Selektions-Programm zu gehören, das an nationalsozialistische Rassenhygiene und Lebensborn erinnerte. In Internetforen tauschten Samenspenderkinder Fotos und Informationen aus. Privatsender suchten nach Spendervätern, denen sie ihre Kinder vorstellen konnten, am liebsten ohne Ankündigung, um den dramatischen *Human Touch Effect* zu erzielen, wenn plötzlich die vergessene Vergangenheit in der Tür steht und sagt: Hey, ich bin dein Schleuder-Trauma. Das Fernsehen liebte das Thema.

Als Sieger Dr. Malcolm Slomann bezichtigte, geistiger Kopf des Programms *Bona Dea*, wohlgeborenes Leben, zu sein, konnte dieser beweisen, dass er Spendersperma nach dem Zufallsprinzip von einer Samenbank aus Boston erhielt. Ihm konnte in keinem Anklagepunkt nachgewiesen werden, gesetzeswidrig gehandelt zu haben. Den toten Luka in seiner Praxis erklärte er damit, dass sich dieser Mann blutend herein geschleppt hatte. Nein, er kenne ihn nicht. Er besuchte auch nicht die Beerdigung, genauso wenig wie das schwedische Ehepaar, das ihn aufgezogen hatte.

Die einzige Frau, die an Lukas Grab in seinem Heimatort stand, war Jane Sjögran, sie hatte ein schwarzes Tuch um ihre haferflockenfarbene Norlander-Nanny-Uniform gelegt. Bald würde sie einen neuen Namen bekommen, und ein neues Leben, denn sie war zur Kronzeugin geworden.

Seine Praxis schloss Mac dennoch. Denn Malcolm Slomanns Leben war in dem Augenblick vorbei, als Ira ging.

Für einen Selbstmord war er zu feige.

## 62
### Der Zauber des Lebens

Der Berber aus dem Callshop hatte auch einen Namen: Marcell Dinar, und er holte sie ab, um sie auszuführen. Sie gingen zu Fuß durch Hamburg, der Juli hatte seine ganze warme Kraft entfaltet.

Romy Cohen war immer noch in Hypnose-Therapie, um die Lücken ihres Erinnerungsvermögens zu schließen; ihr Therapeut, der blinde Doktor Thomas Liebling, hatte ihr angeboten, ihre Depressionen ohne Medikamente zu behandeln. Sie hatte abgelehnt. Manchmal war sie für Tage unfähig, sich zu bewegen, und durchschwamm die düsteren Gewässer des Gestern.

Marcell Dinar war ein schöner Mann, und er gab Romy das Gefühl, eine schöne Frau zu sein. Er streichelte sie mit Blicken und seine Augen waren dunkel, sein Mund geschwungen, und er hatte warme Hände. Das hatte sie gemerkt, als er zur Begrüßung seine frisch rasierte Wange an ihre gelegt hatte, seine Finger unter ihren Schulterblättern im Kreuz.

Als sie das Saliba betraten, sah Romy eine ihr sehr bekannte Gestalt in einer Ecke sitzen. Sehr nah bei einem Mann, der Gretchen jetzt eine blonde Strähne hinter das Ohr strich.

„Wir sollten woanders hingehen", flüsterte Romy Dinar ins Ohr, und registrierte, wie er auf ihren warmen Atem mit Gänsehaut auf dem Unterarm reagierte. „Dort sitzt meine Freundin mit einem Mann. Ich möchte nicht, dass es so aussieht, als ob ich gekommen bin, um ihn mir zufällig mal genauer anzusehen."

„Soll ich ihn mir ansehen?", schlug Dinar vor.

„Du könntest mich baden", sagte Romy.

„Und etwas kochen" lächelte Dinar.

„Danach", flüsterte Romy.

„Nach dem Baden?"

Romy sah den schönen Berber nachdenklich an.

„Nicht sofort nach dem Baden".

Sie legte ihren Kopf zurück, als sich seine Lippen um ihre schlossen.

Als sie die Augen öffnete, sah sie für einen Moment Ben Martins Gesicht vor sich. Wie er sie angesehen hatte, bevor er auf das Gate zurollte, hinter dem ein Flugzeug stand, das ihn in die USA tragen würde, auf seinen Schwingen aus Stahl.

Wie für einen Augenblick alles Harmonie war zwischen ihnen.

*Ich werde mein Leben nicht ohne solchen Zauber verbringen. Eher werde ich mich umbringen, als mich mit weniger zufrieden zu geben.*

„Komm", sagte sie dann, und nahm Dinar bei der Hand.

Und Gretchen hörte nicht auf, Johannes zu küssen, der seine Frau mit seiner großen Liebe betrog.

# 63
**Tauwetter**

Als Nica den Mann, der der genetische Vater von David James Behrens war, ansah, griff sie nach dem Arm ihres Mannes Carl.

Dann stürzte sie auf Ben Martin zu, noch bevor der ganz aus der Schleuse am Flughafen von Maine gerollt war, sank vor ihm auf die Knie und lächelte ihn aus ihrem runden Gesicht an.

„Wir danken Ihnen so sehr! Es ist … es ist ein Wunder. Immer noch, Sie haben das Wunder … ach!" Carl Behrens wirkte verlegen.

Ben Martin mochte ihn auf Anhieb. Den Vater seines Sohnes.

Der jetzt hinter Carl Behrens hervor lugte, und Ben Martin aus klaren Augen, in denen sich die Farben des Himmels und des Meeres vermählten, musterte. David war vier Jahre alt und hielt ein Stofftier in der Hand. Ein Fisch, erkannte Ben Martin.

„Er ist sehr ernst", erklärte Nica leise. „Und war oft krank. Er friert leicht, und einmal hat er mich gefragt, wo Cloe ist. Er hatte von einer Cloe geträumt, aber ich konnte es ihm nicht sagen. Und er sagt, es gibt keinen Gott."

Sie stand auf und lächelte unsicher.

„Wir haben ihm gesagt, Sie hätten einen Teil dazu beigetragen, dass er auf der Welt ist. Wenn er groß ist, werden wir ihm alles erklären. Wie er uns passiert ist. Ohne Sie gäbe es ihn nicht, Doktor Martin. Ben", fügte sie schüchtern und liebevoll hinzu.

„Kommen Sie", forderte Carl ihn auf. „Gehen wir nach Hause."

Ben Martin lenkte seinen Rollstuhl neben ihnen her. Irgendwann nahm David seine Hand. „Darf ich auch mal fahren?", fragte sein Sohn, und Ben Martin nickte. „Ja, David. Ja."

Unsere Bücher im Internet:
www.pendragon.de

Originalausgabe
Veröffentlicht im Pendragon Verlag
Günther Butkus, Bielefeld 2008
© by Pendragon Verlag Bielefeld 2008
Alle Rechte vorbehalten
Lektorat: Günther Butkus
Umschlag und Umschlagfoto: Steven Haberland
(Infos unter: www.haberland.werksicht.de)
Gesetzt aus der Adobe Garamond
ISBN: 978-3-86532-107-7
Druck: Fuldaer Verlagsanstalt
Printed in Germany